塞外

SAIWAI SHINIAN JI

十年记

周 晖 著

团结出版社

图书在版编目（ＣＩＰ）数据

塞外十年记 / 周晖著. -- 北京 ：团结出版社，
2019.5
ISBN 978-7-5126-6886-7

Ⅰ. ①塞… Ⅱ. ①周… Ⅲ. ①散文集－中国－当代
Ⅳ. ①I267

中国版本图书馆CIP数据核字(2018)第299330号

出　　版：团结出版社
　　　　　（北京市东城区东皇城根南街84号　邮编：100006）
电　　话：（010）65228880　65244790　（出版社）
　　　　　（010）65238766　85113874　65133603（发行部）
　　　　　（010）65133603（邮购）
网　　址：http://www.tjpress.com
E-mail：zb65244790@vip.163.com
　　　　　fx65133603@163.com（发行部邮购）
经　　销：全国新华书店
印　　装：三河市东方印刷有限公司

开　　本：170mm×240mm　　　16 开
印　　张：12.5
字　　数：191 千字
印　　数：2045
版　　次：2019 年 5 月　第 1 版
印　　次：2019 年 5 月　第 1 次印刷

书　　号：978-7-5126-6886-7
定　　价：36.00 元

目　录 / contents

卷二　在公社卫生院的那些日子

序　言

1968年9月20号的下午，一列专车在北京站拉响汽笛，发出一声沉重的喘息，车轮缓缓地转动起来，越来越快，火车冒着白烟，载着"文革"中最早大批到农村插队的中学生们穿越山海关向着塞外内蒙古草原疾驰。

那声喘息终生回响在我们这些知青的心底。

知青专列乘车证

坐在车厢里，和妈妈、妹妹挥泪告别的哽咽还在心头，关在牛棚里的爸爸因为我去插队受到了军宣队的表扬，可不准他来相送。临走前，一家人在地图上找呼伦贝尔盟，找科尔沁草原。翻阅图书，猜测那是个什么样的地方。科尔沁在蒙语里是著名射手，位于内蒙古东部的科尔沁草原，听说原来是成吉思汗的二弟哈布图哈撒尔的领地。乌兰浩特在蒙语里是红色的城市，原来叫"王爷庙"，那儿有座成吉思汗的大庙，是科尔沁右翼前旗的旗政府所在地，我们去插队的地方是旗下的一个农业县——突泉县。内蒙古的干部给我们介绍这大好河山是这样说的：交流河水浪滔滔，老头山下红旗飘。

在学校里已经知道我们14个人分在一个青年点里，年龄最大的是显华，最小的是育。育家曾住过我家楼上，临走时，她父亲带着她到我家，希望我们能互相照顾。育是68届初中生，小我一届，在班里是个好学生，还是学毛著积极分子，特别真诚相信党的话，但她的父亲"文革"中也被整得够呛，母亲患有很严重的病，无法照顾孩子，育的生活很不舒心。

我是和琥、翠清、勤宇结伴一起去插队的，加上育和1957年随父母从美国回来的芹，命运让6个女生开始了相濡以沫的插队生活。

火车上，同一个青年点的同学的座位都在一起。打开书包，拿出面包和肉肠，几乎每个家庭都竭尽所能给要去远方的孩子多带点好吃的，可9月份的天，食物是放不住的。我们一边往嘴里塞吃的，一边相互看都带了什么好吃的。只有育怀里抱着外面套着布套的脸盆，里面虽也放着吃的，可她不怎么吃，一直在看《毛主席语录》，也不怎么和我们说话，劝她吃点吧，她只是在低头看书。车厢里乱哄哄的，行李架上也躺着男生，他们撒开了地大声喧哗着，说着各种"反动"语言，听到这些话，育惊恐愤怒，她频频回头瞥着那些放肆的男生。夜深了，同学们都歪七扭八，相互依偎着睡了。列车车轮与铁轨的摩擦声成了催眠曲，半夜，我想给酸累的脖子换个姿势，看到育依然紧紧地抱着脸盆，她一直没有睡。

第二天火车停在乌兰浩特车站，等候突泉县的人来接。坐了一天多火车的我们都很累，育依然在看《语录》，可不见她翻篇。同学们在车厢里窜来窜去，找熟人，找邻居。忽然，车厢口热闹起来，赶紧从座位上站起来伸着脖子望去，听说是突泉县接我们的人到了。正在七嘴八舌议论的时候，育从座位上窜出，直扑斜对面座位上的男生玉林，掐着他的脖子不放。周围的同学都惊呆了，听到玉林的喊声，我和男生湛年赶紧冲过去，掰开育的手，拉开她。这时候的育神情亢奋，直眉瞪眼地扭动着身体。她——疯了。

天下起了小雨，我们提着行李爬上敞篷卡车。车在蒙蒙的秋雨中行进，在公路上颠簸了四五个小时到了杜尔基公社。下了车，好奇地打量这座小小的却五脏俱全的行政所在地。一条宽阔的土路贯通东西，路两边是一些平房，几辆大马车拴在路边树上。各生产队来接知青的马车已经都到了，同学们围着公社干部兴奋地打听着自己要去的那个生产队是什么样的？有的队很富，工分值钱，有的队大牲口多。我要去的村子的名字最具蒙古味——加拉嘎，于是也凑上去问：加拉嘎怎么样? 公社干部迟疑了一下说: 离着县城近。闻之有些扫兴,这个特点在当时意味着既不革命也不经济。还以为有多近呢,40多里地呢,够大马车走半天了。

这里的马车可比北京看到的要气派得多,北京大街上的马车只套着一匹马,屁股后面挂着个粪兜子。这里的马车由四匹马拉着,中间的是辕马,体型健壮,个头也高大一些,大车的重量主要在这匹马身上,前面三匹马并列前驱,它们随地大小便。

分到加拉嘎青年点的8个男生,6个女生。自动地按性别分坐在两辆马车上,女生互相之间已经熟悉了,男生大部分都不认识。公社到生产队有十五六里,马车快晃到屯子时,坐在前车后面的一个男生,斜着眼睛瞥着女生说: 谁认得你们呀。10年以后,就是这个男生娶了后面马车上的一个女生,成了青年点唯一的一对鸳鸯。

到村子的第一天,是生产队招待我们,记得是小米饭和炖羊肉。当时,我们女生对腥膻味十足的羊肉并不能消受,但捏着鼻子不敢说,既然贫下中农吃着香,我们也应该吃着香。饭后,我还抢着刷碗,结果一大摞碗都被我失手滑到地上,听了个响,后来这摞碗的钱还是都从我们的安家费里扣掉了。

从那天开始我们成了农民。

卷一　加拉嘎屯纪实

一、生活篇

刚到农村的第一年，因为有安家费，公社粮站每月还供应一点油和白面，日子还不算太难。但当时我们只是十七八岁的孩子，没人会做农民的饭食，安家费由生产队保管，于是生产队就派了个出身清白的大师傅。每天的主食是小米、高粱米和苞米大馇子。最让我们的胃抗拒的是高粱米，刚刚开始吃高粱米饭，胃里涨得难受，晚上躺在炕上翻饼烙饼地睡不着，实在难受了，就坐起来捶打胀鼓鼓的肚子，几天都拉不出屎。没过多久，眼瞅着日子就紧起来了，油吃光了，就用米汤熬冻白菜，撒上一点大粒盐，盐也不是海盐，是从一个叫"乌伦门沁（音）"的地方买来的，不含碘，当地的地方病就是"大脖子"病，很多人尤其是女人的衣领扣根本扣不上，脖子上鼓起一个大包，看着难受。

晌午从地里收工回来，揭开锅盖一看，早上剩的大馇子饭，还原封不动地躺在锅里，大师傅只在灶坑里填了把火，热了热，饭上爬满了蚂蚁。"这饭怎么吃呀？"我们虚心地向贫下中农大师傅请教，"没事儿，这饭吃了有劲儿"，大师傅乐呵呵地回答。1968年9月到年底，知青的粮食是到公社粮站去买，供应标准绝对够吃，可是就没够吃，原来大师傅把青年点的粮食和自家的粮食混了。于是向队里要求换大师傅，队里派来了王大娘，王大娘是孤寡老人，寄居在妹妹家，是个善良勤劳的好大娘，她做的饭菜好吃干净，换着样的粗粮细作，我们可喜欢她了。好景不长，她妹妹家说让她出来做饭丢人，王大娘只好回妹妹家去干不丢人的家务活儿了。没有大师傅，知青们只能开始轮流做饭。就是在北京，也没几个在家做过饭的，何况在农村，用大柴锅捞饭熬菜，还是十四个人的饭，谁都怵，可谁也躲不过去，只好是骡子是马拉出来遛遛。

刚开始谁也不知道日子是怎么过的，也没有个当家人张罗事。王大娘不给我们做饭后没多久，发现没有菜吃了。菜呢？在队里场院的犄角堆着呢。队里分大白菜时把分给青年点的菜先存放在场院里了，可我们被繁重的农活儿累得快趴下了，在陌生的生活环境里晕头转向，早把这茬儿给忘到脑后头了。直到没菜下锅了，才想起来去找。到了场院一瞅，那叫一个惨不忍睹，猪啃鸡刨加上天寒地冻，根本不能要了。大家心里特别难受，真是没娘疼的孩子了，怎么不告诉这堆菜是分给我们的呀？大家这下都跟霜打了似的，只好有什么吃什么了。从粮站买的油早就没了，就用米汤熬冻白菜、要不煮黄豆撒点大盐粒，还有过醋精泡饭就大蒜的时候，真挺惨的。后来也想明白了，不是队里没告诉知青，是我们不会过日子，过日子就是柴米油盐，就是要算计着。

都说记吃不记打，第二年搬到青年点的房子里后，就开出一小块菜园子，青年点的领导班子也更新了，深刻理解自己动手丰衣足食这个道理，用大队蔡书记的话说，开始"勤劳勇敢"了。就这样日子还是紧紧巴巴的，为了俭省，甚至不打算花钱买那配给的几斤白面了。蔡书记知道了，劝我们：日子不是这样过的，不能从嘴里省，吃不穷穿不穷，算计不到就受穷。听人劝吃饱饭，开始学着过日子的本事，从头开始学，啥都不会，就啥都学呗，谁让我们正年轻。

俗话说开门七件事；柴米油盐酱醋茶。到了农村才知道不像城市啥都可以用钱票买，这过日子的学问大了，很多都是要自己动手，才能吃到嘴里。

首先是得有米，人民公社社员的口粮是要从生产队领取的，而且是有口粮标准的。即便内蒙古这个地多人少的地方，只靠队里分给农民的口粮也是不够吃的。

入冬，粮食都脱完粒，扬晒干净，堆在场院。大宗的粮食是苞米、谷子、高粱米。少量的杂粮是糜子、小黄米、荞麦和麦子、黄豆。杂粮随到场院随着就分了。大宗粮食可不能一下都分光了，先要留出几样，第一是留出公粮来，先得把农业税留够，这是硬指标。还有国家向农民收购的余粮，所谓购粮。按理说应该是自愿出售的，但每年收购的指标是同公粮指标一块下来的，没商量，所以统称公购粮。第二是留出来年的种子，这是可持续发展的根本。第三是留出饲料粮，队里最值钱的固定资产就是大牲口，没了它们，啥也干不了，剩下的才是社员的口粮。

第一次看到分口粮是在1968年冬天，那年风调雨顺，队里社员口粮标准是480斤，只要有户口的，无论长幼，每人480斤毛粮食。知青第一年吃的口粮是用安家费到公社粮站去买。到 1969 年底，口粮也从队里领了。

那一天队长发话：明天领口粮。激动人心的时候到了，家家户户说了算的人拎着自家的麻袋来到场院。

执掌分配的都是队长这一级有头有脸的爷们，队里的会计捧着厚厚的账本，淡定地念着每家的口粮数。量

农村计量粮食的斗

具是从远古用到今天的"斗"，一种用木板制成的，口略大底略小的梯形物，有柄，柄与口平。斗，最先从书里知道的是旧社会地主用大斗进小斗出剥削贫下中农，还有就是夸读书人有学问的"才高八斗学富五车"。等看到了斗，也是心存敬畏，知道每粒口粮都要经过它的吞吐。管往斗里倒粮食的人叫"打斗"，"打斗"的人手持带柄的藤簸箕从粮食堆上撮起一簸箕粮食倒进斗里，队长用木刮板沿斗口一扫刮平，然后倒进麻袋里。两次为一斗，一斗是 60 斤左右，不同的粮食分量也不同，每次都会重新称重的。按说这么计量是准确公平的，可精明的农民知道，这簸箕里的粮食往斗里倒时的力度有讲究，温柔地倒下去与狠狠地砸进去，这一斗粮食可就能差出些斤两来。所有的眼睛都死死地盯着簸箕和刮板，这是锱铢必较的时刻，"打斗"的人绝不敢含糊。

1969 年底，燕辉负责"打斗"，他是队里的出纳，也是青年点的账房。这是个细心人，在本子上记下了：1969 年 12 月 9 日青年点分到苞米 103 斗（6190 斤）。口粮也不是一次就能领完，先"粗"领大部分的，然后再找补零头。1969 年备战的风声渐紧，看到坦克轰隆隆地开过去，社员们也没了种庄稼的心思，当年被苏联红军践踏的记忆还很清晰，秋上还发生了到地里抢粮食的事，鸡呀，猪呀也都撒开了往地里轰。年底一算账，别说公购粮，连口粮都不够。知青有国家文件明确规定：每人的口粮标准是 700 多斤毛粮食。社员可惨了，还得吃返销粮，口粮标准降到每人 380 斤毛粮食。工分更是毛了，就知青这样一人吃饱了全家不饿的劳动力，挣的工分只够口粮钱。回北京探亲的路费挣不出来，要是家里不寄钱来，就只能在青年点熬着。还有一条险路就是扒火车，有黑龙江的知青扒火车回家在车上活活冻死。

做　饭

甭管是小米、高粱米还是苞米馇子，不能像在北京似的，用水洗三遍就下锅煮。先要学会把粮食里的沙子淘出去，用沙子比米沉的原理，水瓢盛上粮食，在水里一遍遍晃悠着淘，当然不能瞎晃悠，要找好角度和力度，水会把粮食先冲出去，最后沙子就沉到瓢底了。技术活儿呀，沙子要是没淘净，吃到嘴里会发生什么，天下人都知道。

小米里的沙子很小，淘起来也费事，可小米饭最好吃，尤其是一种叫铁杆红的谷子，碾出的小米特别好吃，社员说这种小米有油性，吃到嘴里肉头（弹性），香喷喷的。凡是好吃的粮食产量都不高，而且小米饭不顶饿，所以不能老吃小米饭。最顶饿的是高粱米饭和大馇子饭，这里的高粱米是红高粱，煮出的饭通红的，吃到嘴里没滋没味，没有米香，大约味如嚼蜡就是这样了。又赶上高粱歉收，净是瘪子，高粱壳不容易碾干净，都吃进去了，就特别不好消化，后来就学老乡把高粱米磨成面，做面食吃。

吃得最多的是苞米，苞米可以两吃，用碾子把苞米粒破成几瓣，就是苞米馇子，粒大的是大馇子，煮出的大馇子饭顶饿，没几个小时煮不熟，所以早上吃的大馇子饭，头天晚上就得先煮开一会儿，搁锅里焖一夜，早起再烧把火。粒小的是小馇子，用来熬粥喝，黏糊的挺好喝。

碾成面的就用来贴饼子，这贴饼子的学问也大了，不像北京人蒸窝头，把蒸锅坐炉子上，擓出几碗苞米面来，用水和好，抓起一团包在大拇哥上，转两圈，成了个下面有眼儿的小金字塔，一个个码在锅里盖上盖就成了。贴饼子的苞米面首先要发起来，像蒸馒头的白面似的，然后用碱中和掉酸味。再把大柴锅刷干净，倒点水在锅底，填柴禾烧起来，等锅热了，水响边了，从和好的苞米面团上挖下一团来，两只手来回掴达成个长圆形，啪地往锅里使劲一拍，那团面就贴在锅沿上了，然后赶紧贴第二个。灶坑里的火也要跟上，锅凉，贴饼子就往下出溜，掉水里了。看那些巧嫂子们，两只手一通掴达，啪！啪！啪！转眼工夫，一圈黄澄澄的贴饼子就都趴在锅里了，麻溜地盖上锅盖，烧火。这时候的火既不能烧得太猛了，猛了贴饼子糊了；也不能太弱了，弱了贴饼子不但出溜了，还夹生。一般社员家还会在锅底熬着粥，上面贴饼子，搂草打兔子捎带手都有了。但新手上路还是要练一阵子，找找感觉，否则不是粥糊了就是贴饼子没熟。

大队的蔡书记就住在隔壁，时常来青年点"视察"，看我手上脸上都是苞米面，笨手笨脚地在灶台前忙乎着，就问是不是在北京不贴饼子？那是呀，北京吃窝头，比这省事。我回答。蔡书记问我去过天津吗？去过，怎么啦？蔡书记接着说："一东北人

贴饼子，熬菜的大柴锅

到了天津，在道边看到有个小贩卖窝头，个头不小，一问价钱才5分钱，便宜。就掏钱买了一个。拿到手咬一口才发现，窝头的眼儿特别大，窝头就薄薄的一层皮，东北人不干了，和小贩吵吵起来，找来警察评理。警察问明白怎么回事后，裁决东北人这次就认倒霉吧，就5分钱的事，那个小贩呢，以后再卖窝头眼儿朝上搁着。"哈哈哈！全屋子的人都乐了。

秋天，用刚刚收下来的苞米碾出的面，烙出的贴饼子太好吃了，新鲜的苞米

年画：农村的大柴锅做饭

面是松软的，咬一口，满嘴都是香甜的，还没怎么嚼呢就进嗓子眼了。用社员的话来说给白面馒头都不换。一天我举着个贴饼子站在院子里的碾道前一边吃一边跟来推碾子的蔡老二唠嗑。蔡打头牵着头驴进了院子，他也是来碾道压面的。他问：咋狗把饽饽叼出来了？我一惊，四下张望，瞅了一圈，哪有狗哇？回头看见蔡打头的脸上一本正经的，又踅摸一圈，还是没看到狗，这时候蔡老二笑着悄悄地指了指我手上的贴饼子，原来是转着圈骂我呢。再回头找蔡打头，见他没事人似的在碾子前一边套驴，一边偷着乐。我也乐了，麻利地把刚学会的屁嗑扔给他：哟，会笑啦？抱姥姥家看看去。

从此知道，这旮不兴在屋外头吃东西。

做　菜

米下到锅里了，接着的就是做菜了。我们是秋天来的，等知青开始轮流做饭时就到冬天了，冬天主打的菜就是三四样：大白菜、嘎的白（洋白菜）、萝卜、土豆。灶间有两口大铁锅，一口煮饭，一口熬菜。十几个年轻人的菜量也不可小看，何况都是熬菜。无论啥菜都是洗出一大盆，切出一大盆，熬出一锅。大伙儿轮流做饭，也是每个知青都要亮亮刀工的时候，大白菜和嘎的白最好切，切丝还是切块一会儿都能切出一盆来。其次是萝卜，萝卜个大切条，不用太细，也能糊弄。说起来这地方多数上桌的食物相貌都比较"粗犷"，唯独有两样菜的刀工要求很高的；切土豆丝是其一，土豆丝要切得细又长，下锅扒拉几下就行了，炒出来的是脆的，还得熟了，既好看又好吃。我们中间有几个刀工不错的，虽然切得没有王大娘那么细，但也能连刀切，就是右手刀不停，左手按着土豆匀速往后退，唰唰唰的，看着像那么回事。我全身上下最麻利的是嘴，说话不过心，不经大脑思考，说出来才知道不合适，也晚了。手脚的频率和配合都不行，只能一刀是一刀地切，切出的片厚薄不匀，切出的丝便成条了，还粗细不一，不光是品相不好看，也不容易一齐熟。这让我有些难堪，也特想练成一手连刀，可罗马不是一天建成的，幸好有芹的刀工垫底，我还不算末位。平日很努力地练习着，想给自己长点脸，但一直没有达到连刀的水平，天生是慢手。

收了大白菜以后，家家都要"积"酸菜，对于知青来说，也是新鲜事。酸菜是这地方一冬天的常规菜，漫长的冬天，啥菜储存起来都挺费劲的，要在地下挖出菜窖，把白菜、萝卜、土豆分别码在里面，隔段时间就得倒腾倒腾透透气，要不然该烂得太多了。于是人们除了腌咸菜以外，还把白菜和萝卜"积"成酸的，好保存，也好吃，根在南方的我在北京时从来没有吃过酸菜。过年前，很多社员家杀猪，热情地招呼我们去吃杀猪菜，杀猪菜里必有酸菜。大块的白肉、血肠和酸菜炖到一起，热气腾腾的一大碗，真香。还有猪肉酸菜馅饺子，酸菜炖粉条，做酸菜一定要油大、肉多才好吃。杀猪了，是大块吃肉的日子，而酸菜即提味又解腻，从此爱上这口。但这上桌的酸菜一定得是酸菜丝，极细的酸菜丝，能和粉丝 PK。到蔡书记家吃饭，见老蔡大嫂从酸菜缸里捞出一棵酸菜，掰下菜叶，把菜叶平铺在砧板上，用菜刀平行着把菜叶一层层地片出来，片出来的酸菜叶是半透明的。再把薄薄的菜叶切成丝，片的层越薄越多，切出的丝也就越细了，绝对的手艺活呀，看得我们好新鲜。熬在肉汤里的酸菜丝，吃到嘴里还有点脆生生的，好吃。所以刀工的其二是切酸菜丝。

第二年深秋，青年点也学着"积"了两大缸酸菜，还"积"了一小缸酸萝卜。酸萝卜可以包菜团子吃，也挺好吃的。积酸菜那天女生都没去上工，这些活就由女生包了。当然也要有现场指导，是女生的房东刘大哥，他们家的酸菜我们可没少吃。也许是觉得挺新鲜的，我们个个撸胳膊挽袖子劲头挺足。刘大哥让头几天先把大白菜码在墙根下晒蔫了，把老菜帮子去掉，再把凸出来的菜根切掉，菜叶子也得刷下去一些，酸菜主要吃的是菜帮子，当地的白菜本来也是菜帮子多。大柴锅里早就烧好开水，刘大哥一条腿跨在锅台上手里拿着棵白菜，根朝下浸到开水里烫一下，看皮软了，递给我们，摆到屋外搭好的木架子上沥水，等凉透了，再往大泥缸里码放。码放的时候白菜根顶着缸边，菜叶朝里。一棵紧挨着一棵，每层撒点盐，密密实实冒尖的一大缸。刘大哥在院子里找了两块大石头，就着锅里的热水刷干净了，一口缸上压一块。过了两天，白菜渐渐缩下去了。就照着刘大哥的做法，再"积"上几棵。过了两天，又下去了，再续上几棵。倒上干净的井水，没过白菜。一个多月，酸菜就"积"好了。

这里一年四季都离不开大酱，大葱蘸酱、生菜蘸酱、曲麻菜蘸酱，打饭包都离不开大酱，这地界哪儿有酱油呀，炝锅，炖鱼也是大酱伺候，大酱是老百姓烹饪仅有的调味品。作家阿成说得好："无论怎么说，大酱都属于不上档次的东西。

年画：农村腌酸菜

然而，大酱在东北地区，就像辣椒在四川地区一样，是须臾不可缺少的东西。对于一个东北人来说，你可以没儿没女，没有单位，没有职称，没亲没朋，以至没有老婆，甚至是身无分文，乃至没有自尊，但绝不能没有大酱，特别是在东北的农村，更是如此。……尽管大酱在东北的餐桌上是那么的不显山不露水，但它的作用却与电灯十分相似，有它的时候谁也不会拿它当回事，没它，则是一片漆黑。"

　　这大酱也是社员家自家"下"的，酱味自然是千差万别，刚来时是到各家去要酱吃，这逐一品尝后，便排出一二三等来了，于是频频光顾一等大酱的人家，端着碗，进了门，嘴甜甜地招呼一圈，竖着大拇哥夸奖你家大酱如何如何好吃，比谁谁家的强多了，真是人比人得死，货比货得扔（这里念楞）。拜年话说完后，就熟门熟路地站在人家的酱缸跟前了。这里的大酱是用新鲜的黄豆做的，北京黄酱用的豆子是不能比的，而且是年年做大酱，年年吃新鲜大酱。春天到社员家串门，看到屋里摆着好几个四四方方，棕褐色的东西，看上去脏不拉几的，有的还长着可疑的毛毛。屋里有股说不出的味儿。一问，是酱块。做大酱的原材料。

　　到了1969年春天，青年点也启动了做大酱的程序，咱家仓房里也有上好的黄豆。整出几十斤来，自己吃的不糊弄，好好挑挑，好好洗洗。几个女生围在大笸箩边上，每人把一边，笸箩中间是岗尖的黄豆，用手扒拉到跟前一小把，把半拉的、瘪子都挑出来，再从中间扒拉过来一堆挑。这次没请人现场指导，挑完也到中午了，吃完饭，赶紧接着做大酱。先把黄豆洗干净，双手插进水里，不由得"喝"了一声，可真叫凉啊。我和琥龇牙咧嘴地洗了好几遍，翠清猫着腰仔仔细细地把大柴锅刷干净。把洗干净的黄豆倒进锅里，再倒上大半桶水，正好满满一大锅。翠清到柴禾垛抱来一大抱苞米秸秆，一屁股坐在灶坑前，一手拉风箱，一手握着火叉添柴禾。这边琥时不时地用铁勺攉楞着锅底，不一会儿锅就开了，咕嘟咕嘟地煮了好一会儿，水也煮干了，豆子肯定是熟，可这火候到不到心里没底。相互打听：你看行吗？不知道。可能还差点吧？忽然门开了，满屋子蒸汽里冒出个人影来：我瞅着你家的烟囱冒了一下晌的烟了，做啥好嚼谷了？原来是隔壁老蔡大嫂不放心过来瞅瞅，这可真是及时雨啊！我们让她看那一锅煮黄豆，她捏起一个黄豆用手指碾了一下说还不行，要糊得烂烂的，让再加水，小火慢慢煮。等水煮干了，不烧火了，盖上锅盖焖着。快天黑了，我们把糊好的黄豆提到碾道，往碾盘上倒了一圈，碾子慢慢地转动起来，碾子滚过的地方只听见"咕叽、咕叽"的声音，碾盘上的黄豆顿时稀烂如泥，好似一片黄色泥浆。把碾盘上的黄豆泥刮下来，进入下一道工序——摔酱块，用手挖出一大团黄豆泥，在炕桌上墩几下，墩出个四四方方的酱块，然后使劲地在炕桌上啪啪地摔几下，估计是要摔瓷实了才行。摔酱块挺来劲的，功夫在于摔出来的酱块不但紧实了，还要摔出模样来，六个面都平整对称。

　　摔好的一堆酱块就放在男生屋里，要等两个月以后，酱块都长毛了才能"下"酱呢，你想想，那屋里的味儿能好吗？这不归女生管了，谁让他们的屋子大呢，再说那屋从来没有过好味儿。

　　到了5月，"下酱"的时候到了，已经添置了一口新缸，里外都刷洗干净，放在房前阳光最明媚的地方。把酱块上的毛毛刷干净，掰成小碎块放进去，把大粗盐化成盐水倒进去，找块布蒙上，想想是不是就等着吃大酱了？看到显华兴冲冲地拎着一个小木耙从外面回来，他说还要打酱耙，每天用这个小酱耙在酱缸里上下地捣，把酱块捣碎，好充分和盐、水、阳光融合在一起。这回大家都有活干了，谁有空就会去捣一会儿，顺便把沫子撇出去，那阵子酱缸里的味儿不咋好闻，蔡书记说那是因为酱还没发好呢。又过了一个多月，经老蔡大嫂验收，说酱已经可以吃了。我们喜气洋洋地盛出一碗来，仔细一看里面怎么有会动的白色小动物？原来是长蛆了。这咋吃呀？看我们愁眉苦脸地盯着那碗酱，老蔡大嫂笑着说：没听过人家说：米里的虫子，酱里的蛆，井里的蛤蟆是有的吗，这不算事。把蛆挑出去。肯定是酱缸着了雨水或者有苍蝇进去了。这下好了，不但有大豆蛋白还有动物蛋白，营养超丰富。反正这缸大酱都吃没了，反正听说凡是青年点做的大酱，都长蛆，多少不等，这也是知青的专利吧。

煤油味的粘糕

因为我们是秋天来的，所以第一个冬天来临时，大部分同学都没有回家，要和贫下中农一起猫冬。过年前也按照当地的习惯，用黄米面蒸了好些粘豆包和年糕，然后放在屋外——天然的大冰箱里冻起来，准备在正月里慢慢吃的。那可是内蒙古的东部，和哈尔滨的温度差不多，临近过年时的天气绝对是天寒地冻的，所有的豆包和年糕都冻得"岗岗"的。

当时青年点的房子还没有盖，女生住在社员刘大哥家，男生住在小学校，做饭，吃饭都在小学校。一天，轮到我和琥做饭，一早就到了小学校的灶间，把一块块年糕摆进盖帘里，大柴锅里添上水，放上盖帘，往灶坑里续柴禾，不一会儿，年糕就热好了。吃饭是在男生住的屋里，男生在南炕造，女生在北炕吃。吃着，吃着，翠清说，好像有点什么味儿呀？几个女生停止嘴里的动作，仔细地品着，翠清啊的一声，从炕里窜了出来，跑到门外，吐出了嘴里的年糕。嗯，好像是有点不对劲，女生们看了看南炕的男生们，这几个小子今天格外的安静，没有人搭理我们。这时，又有两个女生出去吐了，"好像是煤油味？"我们瞪着男生：为什么他们的年糕没有煤油味？又玩什么坏呢？"我作雷了。"最淘气的建军招供了。

年糕是这样做成的：把盖帘放到柴锅里，把黄米面和泡好的大芸豆一层一层地撒在盖帘上，蒸出来的年糕是一块大大的圆饼，蒸熟以后，赶紧趁着热切成小块儿，放在屋外冻好，再收起来，等到吃时，取出几块放到锅里，烧把火，热一热。我们哪有这个脑子呀，蒸熟以后，整块放到外面就不管了，等到想吃的时候可傻眼了，年糕冻得像个碾盘似的坚硬无比，要用斧子抡圆了砍。建军是一番好意，头天晚上把年糕拿进屋里，想先帮做饭的女生砍下几块米，在他扬起胳膊往下砍时，斧子碰上了头顶上的煤油灯，灯碎油洒，于是就有了第二天早上的这一幕。男生们知道粮食不够吃，何况年糕还是上等的饭食呢，就想不告诉我们，能糊弄过去，就得了。他的话说完了，屋里安静下来，我们立起来的柳眉恢复到原来的位置，刚刚到了农村，还在分男女界线，一有问题，经常是唇枪舌剑的，谁也不让步，可就是这块撒上煤油的年糕像支蜡烛，有股微弱的热气在使心里的冰块慢慢融化，一点一点的，让因为无知、幼稚、信仰而努力要显得坚硬的心开始有些柔软了。朦朦胧胧地感觉到了，在这穷乡僻壤，只有大家相依为命、休戚与共，才有可能生活下去。

吃饭的技巧

我们青年点的同学都是初中生，是由知识分子和工人的子女组成，比较单纯幼稚。刚到农村时还端着一副吃凉不管酸的架势，很快没有油水的大馇子就撕开这些京城学生斯文的外表。为了填饱肚子，八仙过海各显神通。做好了饭菜，把菜分别盛到两个脸盆大的菜盆里，男生和女生各端一盆回到自己的屋里，围着炕桌上的菜盆，吃饭就是一场速度与技巧的战斗。如果今天的菜盆里有几块肉，男生们会毫无顾忌地把菜盆翻个底朝上，有手疾眼快的还会用筷子打掉别人已夹起的肉。经数次在旁边观战的蔡书记总结了几种战术：海底捞月、虎口夺食、声东击西、猛虎掏心。女生虽然是斯文一点，可也都加快往菜盆里伸筷子的速度，琥使筷子的方式有点不同，是手背朝上从下往上挑着夹菜，勤宇明确地表达了不满，指责这种与众不同的握筷子，夹起的菜比别人多。所以谁的筷子用的好，加上眼神好，吃饭时就合适。

豆面卷子

"驴打滚"是北京有名的小吃，跟着父母去庙会或者东安市场，吃过几次，是江米面做的，里面裹着黄豆面，外面也裹着炒熟的黄豆面，可香了。没想到这旮旯也有，是用黄米面做的，但没有现成的可吃。除了不用现种糜子，每道工序都要自己动手。做顿"驴打滚"可是件大事，先要到碾房去把糜子去壳，变成黄米，再把黄米压成面。把黄豆炒熟了，上碾子压碎，筛出细面。然后进入最后程序，做出的"驴打滚"像模像样的挺好吃。在北京吃"驴打滚"是吃点心，不管饱；在青年点吃"驴打滚"是改善生活，是饭，管饱。等我们都吃得肚歪，从自己饭碗上挪开眼睛，才看到育捧着大搪瓷碗，一直蹲在墙角还在吃，她往灶台送碗时已经直不起腰，弓着身子往前走，真有点为她担心，别撑坏了。育的病在农村得不到治疗，农活干不了，成天不说话，就是痴痴呆呆的。这里的人管"驴打滚"叫豆面卷子，他们听说北京叫"驴打滚"，嘲笑说那不是骂人吗？老乡听我们称来串门的知青是客人，也很不屑，他们说客人音同"克人"，和"克驴""克马"一类，也是骂人，这儿管客人叫"戚儿"。

虎子之死

显华从社员家抱来一只小狗，我们叫它虎子，虎子见到有人来，就会叫几声，它的伙食标准和猪吃的一样，绝没有宠物的待遇，养它就是看家护院。这天轮到我做饭，建军不知从哪里弄来一块肉皮交给我，我尽职地把肉皮洗干净，毛刮净，切成小块放在柴锅里用小火烤熟，黄黄的，闻着很香，女生都不吃肉皮，就顺手搁在锅台上了。开饭了，我正在屋里吃饭，就听到有建军叫我，问肉皮做好了没有？我说：刚刚放在锅台上了。可锅台上只有一只空盘子。这时看见虎子心满意足地舔着鼻子趴在灶台边上，等着吃肉皮等着眼睛都蓝了的男生，立刻就把虎子弄进他们的屋里，把门关上，只听见虎子惨叫了几声，建军打开门说：吃狗肉吧。女生眼泪汪汪地看着刚才还在身边绕来绕去的虎子已魂归离恨天，惊恐得叫了起来，男生不屑搭理我们，出去找社员帮忙开膛破肚扒狗皮，社员惊叹男生的心狠，说可惜这个季节杀狗白瞎了狗皮，夏天的狗皮毛太短。

馋虫难忍

缺油少肉的日子让我们眼观六路，只要知道哪家婆媳妇，盖房子，就会很热心地去帮忙，为的是会有一顿 N 碟 N 碗的"席"可解馋。刚到屯子的时候可不是这样，还挺事儿的，觉得非亲非故的干嘛请客呀，别有用心吧？后来才知道是

1970 年夏在屯西边山坡上

民风淳朴而已。老乡家摆席，做的菜量很大，先六个碗或八个碗盛满了摆在桌上，等碗里的菜快没了，会用小碗再盛一些给添上，好客的主人会说："吃呀，吃呀，锅里还有哪"。虽然都是穷日子，老乡还悠着点吃，只有这帮知青吃饭的桌上的菜准是没得最快，甩开的腮帮子让添菜的人腿都细了。当时也觉得有些不雅，可是肚子不给做主。

中午，收工回来的男生发现场院有匹死马，已经死了一天了，建军抄起菜刀从死马腿上割下一块肉，拎回青年点扔锅里煮熟了，男生们蘸着大酱就给造了。吃的时候就觉出马肉的味道有点不对，但毕竟是肉，都吃进肚子了。吃完了，燕辉就闹开肚子了，一天四五回，当医生的妈妈给他带来的药大部分都让老乡要走了，等到自己有病了，药没剩多少了，足足拉了三四个月，人瘦得皮包骨头。现在回想起来在那个肚子里没油的年代，面对一碗炖豆腐，一块死马肉，老乡可比我们这些从伟大首都北京来的知青显得还体面一些。那时知道了农民过的是什么日子，在享受到准同等待遇之后，所有的矜持、文雅、教养全都抛到九霄云外，剩下的只有动物本能。

OK 的奶粉

在青年点里，大家对食物保持着高度的革命警惕性和灵敏的嗅觉。有一阵子，做饭的男生发现坛子里的猪油有点不对劲，下去得忒快，会不会有人偷油吃？他开始注意每个在猪油坛子附近逗留过的人，发现绰号 OK 的男生吃饭时，总要端着碗饭到厨房溜达一圈儿。OK 的父母是 1950 年代从美国回到新中国的科学家，因为 OK 出生在美国，在上学时就有了这个绰号。他家境富裕，是青年点里的"阔家主"之一。OK 平时是个规矩人，不屑搞些鸡鸣狗盗的事，可是这往小米饭里拌猪油的事还是让男生们抓住了，大家痛斥他多吃多占的资产阶级思想，他急了，愤怒地说：那我的奶粉呢？一听"奶粉"两个字，全体都乐了。这是青年点的经典段子，就是几十年后，同学们相聚时还会津津乐道的提起"奶粉"事件。

话说 OK 的父母心疼这个被发配到塞外的儿子，时不时给他寄一些巧克力和奶粉。这些东西寄到青年点，就等于掉到狼窝里了，没一会儿就剩下包裹皮了，这种吃大户的行径让 OK 忍无可忍，等再有包裹寄来时，他就悄悄地藏起来，偷偷地自己享用。俗话说不怕贼偷就怕贼惦记，几个男生与 OK 展开了游击战，他们很快就探听到了地雷的秘密。两个男生早收工了一会儿，回到青年点赶紧钻进后道栅子（用高粱秆做成屏障，把屋子隔成两间，其中靠北墙的一间俗称后道栅子，没窗户，用来存放物品和粮食）摸到 OK 的手提包前，娴熟地打开已上锁了的手提包，拿勺子挖出奶粉就往嘴里填，吃了几口，只听到外面有人声和脚步声——大部队回来了，这时奶粉糊了满嘴，一着急怎么也咽不下去，只好抄起水瓢，用凉水往下灌。奶粉是冲进了胃里，晚上就开始跑肚，稀里哗啦的。用井拔凉水往胃里冲奶粉或巧克力的事是经常发生的，当然跑肚窜稀也是如影相随地。OK 当然很快就知道奶粉少了，他没有声张，迅速想好对策。

过了两天，听见嗷地一声喊，一个男生满嘴冒着泡儿从存放手提包的后道栅子窜出来，原来 OK 把奶粉袋里装进了洗衣粉，而后道栅子里又黑，就这样中了"共军"的奸计。

在那个胃亏肉的年代，我们的房东大哥告诉我们他是怎样对付他那一窝嗜肉的孩子：把肥肉煮熟，用凉水过一遍，让孩子往饱了吃，然后给孩子灌一顿井拔凉水，再放到热炕头烙着，经过这通折腾，孩子看到肉就不那么馋了。我们心酸地看着面黄肌瘦的孩子们，最小的孩子手里攥着个酸菜芯儿。那是她舍不得一口吃完的水果。

"革命虫"

说起虱子来，那是我们的老朋友了。刚到屯子就听说老乡身上有虱子，觉得那是因为不讲卫生，我们是绝对不可能沾上这种小动物的。在地里干活歇气时，一个姑娘把头俯在另一个姑娘胸前或腿上，那个姑娘拨开她的头发寻找什么，问了她们才知道是在找虱子呢。凑到跟前去看，看到头发上附着很多白色的比小米还小的颗粒，刘海上也有，姑娘告诉我，这是虱子的蛋——虮子。她拿出篦子梳头发，篦子的齿很细密，可以把虱子和虮子刮下来，看着篦子上的白色的虮子和蠕动着的虱子，直恶心，但不敢说出来，因为贫下中农身上都有。

育是女生里第一个有虱子的，看到她不停地瘙痒，就知道她肯定"有了"。房东老刘大嫂说，把被子衣服晾在冰天雪地里，严寒就能冻死虱子。在瑟瑟的北风里看到了育被子的针线缝里藏着的虱子，都睡在一铺炕上的女生知道谁也躲不开了，不过是早晚和数量多少的区别罢了。有没有虱子在我们看来是城里人与乡下人的区别，文明与愚钝的区别，于是与虱子开始了一场持久战。女生尽量多换洗衣服，可到了农忙时，累得屁滚尿流的，就没时间和力气和虱子斗了。屯里和男生关系好的小伙子来到青年点，都不见外进屋就往炕里一盘腿，尤其是老李家小四儿，居然脱下衣服就在煤油灯底下抓虱子，嘴里面还不停地叨咕着：咬鳌虫，咬鳌虫，再想咬鳌万不能。随着"嘣儿"的一声，用两个大拇哥指甲盖将虱子挤死。男生当时就觉得身上痒痒起来，赶紧把本来铺在炕上的被褥都卷起来，没过多久差不多人人身上都发现了虱子。看着别的男生都在想方设法消灭虱子，燕辉嘲笑道：看你们那脏样，如果在我身上找到虱子，一个1块钱。话音没落地，几个男生就扑过去翻弄他的衣服，找出七八个虱子，战果辉煌。没人能够幸免。男生的办法就是裸睡和把头发剃光，实在太多了，就把衣服扔在做饭的大柴锅里煮虱子，这让女生很膈应，为这还吵了一大架。平日邋遢的建军代表"优秀青年点"到县里开会，逮着机会到澡堂去洗了个澡，澡堂里人不少，只有一个大池子，都在里面泡着，三个喷头坏了两个，泡完了再排队等着冲洗，条件虽不好，洗完了还是很爽，美滋滋地穿好衣服出了澡堂。不一会儿，就觉得身上有好多小动物在上上下下地爬，奇痒无比。在大街上既不能挠也不能脱下衣服抓，那叫一个受罪呀……这让建军什么时候想起来什么时候还痒痒。

也不是所有的知青都视虱子为敌人，别的公社有个出身高干家庭的女知青，她认为身上没有虱子，就没有和贫下中农结合好，虱子是"革命虫"。据说她身上的虱子之多不仅媲美贫下中农，而且有过之而无不及。

回北京探亲时，进了门，第一件事就是把衣服脱下来，放在盆里，搁炉子上煮。很奇怪，回北京后虱子就没了。1998年回屯子看望父老乡亲们时，还有些担心虱子，老乡说没有虱子了，理由是用洗衣粉洗衣服后，虱子就没了。不知道是不是真的因为洗衣粉，确实插队时洗衣都是用肥皂，老乡用不起肥皂就用碱，碱是一大坨，掰下一小块溶在水里，把衣服泡在里面。知青有时也用碱洗衣服，其实衣服上没有油污都是土，用碱水洗洗足够干净了。

石头囤底

1969年搬进了青年点的"新房"。那是一排五间房，原来其中两间是驴圈，三间是生产小队的队部。从东边数，第一间是女生宿舍，第二间是厨房，再往西的两间是男生宿舍，宿舍门都朝着厨房开，厨房的门是青年点的大门，这是当地典型的户型。最西边的第五间是仓房，单开门。13个知青的口粮堆在仓房里（有个男生在1969年当兵走了），满满登登一仓房，有5吨之多，最多的是苞米，看着让人特踏实。后来发现与我们同乐的还有耗子，它们更狂更快乐。想了一些法子"剿匪"，可"打不死的吴清华我还活在人间"。看着堆在地上装粮食的麻袋底被咬的大窟窿小眼，赶上雨季，底下的粮食还容易发霉。于是到社员家去讨教，人家的仓房里都用石头码成个高约一尺左右的台子，上面坐上苿子，里面存放粮食——原来是这样的。

挂锄时，男生们跟房东刘大哥一起到北山的石头坑打石头，准备大搞基本建设。垒院墙、垒猪圈要用石头，圈个菜园子，砌个柴禾栏子，还有厕所，也都要用不少石头。北山上有个大石头坑，屯里的人都到那里打石头。到了石头坑，一块巨大的圆形石头片醒目的躺在坑边，直径有两米，厚三十多公分。不知道是谁打下来的，实在太大了，拉不走只好撂在那旮旯。刘大哥端详了一会儿这块石头，叫住抡大锤的建军：少当家的，你们的仓房不是闹耗子吗，把这块石头整回去当囤底，下面垫上石头，隔潮通风，齐活。再说，哪家也没有你们青年点人多，七狼八虎的，这大石头没有十个八个人别想搬动。

晚饭后，男生聚齐在一起，摩拳擦掌地商量怎么去拉石头。晚上大车都已经卸了，饲养员不会把干了一天活儿的马借给知青去拉石头。这难不倒几个血气方刚的小伙子，从小在美国吃牛排喝牛奶长大，个头最高的 OK 理所当然成了辕马。OK 的父亲是麻省理工的博士、力学科学家，1958 年率全家回国报效。OK 的农活的确 OK，在知青里数一数二，不知道是不是得了力学家的真传。

说干就干，前面拽后面推，这七条汉子生把一挂大车拽到北山上的石头坑里。几个人先把大石头的一头撬起，另几个人把大车头抬起，车尾卧进石头下，大伙儿喊着号子把石头的另一头搬起，平放在马车上，这块石头足有一吨多重。装完车第一步先要把车拉出石头坑，坑边都是碎石头，必须一鼓作气把大车拉上来，只要一松劲，车就往回出溜。往上拉肯定是得把吃奶的力气使出来了，而顺着九曲十八弯的山路往下走才是真正的险象丛生；大石头片是浮搁在车上，没法固定。OK 双手把着大车的两根车辕子，掌握方向和平衡。其余的人分布在左右和后面，控制大车的速度。

下山时，车辕子是微微朝下，如果大车速度快了，后面的人拽不住，控制不住车的平稳，而大石头片再顺势往前滑动，那 OK 就惨了，万一拖不住翻了车，能把人砸死。这时的天已经大黑了，满天的星星眨着眼睛看着这 7 个知青围着大车较劲，拉车的不敢太使劲，也不能不使劲。推车的既要使劲推，还不能推猛了，还有两个男生用绳子套在大车后梁上，往后用劲拽，这个劲儿太难拿了。车轱辘迟疑地转动着，十四只刚刚生出老茧的手紧紧地抠着车辕子，石头边，拽着绳子。借着清冷的月光辨认下山的路，每往前迈一步都要步调一致。一尺一尺地挪，一步步地拱。7 个傻小子这会儿只有一个心思，就是稳稳当当的，千万别出事，千万别出事。回到屯子时，四处静悄悄，除了青年点没有一家的灯还亮着。

卸下了石头，一比量才知道要把这块大石头片直接滚进仓房是不可能的，门框不够高。活人不能让尿憋死，拆！于是叮咣五二地拆了门上的横梁。在仓房地上垫上几块小石头，把这块大石头片往上一墩，嘿，没那么合适的了，OK！

第二天全屯的老少爷们都被惊动了，人们围在大石头边上瞅来瞅去，嘴里啧啧的。前街老洪家的老大说话了：这石头是我打的，正经用了好几天才抠出来，原本也是打算做个囤粮食的囤底，可就是整不回来。男生们看了他一眼：那你说

1970 年夏天，男生在青年点房前合影

咋办？洪老大爽快地摆摆手：你们整回来了，就你们使！旁边的社员都说也就你
们哥几个能把它拉回来。

买了几条新芡子，一圈一圈地绕上去，囤了满满一大芡子的苞米，有一人高。
这回妥了，不怕粮食受潮，还断了耗子的口粮。

这件事给屯里的老乡们震动很大，我们要是跟他们单练，都不是个儿，可架
不住人多呀，那时候，人多好干活，人少好吃饭是真理。这十几个年轻人准备踏
踏实实的在这里正经过日子了，应了后生可畏这句老话。

推碾子拉磨

粮食是堆在仓房里了，可都是带皮的，捧在手里，吃不到嘴里。这可不像在
北京，举着粮票到粮店里买米买面，再简单不过了。那会儿知道大米白面不是直
接从地里长出米的，地里打下来的粮食是要用机器加工后才能吃。可怎么加工出

来的，不感兴趣，那不归我操心。现在知道还有一道工序——推碾子给粮食去皮，而这推碾子的活儿主要是"妇女"分内的。

青年点满员的时候有8个男生6个女生，个个是劳力，在屯里是超级大户。

无论在北京是住大院里的楼房上的还是住胡同里的平房里的，到了这旮沓就都是农民了，农民吃啥我们吃啥，农民咋整我们咋整。

到屯里的第二天，两个生产小队的队长商量着分配这些北京青年。8个男生，二一添做五，一个队4个，队长们很痛快的扒拉完了。接着，一个队长揪着另一个队长的袖子到门口，小声说：那几个妇女咋分？虽然声小，"妇女"这两个字在耳边"霹雳一声震天响"。女生们还都只有十六七岁，平时话里话外的说道中年妇女都很不屑。何况"文革"中，女孩子们都往中性上靠，怎么咣当一下成了"妇女"？我们的交流着惊愕和不满的眼神，农民的语言让这帮满脑子革命、造反、斗争的中学生迅速回归了传统的位置。

按照男主外、女主内的古训，大家商量着把青年点的活计分了工，男生搂柴禾，女生推碾子。

屯子里唯一的碾道（碾房）就在青年点的院子里，是用石块马马虎虎垒起来的小房子，东墙上扒出个两尺见方的窟窿算是窗户，窗户框简易成两根木棍，没有啥遮挡的东西，里外通透。地当间儿是一盘挺大的石碾子，靠墙立着一架木制鼓风机。全村人吃的粮食都要从这碾子上过，所以每天这碾道里进进出出的人和驴，就没消停过。这里毕竟是内蒙古，大牲口多，拉碾子使的是驴，这让推碾子的活儿不那么辛苦。

干这活儿也分好几档儿，给谷子、高粱、糜子去壳是高端技术活儿，给你100斤谷子，上碾子伐（推）米。人家能伐出87斤小米，你只伐出80斤，还尽是碎米，丢人现眼是小事，饿肚子是大事。压面比较容易，就是一遍遍的压，一遍遍的筛，全是从箩上找齐，筛苞米面的箩比白面箩粗一些，筛小馇子的箩更粗。不光是粮食上碾子压，做大酱的黄豆先糊（煮）熟了，也要上碾子碾成泥，那可不是"零落成泥碾作尘，只有香如故"。那时候碾子上的光景很不受看，棕黄色、黏稠的东西在碾子上翻滚，容易联想到别的。还有一种先用水泡发了的苞米馇子，上碾子压成面，叫臭米面。吃起来不臭，有些滑溜溜的感觉，也是好嚼谷呢。

我们几个放下身段，先从低端切入，压点苞米面。拎着粮食口袋，扛着直径

农村的碾子

一米多的大笸箩，跟社员借了个箩，拎着请村里木匠新做的铁皮搓子，进了碾道。进来了，才知道雄关漫道真如铁。

越是原始的活计，越要有真本事。

先要牵头驴来套上，女生哪里敢，好在咱家有纯爷们——男生。套上驴，用块脏布把驴眼蒙上，把苞米倒在碾盘上一圈，驾！驾！男生一声吆喝，顺手给驴屁股一棍子，驴走起来了，一圈一圈又一圈。苞米粒子在碾子上呻吟，几圈下来就粉身碎骨了。跟在驴屁股后面 用笤帚把压到碾盘边上的苞米往里扫扫，或者用铁皮搓子把挤到碾滚子边上的苞米搓起来倒回在碾心上。看着碾子上的苞米已经压出不少面了，拿起箩到碾盘跟前，用手往箩里撮一些苞米面，到笸箩前筛面。筛面时右手握住箩晃，左手拍着箩帮，只见箩下苞米面一层层洒下来。筛完一箩，把箩里剩下的馇子倒回碾子上，接着去撮下一箩。筛面很简单，长手就会，难的是簸糠，要把碾下来的糠皮子簸出去，压出的面才好吃。要想压出好面就多多的簸糠，要想省粮食就少簸糠，忠孝不能两全。看大娘大婶大嫂们双手抓着柳条编的大簸箕，三颠两抖，那糠皮子就和苞米馇子分了手，糠皮子跑到簸箕边上，只需轻轻往外一的瑟，就簸出去了。那动作不但利索还特有节奏感，簸箕里的苞米可乖了，服服帖帖地听摆布。等簸箕到了我们手里就玩不转了，抓着簸箕上下左右晃悠，苞米馇子和糠皮子很融洽地在簸箕里打着转儿，不离不弃。急得我们加大晃悠的力度，Kao！就觉得眼前一阵轻舞飞扬，苞米馇子和糠皮子都簸到地上了，顿时愣在那里。大娘大婶大嫂们赶紧帮我们收拾起地上的粮食，一遍遍的给我们做示范，可我们那叫一个笨呀，直到"老师"把那些糠皮子都给示范到地上算是下课了。每次从碾道出来时从头到脚都是白花花的，衣服上挂的粉面子掸到猪食槽子里能让猪兴奋一回。

推碾子碰上饲养员给使唤什么样的驴也很重要，要是赶上一头大肉（慢）驴，能把人急个好歹的。怎么吆喝，怎么搂，都只快走几步后又慢吞吞地踱方步。一次到碾道破（压）苞米馇子，饲养员给牵来了一头肉驴，正连打带骂的时候，一个男生进来套磁，他本来想以渊博的见识和流利的口才折服我们，但他的即兴讲演常常被吆喝打断，我们要全力以赴的对付那头驴，没工夫搭理他。被晒在一旁的他决定在我们面前耗子掀门帘——露一小手，随手掏出一把小刀照着驴屁股就是一下，那驴叫了一声，狂走起来，血顺着驴屁股往下流，吓得我大喊起来：干什么，你！后来驴屁股的伤口上爬满了蛆，饲养员大骂：牲性的玩意儿！如果是在今天，无论是个性张扬的80后还是无所畏惧的90后，想要收拾这头消极怠工的驴，绝不会拔出刀来。在40年前，男孩子随身带刀，话不投机，刀刃相见是常有的事。阶级斗争，暴力革命的教育，"文革"时血腥的打砸抢和武斗培植出了这些中学生的"牲性"。

平时吃的苞米面、馇子，可以随时到碾道推。等到冬天口粮分下来了，大宗的谷子和高粱、糜子都要趁新鲜赶紧把壳去掉，变成米存放。这时屯子里唯一的碾道就要大排班了，全屯各户都顺序排好碾班，每户给一两天时间，把分到的毛粮食（带皮儿的）伐成米。

工欲善其事，必先利其器，碾子也大修了一下，修理工是石匠。他用凿子把碾滚子和碾盘上被磨平了的沟又凿出来，犬牙交错。刚刚被石匠凿过的碾子压苞米面，伐谷子就是快。

知青的口粮本来就比社员多一倍，每人760斤毛粮食，加上人口多，谷子就分了三千多斤，所以这伐谷子的工作量很大。如果只白天使碾子，队里给的那三天的碾班是不够用的。于是决定挑灯夜战，分成两班。每班两个女生推碾子，男生管运输，午夜12点换班。我和琥是第一班，男生把几麻袋的谷子堆在碾道里，我们按照前几天特意观摩来的伐米的程序，开始复制。我牵来一头大黑驴，很熟练的把套包套上，夹板系好，蒙眼戴上。经过一段时间，已经敢自己套驴了。琥把一个木制的漏斗形的容器绑在碾子的竖轴上，把谷子倒满"漏斗"，一声尖细的"驾"！碾子吱嘎吱嘎地转动起来。赶紧把"漏斗"下面的隔板抽出来一截，谷子从下面唰唰地均匀地漏到碾盘上，厚厚一层。我们不断地往"漏斗"里倒谷子。

为了保险起见，我们还请村里的孤老头老蒋六叔来指点，老头儿特倔，又很热心，一辈子没成个家，到老了也不跟子侄们过。听说有一次包了饺子，煮在锅里，出门去要点醋，当街上和人唠起来了，等回家时，饺子早成片汤了，气得抽了自己几个大嘴巴。

老蒋六叔很得意知青，经常来青年点串门，男生们喜欢和他贫嘴，老能听见老头儿一边笑一边骂着。妈了个巴子，净扯王八犊子。这天，老蒋六叔眨巴着红眼圈，早早来到碾道。他不时抓一把碾子上的谷子，吹去谷糠，看看成色。调整"漏斗"漏谷子的快慢。他说这伐谷子至少要伐两遍，第一次能伐出三分之二的小米，第二次上碾子时，"漏斗"下谷子的插板要关小，漏得慢一些，剩下的谷子就都脱壳了。整好了能出八十六七个米。我俩赶紧忙乎起来，一个不断的往"漏斗"里添谷子，一个不断地把伐好的谷子装进鼓风机上面的斗里。装满了以后右手握着摇柄转动风扇，左手拉动斗下面的插板。只见谷糠从风口喷涌而出，顿时黄烟滚滚，伐好的半成品顺着鼓风机下面的一个出口滑落到早已准备好的大笸箩里。用插板调节出粮口的粗细和摇出风力的大小是能否把糠吹干净和别把米也吹走的关键，所有这些全凭眼力、手劲，全凭经验。我们在碾子和鼓风机，麻袋和笸箩之间运动，要不停地吆喝：驾！驾！还要时刻警惕狡猾的驴歪着脑袋偷吃碾子上的谷子。

天黑了，老蒋六叔家去了，毛驴也换了两次。寒风从破木门的裂缝里，从临时用塑料布遮挡的窗户缝里凶猛地钻进来，棉袄、棉裤、棉乌拉（里面絮了毡垫的棉鞋）里全都是冰凉冰凉的，冻得心都偏绺了。越来越冷，琥手上的冻疮越发紫涨了。一盏煤油灯挂在房梁上，灯光胆怯地颤抖着，在微弱的灯光下，看什么都是影影绰绰的。好在是在伐第二遍谷子了，也熟练了一些。看着彼此苍白透绿的脸，跺着冻得生疼的脚，满脑子都是：怎么样能暖和一点？后来琥跳起了忠字舞，我跟在她身边比画着，小声地哼着"敬爱的毛主席，我们心中的红太阳……"背景音乐是呼啸的北风，舞台的大灯是朦胧的煤油灯光，碾子滚动的吱嘎声和驴蹄子踏地的声音是伴奏的鼓点，两个女孩子踩着厚厚的谷糠在碾道里蹦着跳着，快要冻僵了……

终于到 12 点了，换班的女生来了。我俩灰头土脸、筋疲力尽地回到青年点，看到热炕和被窝时，浑身都软了。躺在炕上的感觉真是幸福无边呀，僵直的关节慢慢地复苏，血从心脏流向四肢。熟睡中，忽然听到琥在喊："驾！驾！"惊醒后环顾四周，见她沉沉地睡着。原来琥梦回碾道了。

3 天后，满满一大苶子小米立在青年点的仓库里，女生们全部花容失色。

1960 年代要想在农村活着，推碾子拉磨是无比重要的一部分，不会这手活儿，吃不了这份苦就无法生存。我们学会了伐谷子、伐高粱、伐糜子，学会破大馇子、压苞米面、白面、臭米面。所有农村妇女会干的碾道的活儿，我们也都会了。

菜园子

内蒙古不缺地，家家房前屋后都有挺大一块空地，社员们都是种点菜；茄子、豆角、辣椒、葱啥的。做饭时，灶坑里添把火，再去自家菜园子里摘菜都赶趟。搬进由队部和驴圈改造成的青年点后，虽然不是新盖的，住进去后也挺知足，挺高兴，觉得是个家了，要正经过日子了，过的是自己的日子，过日子该有的都得有。把房前空地里的石头块都拣出来，地边上用石块垒起一道矮墙，种上茄子，西红柿和大葱。

队里有个大菜园子，平日里可以去赊菜，年底分红时一总扣了。可那不是得花钱吗？苦哈哈地干一年连口粮都不一定挣得回来，哪有闲钱补笊篱。队里挺照顾知青，在菜园子里划出一块地给我们，地的位置不错就在水井边上，在这块地上种了萝卜和芥菜，主要是为了"积"酸萝卜和腌咸芥菜疙瘩准备的原材料。男生们下工后还要去菜地浇水。但到了晚上，饲养员不给驴使，哥儿几个就当驴了，抱着井台上的长木杆转圈车水。那可不是轻松活，车水的木杆死沉死沉的，转了半天累得没劲儿了，才发现水还"跑"了，菜地是一畦一畦的，水顺着畦边上的水沟走，想浇哪畦就把畦埂扒开一个口子，放水进去，浇完了堵上这个畦埂再扒开下个畦埂，结果这几个傻狍子一个劲地转，管放水的哥们黑灯瞎火的没看住，早就水漫金山跑到别的地里，白白辛苦了。

青年点房前的菜地平时也是男生挑水浇浇，好在青年点院前就有一口井，附近各家做饭、喝水、洗衣服饮牲口、浇地都使这口井里的水。井口没有挡头，刮风下雨直接就都进到井里了，冬天井台上冻了厚厚的一层冰，打水时千万加小心。偶尔会有渴极了的鸡鸭、马驹子到井跟前找水喝，一失前蹄扑通掉进下去了，赶紧找来一帮人捞出来。捞马驹子可不是件容易的活儿，得把绳子拴在马肚子上，一帮人往上拽，跟拔河似的。泡了澡的马驹子捞上来后，再把井水淘干，等新的井水慢慢地渗出来。听说掉下去过孩子，没救过来。就这样的水，挑到缸里做饭洗菜，收工回来抄起水瓢，咕咚咕咚地灌一肚子，很少听说闹肚子的，兴许是水里都是绿色有机物吧？

用现在的话说自家的菜园子种的都是"细菜"，茄子、豆角、辣椒、大葱、角瓜啥的，想吃啥种啥，种啥吃啥。"大路菜"大白菜、嘎的白（洋白菜）、土豆、有生产队种，收了以后分给社员。社员也有在自留地里种了些，那是为了能卖点钱。

自留地

我们每人分到 5 分地的自留地，14 个人就是 7 亩地，那是 11 根长长的垄，好大一片呢。去自留地去干活，大家都得去。其实都不乐意到自留地干活，因为给自己干活不能糊弄，特累，谁也不乐意代劳别人的那五分地。而且到自留地干活那天，除了育，谁都不能去挣工分，都得去经营自留地。自留地种的庄稼和大地的一样，但凡是自留地的庄稼长得一定比生产队地里的好，产量也高。社员指着自留地的粮食补贴口粮呢，一个人一年只分到 400 斤左右毛粮食（没有去皮的粮食），怎么能够吃呀。承蒙国家照顾知青，我们能分到 760 斤毛粮食。

1969 年秋天，被罢官的蔡书记把自留地种的菜卖给附近的煤矿，卖了个好价钱，很让我们的点长建军眼红。冬天，回北京探亲时，我们买了白菜籽、心里美萝卜籽、疙瘩白籽、茄子籽，觉得北京的这些蔬菜品种比内蒙古的好。北京大白菜个头大，菜叶多，菜心瓷实。内蒙古的白菜瘦小，菜帮子多，没心。心里美萝卜根本就没有，茄子也没有又圆又大的，嘎的白也比北京的个头小。1970 年，我们把这些优良品种撒进菜园子和自留地里，看到一层嫩绿的菜苗钻出地面，心里可美了。显华家里寄来了绿豆种子，也种到自留地里了，那苗长得高大碧绿，可到了秋天一个绿豆也不结，可真是"秧子货"，房东刘大哥也跟种了不少北京绿豆，自然也是全军覆没，很惨的。所有的北京的菜籽到了这旮旯都不服水土，大白菜没等菜心长全呢就要上冻了，得赶紧收到院子里，心里美萝卜总算与在北京的模样差不多，还能送给社员们尝尝新。嘎的白也没有在北京时看到的壮实，比当地的原住菜还是强点。我们引进优良品种的实验到此结束。

等到积酸菜时，才发现北京白菜炒着吃不错，积酸菜就不行了，酸菜吃的是菜帮子，还是当地的大白菜好使。

挑　水

从井里打水和挑水都是我们到农村以后长的本事。刚刚到屯子里，做饭在男生住的小学校，井离得很远，说好男生管挑水。没过多久，男女生起了叽咯，男生挺没风度地拿女生一把，不管挑水了，于是全体女生（除了育）气昂昂地到井边去挑水，伟大领袖都说我们能顶半边天呢，挑水还能难倒谁呀。其实挑水对于女生来说这都是第一次，虽然心里没底，但决不能露在脸上。

到了井口，围在井边探头往下一看：喝，黑黢黢的！井底下亮晃晃的像有面镜子，我的妈呀，可真够深的。井边有条很粗的井绳，绳头系着个铁钩子，看社员是把水桶梁挂在铁钩子上放到井里打水。我们也把桶放到井里了，可桶漂在水面上晃来晃去不肯沉下去，每个人都试了一把，把绳子悠过来荡过去还是不行。过来一个挑水的社员，是老陈家的小伙子，队里的车把式，个子不高，很敦实。他放下扁担，接过我手中的绳子，只见他叉开两腿，稳稳地站在井边，微微欠身往井里探望，手中的绳子猛然一甩再一松，水桶飞起来，桶口朝下栽进水里，满满一桶水把井绳一下就拽直了，小伙子三把两把就把一桶水拽上来了。摘下铁钩挂上第二只桶，再来一遍，分分钟两桶水就打上来了。我们在旁边眼睛都看直了，赶紧千恩万谢，人家还抹不开了，直说"没啥，没啥"。还问用不用他帮我们挑到小学校？这么庞大的挑水大军要是还让人家给挑回去，我们也抹不开呀。连声地说不用了，谢谢。

把水挑到小学校去，路不近，还有一段上坡，商量好每人挑一段。翠清第一个挑起来，晃晃悠悠的，走起来不太稳，接着是琥和勤宇也都挑了一小段，和翠清的姿势差不多。轮到我了，蹲下来把扁担放到肩膀上，起！顿时，脖子都压歪了，肩膀硌疼得受不了，别说往前走，站都站不稳，重心也没找对，前后两只水桶一高一矮还晃起来了："哎哟，不行，不行。"咣当！水桶落了地，水泼出了不少。我愁眉苦脸地看着扁担。最后是芹，和我一样——还没开始呢就结束了，刚挑起来马上也放下了，一步都迈不出去。还是那姐仨踉踉跄跄地把两个大半桶水挑到小学校，快到门口时，看见小学校的玻璃窗上贴着几张男生的脸，龇牙咧嘴地乐呢。

电影《李双双》里，李双双和一帮妇女们挑着扁担，颤悠悠地走在田间，还唱着：小扁担 三尺三 / 小扁担三尺三 / 姐妹们、姐妹们挑上不换肩……挺美的事。怎么到我肩膀上就瞎菜了？挑过几次水后，知道了扁担要斜担在肩上，两手扶住扁担钩，顺着劲儿快步往前走，慢慢地找到窍门。好在插队的地界，运输主要靠大车，也就是生活用水使扁担挑。打水的本事慢慢地也学会了，除了直接用井绳打，还学会了用辘轳打水。

青年点院子前面的那口井因为老要饮牲口就装了个辘轳和一个饮水槽，用辘轳打水省力，安全，也要掌握好方法，放开手柄快速把水桶放到井底，借着下坠的力度让水桶倾斜灌满水，再摇起摇柄，随着井绳绕回到辘轳上，水桶慢慢地升出井口，这时一只手回放一点井绳，另一只手握住水桶的提梁，一把提到井口边上。用辘轳打水要认真地对待辘轳上的摇柄，可不能随意地松开，尤其是已经把

农村的手摇辘轳井

满满一桶水快摇到井口时，如果没抓牢，一下松开了，飞快回转的摇柄会打伤人甚至把人打到井里，那可不好玩了。看到我哈着腰很麻利地摇动井绳打水，然后几下就把水桶拽出井口，琥夸我真行，煞楞。我这个人干活有点猛劲，缺点长劲。前年到同学在平谷的别墅玩，到水井打水时，发现用井绳打水的本事还没丢，唰地一抡，水桶乖乖地栽进水中。有的本事一旦会了就忘不了。

贼不走空

在电影《甲方乙方》里，葛优演个城里的有钱人被送到一个偏僻的村子里，过了一段时间去接他时，他已经吃光了村子里所有的鸡。也许有人会认为那不过是电影的噱头，其实当年知青在村子里干过同样的勾当。过了一阵子缺油少肉的日子，素得犯狠了，大部分心思都是怎么能解解馋。偷社员家的鸡吃是解馋的首选，几乎没有哪个青年点的男生没有窥视过社员的鸡窝，只不过手段不同罢了，手段可分为两大类：明抢和暗偷。明抢是极个别的事，也不是随便什么人就敢抢或者就能抢得着的。

先说说我听说的一次明抢：几个北京知青在公路边等车，这些男生穿着油渍麻花的青年皮（下乡时发的蓝棉衣），在一起插科打诨，起哄架秧子，狂放无羁，几个等车的老乡都远远地站着，有个老乡盯着这帮知青多看了几眼，他们觉得老乡的眼神有点不恭敬，虽然只不过是个眼神，那也不行。一声吆喝，几个人把老乡围住，用两个手指头拈住老乡的帽子扔在地上，还往上吐了口唾沫，这时汽车来了，知青放过了这个老乡，告诉他：早晚会去找他的。

第二天晚上，"鬼子"进屯了。家家都把门紧闭着，都知道这伙北京知青是亡命徒。那时每家的院墙是用石头垒起来的，只到肩膀高，院墙的门就是几根木棍钉在一起，也就到一米高，没有锁，里面用粗一点的铁丝做个搭钩，外面的人要进去，只需把手从木棍空挡中伸进去，拨开搭扣就行了。这院墙只能起到标志每家院子的范围的作用，就连君子也挡不住的（30年后我们回到村子里，看到一个突出的变化就是木棍门换成铁棍门了）。鸡窝搭建在房前窗户下。这几个知青闯进了院子直奔鸡窝而去。当晚，这个村子的大部分鸡窝被洗劫了，所有他们掂量着够分量的鸡都被塞进麻袋里，呼啸而去。

回到青年点，这些胡子（土匪）打底儿的知青们一面撕咬着香喷喷的鸡肉，一面用有教养的语言讨论着他们所崇拜的拿破仑，塔尔列的《拿破仑传》已经翻得卷边儿了，在他们的桌边还放着黑格尔、康德、亚里士多德、修昔底德的著作，鸡肉的热量可以让他们有足够的精力去进行对哲学的思考和对历史的阅读。

还是这伙知青在青年点里没有柴禾的时候，看上屯里一座破旧闲置的空房子，于是哥儿几个三下五除二就把房顶扒了，找了辆牛车把房梁和檩木拉回青年点，对于如此轻松地解决了烧柴问题很高兴。没过多久，生产队长找来了，说："你们咋能把生产队的房子给扒啦？这是队里的财产。""是吗？哦，不能扒呀。"他们做出恍然大悟状。回答："我们哪儿知道呀，那你把这些木头拉走吧。"语调极为随便和缓，就像还队长一把镰刀。队长有点懵了，没见过这种思维逻辑，咋整的，像是自己没理似的。这个从河北闯关东过来的汉子半天倒不过这口气来，而知青们已经各干各的事，不再理睬他了，要是还不走，明显是太没眼力见儿了。队长转身出去招呼了几个老乡把木头拉走了，这件事从此没人提起过。

这些知青里为首的是几个高中生，不知道是阅历的关系还是年龄的问题，总之知青中的高中生无论从表现好的方面还是表现不好的方面都要比初中生更胜一筹，那时初中生是很崇拜高中生的。

我们青年点的男生们没有去抢的胆量，可是顺手牵羊还是轻车熟路的。

要是在光天化日之下能偷到老乡家的鸡，就需要动点脑子和有顺手的工具了，这难不倒一肚子坏水的男生们。

在下乡前，都被叫到礼堂听呼伦贝尔来的干部作动员报告，说那里有条蛟流河，而且还浪滔滔。男生一听说有山有水有河流，马上想到有鱼吃了，带着对呼伦贝尔草原的美好憧憬，在打点插队落户的行装时，把全套钓鱼的家伙什儿塞进行李里。到了屯子里才知道蛟流河离这儿远了去了，十几里外倒是有一条小河，常年处于干涸状态，只有在短短的雨季才能见到浅浅的水流。

几个月没见到油腥，哥几个天天吃大馇子就大葱蘸酱吃得两眼直放绿光。人在饥饿状态下找到食物的智商空前发达，躺在旮旯里的鱼竿隆重出山了。轮到男生做饭时，那哥们把煮熟的苞米粒穿在鱼钩上，然后把鱼线甩到院子里，再撒上一把苞米粒，人躲在虚掩的门后，拽着鱼线，当有老乡家的鸡啄着鱼饵时，男生手中的鱼线一下拽紧，鱼钩嵌进鸡嘴里，鸡张着嘴但叫不出声来，扎开翅膀，疼痛难忍地随着收紧的鱼线跟跟跄跄地进了青年点的厨房，把鱼钩取出来，把鸡脖子一拧，因为是白天，不能明目张胆地杀鸡，只能把断了气的鸡塞进一个不烧火的灶坑里，等到夜深人静时，悄悄地把鸡掏出来。因为鸡没有当时放血，有些发黑，但这不影响男生们的食欲。

半夜，早有人悄悄地在屋里的炉子上用脸盆烧上一盆开水，为了不惊动就睡在对门的女生，一切都是悄声没气儿地进行着，七手八脚地褪了鸡毛，开了膛，在这盆水里履行完了杀鸡的全部程序，接着还是用这个脸盆把鸡炖上，撒上几个大盐粒儿，齐活。一会儿脸盆里的鸡汤翻滚起来，香气勾起坐在炕沿上的一排小狼的馋虫。不等完全熟了，风卷残云般的一只鸡就没了，顺手把战场打扫了，鸡毛和骨头塞进炕洞里烧了，当这一切有条不紊地进行时，住在与男生宿舍对门的傻姑娘睡得像死猪一样，当鸡肉的香味飘进屋里时，也许会梦到也吃上了味美的鸡肉。这类行动进行了好几次，女生们一直蒙在鼓里，只知道总有老乡在青年点的附近发出"咕咕"的声音找鸡，而且青年点的鸡有时也丢。听男生说有看见过黄鼠狼，确实也看到过被黄鼠狼咬死的鸡，那些死鸡也吃了。

按照男生的计算，鸡在脸盆里咕嘟的时间不超过15分钟，吃鸡的时间不多于5分钟，就是说在20多分钟里，一只鸡就会消失在男生们的嘴里。也符合多、快、好、省的大跃进速度。只是第二天，肯定会有人在当街上大骂：哪个瞎粮食喂的，蛋儿抱的王八犊子偷了俺家的鸡……

直到前几年同学聚会，那些男生们忍不住把当年的战绩嘚瑟出来了，女生们先是十分惊讶，接着责备他们不应该吃独食，琥的脑子比较快："噢，对了，青年点的鸡也丢，是不是也被你们吃啦？"她的老公——青年点的点长建军得意地开怀大笑。

听人劝

这靠偷鸡解馋终究不是长久之计，再说哪有不透风的墙，谁比谁傻呀。隔壁就是蔡书记家，他早就知道屯子里老丢鸡和这帮知青有关系。找到建军和燕辉说：你们不能总这样，谁家养鸡容易呀，再说你们有这些粮食，整出那些糠来，可以用来养鸡喂猪哇。二位孺子可教，连连点头称是，可鸡从哪儿来？蔡书记动员屯

农村的鸡轱辘

子里的老乡给青年点送来好几只鸡，还跟刘大哥一起帮助我们垒起鸡窝，虽然有的鸡认生恋家还跑回去了，可也有别家的鸡喜欢青年点的鸡窝宽敞，进来借个宿，要是让男生认出来了可就回不去了。夜深，男生蹲在鸡窝前，一只一只地把睡得正香的鸡抓出来验明正身，只要是老乡家的鸡，就把鸡脖子顺势一拧，拎进屋里……除了自投罗网的以外，再没有去偷了。

等到青年点的鸡能下蛋了，早上下地干活的人走了后，轮值做饭的我就来到鸡窝前，蹲下来打开鸡窝的小门，右手伸进去抓一只鸡出来，左手食指探进鸡屁眼里，要是触到硬硬的蛋壳，就把它塞进鸡窝上边的鸡轱辘里。鸡轱辘是用苞米叶子编成辫子样的粗粗一长条，再把这个粗辫子一圈圈的盘成中间鼓两头小，用草绳固定成像坛子似的容器，那是鸡的产房。所有的鸡屁股都摸一遍后，没有蛋的鸡就可以撒开放风了。等听到咯咯哒、咯咯哒地叫声，赶紧到鸡轱辘里把带着鸡的体温和鸡屎味的蛋捡回屋里。

鸡蛋是我们的最爱之一，打记事起鸡蛋就是定量供应的，在北京从来没有一次吃到一个以上的鸡蛋。虽然养了十几只鸡，可对付十几个缺油少肉的胃来说，实在是少了点。

有过一次敞开吃鸡蛋的美好记忆，印象极深。那是在1970年的端午节，青年点里有个小泥缸，里面满满的都是鸡蛋！这么美好的往事还得往回倒；是蔡书记拦住了知青伸向老乡家鸡窝的手，还让老乡给我们送来了鸡，这让我们知道要想在这块土地上生活下去，必须与街坊四邻处好关系，尤其在生产力不发达的农村，人脉特别重要，谁也不能房顶开门、灶坑打井。谁都有遇到难事要求人帮忙的时候，不能像老乡说的那样：三字经横念——人性苟（人姓狗）。可用什么来修复和老乡的鱼水情呢？插队的第一年，知青的口粮还是用安家费到公社粮站买商品粮吃，每月还能供应一点白面，这让老乡很羡慕。这里基本不种麦子，很少吃到白面。还是建军和燕辉头脑灵活，转向快，想得比较长远，想到了给刚刚生了孩子的老乡家送一点白面，表示慰问。但当时这个想法没有和我们讲清楚。

有时候看见建军用小铝盆擓一盆白面，大概有两斤左右，屁颠颠地出了青年点的院子，一问，原来是去给屯东头老李家刚刚"猫下"（生产了）的媳妇下奶。怎么回事，人家媳妇生孩子关我们什么事？再说，男生去给产妇下奶，也有点那个了吧？后来看见燕辉也端着一盆白面晃晃悠悠往前街送。女生心里就更想不通了，翻着白眼在底下议论：就那么点白面，自己都不够吃，还往外送？他们男生怎么老拿咱们的白面去给人家下奶，不嫌磕碜！不管心里多么不乐意，可没人公开阻拦，可能是觉得事关与贫下中农的关系，只能忍了。

阴历五月初五端午节，这儿叫五月节，即使是在"文革"中，农民还是只过3个传统节日。在北京过端午节一定要吃粽子，内蒙古东部农区沿袭的都是东北农村的风俗不吃粽子吃鸡蛋。平日里的鸡蛋除了给产妇和小孩吃，就是待客和换点零花钱。可到了五月节，家家都会煮上一大盆鸡蛋，可劲造。生活好的老乡家还会擀面条吃，里面也卧上好几个荷包蛋，整个一个鸡蛋节。吃鸡蛋好哇！我们也盼着过五月节时猛吃一顿鸡蛋，可青年点十几个大胃，得多少鸡蛋能填满呀？老乡家早早的就为过节攒下鸡蛋，我们的鸡蛋基本攒不下，除非去买，可钱哪？

五月节这天，都不出工，专心过节，不时就有老乡来串门了，一天下来陆陆续续的没断人，手里都端着个瓢或是个小盆，接过来一看，满满的都是鸡蛋，啊！啊！啊！刚开始时是偷着乐，然后是千恩万谢，最后觉得心里有个东西顶上来了，顶得心头发热，眼眶发热，嗓子有点堵。家呀，爹娘呀都撇到脑后了，看着白花花的一大堆鸡蛋，嘴咧得像盛鸡蛋的瓢。差不多全屯的人家都送来了鸡蛋，每家送来的鸡蛋不少于一两斤。除了五月节这天全体过足吃鸡蛋的瘾以外，剩下的鸡蛋装满了一个高一米的小缸。我们把这些鸡蛋都腌成咸鸡蛋，细水长流了。

这才悟到这是送白面给老乡下奶的后续效应吧。其实也就送了不到十家的白面，一年后我们的商品粮终止了，白面没了，自然也没的送了。可老乡们认定知青仁义啊！他们记得知青的每一点好，说我们抛家舍业的不容易。知青遇到了难事，很多老乡都会拉帮一把，而且非常自然。蔡书记、房东刘大哥、老王家兄弟等等都是知青的铁磁朋友。

躲　钉

　　知青不是狼崽子，遇到老乡家有了难事，一定会伸出手来。说起老王家兄弟还有个故事；王家哥四个，都是老实本分的人，在屯子里没啥势力。王老大是队里的贫协主席，听说土改前穷得叮当乱响，冬天只好把脚踩在刚拉出来的牛粪里取暖。老二当过森林警察，算是混得最好的。老三娶不上媳妇，蔡书记想把育嫁给他，正在运作之中，谁想育跑回北京了。老四小时候生病，把视力整坏了，配不起眼镜，成天眯缝着眼睛瞅，屯子里有的人见老实人不欺负难受，经常调理他。王家兄弟对知青是实实在在好，能帮忙的时候没打过磕巴，男生里显华与老王家最投缘，王才的女儿也是个实诚的姑娘，说话有点结巴，经常来青年点串门，与女生很熟络。

　　晚上队上夜战（摸黑干活），队长说干完活，杀只羊改善生活，这可正是肚子里没油水的时候，赶上能吃羊肉，喝羊汤就跟过节似的，大伙儿干活也有盼头。

刚刚穿上军装的显华与屯里要好的社员合影

收工了，一盆盆热乎乎的羊肉炖萝卜端上来了，满屋都是羊肉的香味，主食是荞麦面饸饹。干了一天加一晚上活儿的人都像饿狼似地扑过去……只听见一片吧唧嘴、秃噜饸饹的声音。王老大吃到实在吃不下去了才撂筷，觉得撑得难受，没有回家，又上自留地里干活，想消消食。干了一会儿，肚子越来越胀，难受得不行，后来疼得摔倒在地上，老二恰好在旁边。赶紧招呼人套车往县医院送，可王老大肚子胀疼得受不了大车在土路上的颠簸，只能用担架抬，于是队长安排了几个小伙子加上 4 个男生轮流抬着担架往县上送。虽然我们屯是整个公社离县最近的大队，也有四十多里地，怎么也要四五个小时能到。一边走一边拦截公路上的车，都没停，后来还是亲人解放军的军车停了，就这样到了县医院已经是后半夜快天亮了。冲进县医院，大喊：大夫在哪儿？救人呀！等值班大夫睡眼惺忪的出来，看到王老大的惨样，赶紧派人去家里叫外科大夫来，等了半天大夫护士才凑齐，又说没电。还得找管柴油机的人发动柴油机发电，等有了电，才能给王才动手术。

王才躺在手术台上，肚子胀得像一面鼓，人早就昏迷了。腹部刚打开，肠子立刻翻了出来，小肠胀得比大肠还粗，因为梗阻，肠子已经糟烂穿孔，满肚子的……人没能救过来。

当把王老大送回屯子时，被队长拦在屯子外边了，他说不是"好死"的，不能进屯子，让直接埋了。当地的风俗，"横死"的人不能走正常程序入殓的。只好在屯头的树趟子前把王老大装进一口薄皮棺材里，想想昨天还一起干活唠嗑的人就没了，真是不敢想，到了给王老大的棺材上盖铆钉时，显华悲痛不已，流着眼泪跟着孩子们一起喊"躲钉"，一声声："大哥呀，往东躲！大哥呀，往西躲！"当地的习俗，只有儿女小辈喊"躲钉"。王老大有 40 多岁，这帮男生平日里只肯与他论哥们，到了最后诀别的时候也是真情流露，管他什么辈分对不对，情不自禁地喊了起来。所有的知青都很难过。我们年纪虽然不大，最困难的时候，谁帮过我们，都记在心里。

内蒙古草原的原住民是蒙古人，后来中原受灾，很多逃荒的灾民闯关东是为求一条生路。他们来到草原垦荒种地，生儿育女扎下了根，所以内蒙古的农区是移民区，这里地旷人稀，比起内地来更能包容收纳外来的人——知青和盲流。

养银行

在加拉嘎这个穷屯子里，即使我们个个都是劳动力，日子也还是越来越紧巴，工分越来越不值钱，干了一年活儿，将将挣够口粮，还能富余一盒迎春牌香烟钱。农民拉家带口的，那点工分更是啥也不顶，平时的花销就得另想法子。小钱主要靠"抠"鸡屁股——卖鸡蛋。家家都养一两头猪，过年一杀，一卖，把板油和肥肉熬出一小缸油，全年的菜油就指它了。建军是个操心过日子的人，不像我们吃饱了盼天黑。他有点发愁这点安家费使没了咋整。经蔡书记和房东刘大哥的点拨，建军相中了养母猪这条致富的途径；要是能养一头母猪，那就好比自家有个小银行。他算计着：母猪一年下两窝猪羔，每回少说也得下个七八只吧，喂上个把月，每只要是能卖10来块，刨去自家留一两只，一年下来怎么也能收入200来块钱吧。那就妥了。

养母猪是要有本钱的，一是买得起，二是喂得起，一头母猪吃的比三头克朗（半大的猪）还多，一般人家都照量不起，全屯也就两家养了。青年点人多，口粮多，泔水多，还有点安家费，养母猪应该没问题。

可这养母猪，下猪羔毕竟不是简单的事，用现在的话说是有技术含量的，啥时候配种？要是怀不上，这段时间喂的粮食就算糟蹋了。猪羔出来怎么侍弄，也一窍不通。老乡说小猪羔最好在十月底前生出来，生早了，粮食没下来，晚了，又怕扛不过严冬。为这，大家也各抒己见论证了半天，一番争论后还是决定养。

到前屯大队猪场去挑母猪，有明白的人说了：母猪要品相好，猪羔才能长得大。奶头要多，少了猪羔多了不够喂，于是建军他们还去数了奶头。相中一头还没下过羔的母猪，大家都看好。花了60块买下，那时候一头母猪的身价不超过100块钱。

母猪来了以后，建军就瞅着生产队的那只和小牛身量差不多的巴克夏公猪亲切。公猪还有个小名叫跑（音一声）卵子。身上是黑白花的，体型庞大，少说也有好几百斤，乍一看吓一跳。这头公猪是生产队的零花钱，谁家的母猪要是与跑卵子配种，是要付钱的。母猪既然买来了，建军打算马上就让它爱上跑卵子，被蔡书记拦住了。告诉他二月时猪羔最好卖，猪怀孕的时间是5个月，所以最好是八九月配种，来年春天下小猪，喂到过年时杀吃正好。男生们只好先把猪圈装修一下，面积扩大了，墙加高了。

生产队的保管员兼跑卵子的领导，是一个外号叫"楞等"的四十多岁的光棍，眼睛有点问题，外观不大规则。夏天的一个早晨，去巡视跑卵子时，发现圈里多了一头母猪，二位各自都呼呼大睡。仔细一看，嗨！这不是"青年"的猪吗？别看楞等的眼睛不好，眼神好，方圆十里地的老母猪都认得。他转身到了青年点，把放了一夜马，正在炕上呼呼大睡的建军扒拉醒了：唉，少当家的，去把老母猪赶回来，整啥呀，也忒着急了吧？建军惜惜懂懂地跟在楞等的身后，听着数落：母猪不是啥时候想配种就配的，要看母猪的"哨子"是不是肿了，没到时候，配不上。臊眉搭眼的建军把老母猪赶回圈里。等母猪第一次发情时，却没有发现，还是房东刘大哥看出来告诉了才知道，如果再错过一次，小猪崽生下来就入冬了。于是男生们天天到猪圈跟前探视。一天，细心的燕辉发现母猪不爱吃食，哼哼唧唧的老想往外跑，"哨子"肿着有白浆流出来。这不就是楞等说的老母猪发情的征兆吗，赶紧送到跑卵子跟前儿。这回是老郝家闺女嫁给老郑家——正好，正好啦。

眼看着老母猪的肚子越来越往下垂了，我们都觉得那鼓鼓的肚子里塞满了的人民币。

早上，母猪哼哼地在圈里转悠，建军、燕辉几个给圈里垫了一层细细的干土，铺上干草。下工时看见建军还在猪圈旁边转悠。怎么回事？青年点的气氛有点异

青年点房前，做饭的显华在喂老母猪，在大车旁边的是建军。

常，做饭的显华也心神不定的，一问原来母猪要下小猪啦。刚刚从地里干活回来的我们直奔炕桌，早饿得前腔贴后腔了，先吃饭再说。何况母猪生小猪，有什么可看的？虽然也没见过，但决不能去看。以我们所受的教育，一切与性有关的事情都是肮脏的，下流的，猪也一样。吃完饭了，看见建军干脆就趴在猪圈墙上，不错眼珠地盯着老母猪下猪崽。这也太流氓了吧？！我们惊愕他露骨地"色迷迷"。在进出青年点院子时故意远远的绕开猪圈，目视正前方，毫不掩饰我们的清高纯洁和对他的鄙视。

　　首批小猪崽有6只，满月以后都顺利地卖出去了。我们的母猪品种好，下的猪崽看着也舒服。不像屯西头陈皮匠家的老母猪，下的猪羔不爱长，人称"荷包猪"。猪崽刚出生，就有几个老乡来看，谁先来就能先挑。因为不能马上拿走，就在相中的猪崽身上做上记号。我们只落下了最小的末末渣儿——第一个出生的猪崽。结果猪妈妈的奶水后来全归它了，长得又快又大，充分显示了母乳喂养的优势。加上青年点的猪食里粮食比重偏高，到快过年时，长成150斤的肥猪。杀猪的那天吃面条，每人盛满满一碗炒肉丝，香极了，吃得心里直含糊——这也太奢侈了。

　　母猪先后下了两窝猪崽，一窝比一窝好，一窝比一窝多。头一窝卖到14块钱一只，第二窝的猪崽里还送出两只，一只是感谢给过我们很多帮助的临近公社的青年点，另一只"感谢"了握有知青分配大权的公社管知青的干部。

　　建军的道德品质问题在很多年以后的一次聚会才得以昭雪；是蔡书记和刘大哥提醒了建军：在母猪下崽时，一定要盯着，怕母猪把刚刚出生的小猪压着，尤其是初次做妈妈的母猪容易犯这样的错误。所以才有了在母猪生产时，被他全程深度关怀的场景。回想起我们当年以无知幼稚打底的"纯洁清高"，真糗！

　　刚刚下乡时，还不好意思要工分，从一片红海洋的首都，满怀革命激情，来到这广阔天地，准备建设社会主义新农村的，要工分多俗呀。贫下中农告诉我，干一天活儿，可以记10个工分，这是指老爷们，妇女只能按八折计算。工分就是钱，挣不着工分，就没钱买油、豆腐、粉条、鸡蛋、肉，就得饿着。站在内蒙古草原，无比清晰地感觉到与共产主义世界的距离。我们插队的那个村子在公社几十个村子里算是穷的，来到这穷乡僻壤，连温饱都难以解决，谈何共产主义？村支书蔡书记看出了我们的困惑，言简意赅地说了一句话，有如醍醐灌顶："愁啥呀，甭看那个，别人到了共产主义，还能把咱们拉下咋地？"

下乡后没有多久，很多青年点就开始了分裂与争吵，其主要原因就是两个：一、吃得多与吃得少。因为知青的口粮都放在一起的，吃得少的觉得有点亏。二、干得多干得少，青年点的活要大家干，因为是农民了，生活里所有的事都要自己动手，种自留地，侍弄自家房前的菜园子，搂柴禾推碾子，喂猪喂鸡等等。这些活儿不可能平均分配给每个人，有的人会耍个小聪明，明里暗里偷个懒。当天天都累得跟孙子似的，挣得那两个工分又少得可怜时，每人的眼里就都不揉沙子了。于是先吵架，然后分灶；有的青年点十来个人，分成五六个灶，各做各的饭。也有的青年点倒是没分家，要饿，大家都饿着，天塌大家死，过河有垫子。到了粮食断顿的时候，知青们就都蹲在青年点的房前吃胡萝卜晒太阳，过着比贫农还贫农的日子。

独杆套

"茫茫大草原，路途多遥远，有个马车夫，将死在草原"，哀愁低沉的俄罗斯民歌回荡在苍凉辽阔的科尔沁草原上，如同远古的牧歌。1968年的冬天，7个男生围坐在枯黄的荒野上，茫然地望着四周，低唱着忧伤的和声。北风在他们的周围呼啸着，风沙抽打在稚嫩的脸上，这些十七八岁的小伙子，每人身后都放着一个手脖子粗细两米长的木杆子，杆子粗的一头绑着一个用粗铁丝和木棍做的大耙子，耙子有七八十公分左右宽，窄一点的有12个齿，最宽的有16个齿，在耙子下面连着个用高粱秆和铁丝编成的簸箕形状比耙子略宽的"帘子"，这就是独杆套——搂柴禾的工具。

在内蒙古东部农区的冬季，农民把场院的粮食扬晒入库后，就背起独杆套到山坡上去搂耙枯死的茅草。全年取暖和做饭用的柴禾，靠队里分的秫秸秆远远不够。搂柴禾是被当地人称之为最累的两种活之一，另一种是脱坯。我们自然是入境随俗，搂柴禾的活儿归了男生。说来也怪，这些刚刚离开故乡的中学生，都很自觉的背负起过日子的责任。

也许现在的人们无法理解充足的柴禾对于我们那时的生活有着怎样举足轻重的关系。凡是在塞外高原生活过一段时间的，在干冷刺骨的朔风中呼吸过的，在暖暖的炕头上盘腿打坐过片刻的，捧着一搪瓷碗才出锅的小米粥用它焐过冻僵的手指的，干完一晌农活，回到青年点把一块黄澄澄的苞米面饼子狼吞虎咽送下肚的人，都不会不明白自家院子里耸立着一座高高大大的柴禾垛意味着什么！可是附近早已没有了风吹草低见牛羊的大草甸子了，要想搂够一年烧的柴禾，要到三四十里以外茅草丰厚一点的荒原上，住在专门为搂柴禾盖的破房子里，不用说也知道就是艰苦两个字了。

天刚蒙蒙亮就起炕，外面是零下二三十度的严寒，哥儿七个扛着大耙和老乡们一起来到山坡上，老乡是几个人结成帮，知青们已经够规模了，自己一拨。搂柴禾有搂柴禾的规矩，先确定一个放柴禾的地方，然后大家以这为中心向不同的方向走出去。在那个手腕粗的木杆的另一头，套着一个木头板，像牲口的夹板粗细，和木杆向下成90度角，把这个木板搭在肩膀上，那根木杆就一头在肩上，另一头系着耙子搭在地上，人往前走，耙子就把地上的草搂起来，当耙子里的草满了时，停下来用手把草捋进耙子下面的帘子里，走了几百米，帘子里的柴禾有了一半的时候，再沿着刚才走过的耙道边上往回走，不能乱走。回到放柴禾的地方时耙子里的草刚好就搂满一帘子了，这叫搂了"一个"，同一拨人搂的柴禾堆放到一起，够三四百个就装上大马车拉回村子。搂柴禾首先就是一个走功，每个人每天至少要搂够50个，要走几十里路，而脚踩在草甸子上来回走的滋味，可不像在硬地上得劲、利索。只觉得脚下喧喧的，迈步使不上劲，肩上还扛着大耙和柴禾，这肩膀和两腿可吃了力了，一天下来，肩和腿疼得没地儿放。在草棵子里还有矮小的灌木丛，脚上的棉乌拉（黑色胶皮棉鞋）经常遭它们的暗算，几天下来连磨带刮破得露出了大脚指头。经常来凑热闹的是从西伯利亚南下的冷风，在拖着大耙迎风奋力走着的时候，常常被风噎得喘不过气来，只好把脸扭过去像游泳扎猛子似的长长的憋住一口气，等避开风头时再大口大口地喘气，有时搂满一帘子柴禾，要扎几次"猛子"，皮帽子上结起白霜，现代化的装备——风镜也刮坏了。

特别遭罪的是在晌午时，又累又渴。早上走的时候会把水壶里灌满水，带上女生们特地为这些受苦受累的男生们蒸的两样面的小馒头（女生们遵守忙时吃干，闲时吃稀的农家习惯，天天是小米稀粥灌大肚，然后在漫长的冬夜里频繁地起夜）。水壶和干粮放到柴禾堆里，渴了时，倒进嘴里的已是冰碴，有的水壶干脆冻裂了。上等嚼裹——小馒头早已冻得岗岗的，其硬度可以打死人，一口咬上去，一溜白牙印。咸菜里有盐，稍好一点。因为冬季白天很短，舍不得中午回去吃饭的时间和力气，早一天搂够柴禾，早一天离开这个鬼地方，就只有天天在旷野里就着西北风野餐，肚子里装的是"北冰洋"系列食品，里外透心的凉。

男生们一天天在这荒野里拽起大耙走哇走哇，渐渐累得腿都麻木了，没有知觉地一趟一趟地搂着，脸被吹得发黑，耳朵冻起了大泡，眼睛漠然地看着前方，那是一种无焦距地直视。在他们的脑海里一遍遍地响起那首哀婉沉重的俄罗斯民歌《茫茫大草原》。刚刚离开首都，离开父母，怀着一腔热血来到广阔天地的中学生们与贫下中农相结合的理想与这苍凉大地里的棵棵茅草挂上了钩。这些"生荒蛋子"一天就能搂够一大车柴禾，那个冬天他们搂了六车柴禾，随着最后一车柴禾，男生们破破烂烂，面目狰狞地回到了青年点，OK已经发了几天大烧，他是躺在装满柴禾的车顶上送回来的，从车上滑下来时晃晃悠悠的活脱脱就像一只大熊猫，两个墨黑墨黑的眼圈让女生惊惶失措。

青年点的院子里立起了全村最大的柴禾垛，震了那些坐地户们。从此青年点被公认是村子里的第一大户，没有一家能与之抗衡。

到了1971年年初，传来招工的消息，男生们欢呼雀跃，终于可以离开这块贫瘠的土地了。只有燕辉因为家里有"复杂的"海外关系没能和哥们儿一起到乌兰浩特钢厂完成从农民到工人的飞跃，被淘汰下来继续接受再教育。青年点只剩下他这么一个党代表和所有的女生（招工方面的性别歧视由来已久）。生活还是要继续，柴禾还得搂。被招工的男生拍拍屁股都走了，只靠这位党代表一人是无法完成这个重任的，必须有女生加入外出搂柴禾的队伍。我很怵搂柴禾的艰苦，就说和父母说好要回北京探亲。后来，琥说愿意和燕辉一块儿出去搂柴禾，虽然她的个子是女生里海拔最低的。2月2日当我坐上返京的火车时，他们走了6个小时的路，来到一个偏僻的村子，找到当地的北京青年点，这个青年点里大部分是高中生，大哥大姐们热心地接待他们，安排他们的食宿，并借给他们搂柴禾的耙子。因为不是本村的人，不让在村子周围搂柴禾，每天必须扛着耙子和帘子走出十几里地以外才可以搂。凌晨，燕辉听到厨房里轻微的窸窸窣窣的声音，门缝里透出亮光，他睁开眼看到，那是灶间的火光，有两个女知青在为他们煮早上吃的大馇子饭，大馇子饭特别抗煮，要提前一两个小时煮才行，燕辉的眼眶潮了。寒冷的早晨两个人相跟着在草甸子上走着，拉开男女生之间的常规距离，聊着在知青中间流传着的小说和小道消息打发漫长的路程。到了地方，他俩各拽着一个独杆套开始了无穷尽的跋涉，在天苍苍野茫茫的草原上，移动着两个渺小的身影。说起来这两个人都算不上壮劳力，他们都生长在书香门第，一个父亲是北大的教授，另一个父亲是清华的教授。他们还都是家里最小的孩子。在学校里都因为学习成绩好担任了班长。琥还辉煌过一阵子，"文革"中曾是学校里最有影响的四三派组织里唯一的女性总部成员。

依旧是顶着凛冽的北风，依旧是肩膀疼痛难忍，依旧是腿累得直哆嗦，却没有了伙伴们的齐心协力。他们知道另外7个男生已经脱离苦海，永远不用再来拽这个独杆套了，而这两个"狗崽子"不知道还要搂几个冬天的柴禾。依旧又渴又饿，可他们没了两样面的小馒头，饿了，就抓一把在大柴锅里炒出的苞米花填进嘴里。他们甚至不敢喝水，尤其是琥，在这个一马平川的草甸子上，她没有地方遮掩解手，她不好意思和燕辉说她的需要，纯真的女孩认为只能自己悄悄地解决，但她根本无法解决。而书卷气的燕辉从来就没有问过她为什么一天都不用上厕所，他觉得不应该问女生这种问题。

两个单薄的身影在荒野里顽强地挪动着，琥每天能搂20多个，燕辉也就搂30个，他计算过，差不多20分钟搂1个，1小时搂3个，一天最多搂30个。早上5点多钟就出发了，晚上还要扛着耙帘子回去，往返走30里路。回到青年点，用筋疲力尽都不能形容他们的惨状。第二天早晨，他们又爬起来，扛着耙帘子上路了。几天以后，他们的顽强感动了那个青年点的知青们，大哥大姐伸出了援手，帮着搂了一天，凑够了一小车柴禾，还拦下了一辆路过我们村的马车，把柴禾装上车，运回了青年点。这车柴禾为我们青年点外出搂柴禾画上了句号，那天是2月8号。在下个冬天来临之前燕辉分配到扶余油田工作，我们只有靠买柴禾烧火了……

多年以后，燕辉见到琥的老公——青年点的点长建军，回忆起那难忘的岁月，忽然问道："当年和你老婆一起搂柴禾时从没看到过她去上厕所，反正我是边走边尿。"建军也丈二和尚摸不着头脑，回家问老婆，琥笑笑说："不喝水呗，憋不住就咬牙憋，还不行就蹲下来憋一会儿，实在憋不住就往裤子里尿一点点，因为穿着大棉裤也看不出来，但棉毛裤肯定是湿了，只能靠身体捂着，一天中要憋好几次尿，最后好像这尿就憋回去了，回到青年点里把棉裤脱下来，要是棉毛裤上尿得不多，就坐在炕上再烤烤。要是尿得多，就换下来偷偷地用水涮涮。反正当时可不敢真的蹲下尿，怕男生看见，他虽然不是和我在一个方向搂柴禾，可是每走一段路就要回过身来将下耙子里的茅草，会看见我的，太不好意思了。"这段话在几十年后才说出来，几十年后听到这段话我的鼻子依然酸酸的。

当地的女人没有和男人们一起住到外面搂柴禾的，因为这个活儿实在是太苦了，男人都怵头，只有北京来的女知青中有些人是干活专挑重的干，甚至是专挑男人的活干，她们有时比男生还要虔诚、认真、努力、泼辣。而这些最能吃苦，最不怕累的女生往往是在生活优裕的环境里长大的。插队的日子里，我明白不是只有贫困的出身才能百炼成钢，素质和信念常常使她们可以忍受别人无法忍受的艰辛，做出超出想象的事情。

打枝子

大部分男生走了以后，到了夏天，青年点的柴禾垛眼看着就快和地面一边齐了，这可怎么办？蔡书记说老天爷饿不死瞎家雀儿，他和大队商量了一下，让我们去打树枝子。那是 8 月末的一天，蔡书记带着青年点现存的全体成员，3 个女生一个男生来到坡下靠近保安屯的树林，这是大队的林场，有一片杨树，蔡书记教我们用镰刀把树根和树干上生出枝枝丫丫的小树杈砍下来，给杨树打枝后，主干才能长得更好。几个人分散在树林里，去找可以打枝的小树杈。把打下来的树枝放在一起，看够一小堆了，就用绳子捆起来，背出树林，等大车来装。打枝不很难，只是这割下来的树枝流出粘不拉几的树油，沾得满手满衣服都是黄绿色的。

我煞愣地挥动镰刀打下一堆枝子，一条腿跪在树枝堆上，揪出铺在树枝堆下的绳子，使劲勒紧，打好结，弯下腰来想把地上的树枝捆拿起来，才知道这湿树枝可是不轻，根本举不到背上，这可咋整？得找个人帮忙。四下踅摸，没有看到人。于是一屁股坐在地上，把捆树枝的绳子拽在胸前，起！没起来。再起！还是起不来。前面有个东西能拽着借个力就好了，可手能触及的地方没有坚实的东西，我伸出一只手够着去揪地上的草，手指抠进土里攥住草根慢慢地将身子往前探，先跪起来，喘着粗气，再支起一条腿，终于颤着站了起来，背着树枝往外走。有时遇到小树枝或草不经拽，一个屁蹲儿又坐回在地上，就换个方向找结实一点的。汗水淌进眼睛里，没法用沾满树油的手去擦，只好用袖子擦，后来袖子上也都是树油了，只能任汗水腌着眼睛。当我跪在地上抠着草根拽着树枝一次次往起爬时，想起了电影《农奴》，觉得就跟西藏农奴有一拼，都挺惨。

树林离屯子有几里地，中午没人送饭，只能是一气儿干完再回家吃饭。

4个人在树林里干了3天，打了一大车树枝子，把树枝卸在院子里，看看浑身上下的绿树油子，长出一口气。

针线活

屯子里的大姑娘小媳妇们在地里干活的时候会带着针线活儿，多半是纳鞋底。纳鞋底在北京也见过，家里的保姆把旧衣服拆了，剪去糟烂部分，然后把这一块块花花绿绿的布用糨糊一层层往木板上粘，知道这叫打袼褙，用来做鞋底的材料。也有到同学家见到打好的袼褙，同学穿着家做的布鞋上学。家做的布鞋不如买的鞋漂亮，这点没有异议。

老乡除了个别有皮靴和棉乌拉的（一种胶皮棉鞋），都穿自家做的布鞋，无论棉鞋还是单鞋都是由家里的女人一针一线做出来的，鞋的样子好不好看和结实的程度是显示这家女人针线活的标尺，一目了然。姑娘在出嫁前要为自己做好十几双嫁鞋，那更是争奇斗巧的机会。看到过很多姑娘的嫁鞋，精致得让我们啧啧赞叹不已，姑娘对婚后美好生活的憧憬都做在这嫁鞋里了。

鞋底是把好几层袼褙纳在一起的，每层袼褙的边都包上漂白布布条，虽然所有的鞋底都是人工一片一片剪下来的，剪得可不是一般的整齐，摞在一起就像用机器一次切下来的似的，我至今都对那些粗糙的手握着笨重的大剪刀却能剪出如此规整的鞋底有些想不通。纳出的鞋底也漂亮极了，前后脚掌的部分用粗一点的麻绳密密地纳着，下一行的针脚嵌在上一行的两针之间，无论横着看还是斜着看都成行。麻绳粗，针脚小，每一针纳过去后都要把麻绳绕在锥子把上两圈使劲儿地勒紧，所以纳出的针脚就是一个个小菱形方块。在脚心的位置，针脚要稀疏一些，是用细麻绳纳出花样图案来，有农村古老的几个菱形相套、卐字等等，还有好多好多我叫不出名字的，任凭做鞋人的发挥了。男鞋的鞋底宽大厚实，麻绳也更粗，锥子扎进去拔出来都不是轻而易举的事。就只是粘在一起的袼褙就硬邦邦的，纳好之后如同木底般的坚硬。女鞋则秀气小巧，鞋底的针脚变化多端。

鞋面更是泾渭分明，男鞋的鞋面用的都是黑布，好一点的是礼服呢的，其实不是什么呢子，就是一种黑色的斜纹布。女鞋的鞋面除了礼服呢还有花格呢，灯芯绒，花花绿绿的，凡是素面的嫁鞋上总是要绣上一些花呀朵呀的，为了这个，姑娘们要到处淘换花样子。

看这些姑娘、嫂子们做的鞋，心里也痒痒起来。插队以后一定是入乡随俗的向老乡学习各种生存的本事，何况看这做鞋似乎并不是很难。再说下地干活鞋费得厉害，工分又不值钱。于是哼着："勤俭是咱们的传家宝，社会主义建设离不了，离不了"。找出破旧衣服撕吧撕吧打袼褙，太简单的一件事了。到供销社买几尺礼服呢做鞋面也不在话下，我们是不会穿绣花鞋的，欣赏是一回事，穿上是不可能的，因为革命不是绘画绣花。到了准备纳鞋底的麻绳，难住了我们；麻绳是要自己搓的，一大把麻挂在房梁上，大姑娘、小媳妇们坐在炕上，拉上裤脚露出小腿，伸手拽下两小缕麻，吐口唾沫在手上，就在腿上捻起麻绳来了，一边用手来回搓着，一边再往里续着麻，不一会儿，一根长长的粗细均匀的麻绳就搓出来了，末了还搓出了方便穿针的细线头来。看似轻松愉快的活儿，到我们手里才知道这搓麻绳的活技术含量很高，不是一朝一夕就能学会的。我们也把一缕麻挂在房梁上了，也把小腿亮出来，也拽下两撮麻吐口唾沫开始搓。因为不会使巧劲，撮出来的麻绳不紧实，还一段粗一段细。腿上的皮快要搓下来了，唾沫也干了，麻绳倒是搓出来了几根，可没法用，粗细不匀，还不敢使劲拽。得，没辙了，只能停工待料。可巧回北京探亲时，发现商店里有麻绳卖，真乃天不灭曹，买了不少，扛回屯子。这回万事俱备只欠东风了。

首先剪出鞋底，我们使的可是从北京带来的剪子，虽然不是王麻子、张小泉吧，比当地造还是要强得多，可怎么不大听使唤呢？所有的弯都拐不圆，剪出来的鞋底摞在一起，各自张扬着棱角，谁也不就和谁。"第一次嘛，没关系。"一边给自己宽着心，一边进行下一道工序，把鞋底粘在一起。开纳了，先沿鞋底边纳一圈，是把鞋底的各层固定好。纳鞋底是从鞋尖也就是前脚掌开始往下纳，这时才发现北京买的麻绳比老乡搓的要细一些，不好使。本来就是新手上路，纳的针脚一点都不齐，细麻绳也勒不出菱形来，管他呢，老太太跑步——精神好。一向对于女红之类的活儿我都按低标准要求自己，不较劲。于是鞋底上陆陆续续出现了像酱缸里的蛆似的略带小弯的针脚。

1969 年秋天回北京探亲，穿上发的"青年皮"在颐和园合影

　　把鞋底对付完了，该绱鞋面了，这又是个技术难题，首先鞋面的大小要合适鞋底，绱的时候，还要掌握好松紧度。我们采取了灵活机动的战略战术，绱了一半要是发现鞋面"小"了就使劲抻长了，如果鞋面"大"了就捏个褶，凑合着把鞋面和鞋底连上了。往脚上一蹬，嘿！真不怎么舒服，但毕竟是自己的手艺呀。一共又做过两三双鞋，还带回北京孝敬老妈呢。前几年妈妈提起还收藏着我插队时钠的鞋底，舍不得穿，心里老惭愧的。

　　下乡时，每人领到一身棉袄棉裤，面是深蓝色平纹布的，里子是白布，不论在哪儿，只要看到穿这身棉衣的肯定是知青，老乡称"青年皮"。

　　无论是发的"青年皮"还是自家的棉袄都是"死"面的，穿脏了以后，应该要拆洗的。男生的"青年皮"都是一槽烂了，像放马的建军，那棉裤里面的棉花早就"滚"到腿上，屁股上只剩两层布，还是老乡看这小子可怜，给了他一条皮裤。别说男生，就是女生也没做过拆洗棉衣这么大的针线活儿呀。在北京时，有母亲会做的，自然是慈母手中线游子身上衣。母亲不会的有到裁缝铺私人订制的，也有让家里的保姆做的，下乡以后只能指望自己了。

女生毕竟要讲究一点了，冬天过去后，商量着把棉衣拆洗一下。都有自知之明，凭我们的手艺，拆洗没问题。重新还原——不可能。老天爷饿不死瞎家雀，村里的巧姑娘有的是，就找她们帮忙呗。于是各自选好一位师傅，别的女生找到都是姑娘里的尖子，我找的是个不太精明的姑娘，用当地话说就是有点"虎"（"虎"在当地话里不是凶猛的意思，代表有点缺心眼）。屯里都叫她蔡老二，听听这个名就知道是个实诚大劲的姑娘，她总来青年点和我们唠嗑，看我们带来的衣物都新鲜，时不时地言传身教农村生活中的小知识，干活时也经常来接接我的垄，也许是因为我是个头脑简单的人，也愿意和头脑简单的人打交道，所以我们俩关系处得很好。

俗话说外行看热闹，内行看门道。很多活儿，看似简单，一上手就懵，拆洗重做棉衣应该是高端技术活。主要有两大关键；一是重絮棉花，把已经变硬赶蛋的棉花重新变回松软平整的状态可是件工程了。见蔡老二先一小块一小块地把棉花揪散，把变硬的棉花拿在手里，几个手指轻轻地挠呀挠的，一会儿，棉花就舒展蓬松了，变成边上薄中间稍厚的片片，再把一片片薄薄的棉片均匀地铺在棉衣里子上。我也揪块棉花放在手里挠，可挠出来的棉花有的地方厚，有的地方出了窟窿，还是球球蛋蛋的，等把所有的旧棉花都挠成松软的棉片了，就大功告成一半了。二是接着把絮好的棉花，用针线和里子行（缝）在一起后，再罩上棉袄面或者棉裤面，这样做出来的棉衣外面看不到针脚，多体面。可这拆开的棉衣已经分成一片片的了，要把这些片合成袖筒、裤筒又不简单了。我以为简单地缝在一起就成了，这样所有的接缝就都隆起一条厚厚的檩子，不好看还在其次，关键是不舒服。接缝一定要均匀平整过度，这就看手艺了；只见蔡老二把棉衣片按照衣服样子对好，先把棉衣面缝好，再翻过来缝里子，里子缝的不止一遍，就这样不厌其烦地翻过来倒过去的缝了好几遍，缝好的接缝非常平整。拆洗重做好的棉衣，比原来的还要板正、合身。穿上美滋滋的。

这旮旯冬天就是个冰天雪地，擤出的鼻涕掉到地上就是冰，手握住铁门把手，就兴许粘下一块皮来。老乡有绒衣的稀少，一年里倒要穿半年的棉袄，所以手巧的姑娘媳妇个个都会做棉衣，做出的棉衣合身、利索、平整。我们从北京带来的"青

1970年春天，在屯东头做豪性万丈状

年皮"，肥厚，宽大，尤其是棉裤，穿上后如同两根柱子，腿打弯都费劲。就是平时贴身的棉袄也是厚墩墩直筒筒的，袖口和下摆都絮了挺厚的边，一看就知道是亲妈做的，都是真材实料。可既不好看又钻风。

几件棉袄都重新做得了后，立马显出针线活的高低来，我和蔡老二合作的那件棉袄无论棉花续的厚薄均匀，腰身的合适，都不如其他同学的，针脚也要豪放得多。我倒不在意棉衣不够精致，这是我给蔡老二做助手，第一次亲手做的棉衣，意义重大，里面有她的情谊和我的努力，何况比起原来的样子还是好很多。比较别人的棉袄才知道棉衣的袖口，下摆和领子也是有讲究的，这三个地方要续得薄一些，而且要衔接得自然，这样才好看贴身，才是贴身小棉袄呢。棉裤经过改造也瘦溜了，裤裆收小了，小腿部分更要收瘦一些，既好看又保暖。经过这番改造，冬天的我们也隐约有点腰身了。

拆洗棉被也是到了乡下才会干的，好在都是网过的棉套，只拆洗被里被头就行了，倒是能凑合缝上，就是这一寸长的针脚，差点吓着做饭的王大娘，她问我们这么大的针脚会不会把大脚趾头套进去？后来观摩了一下老乡家的被子，才知道针要斜着穿过棉被，露出的针脚越小越好看。怎样戴着顶针顶着两寸多长的大针以45°斜角斜穿过被面、棉套、被里后露出"小荷尖尖角"，只留不到一公分距离又斜钻进被里、棉套、被面出来，绝不是件容易的事。知道啥样是好的总要往高标准看齐，以后做棉被时的针脚收敛了许多，但还是赶不上老乡家被子的标准。

插队的时候学做鞋，学拆洗棉衣，学絮棉被，没有一样学出个样来的，用当地的话说：笨得个灵巧。可毕竟都照量过，多少知道是怎么回事。农村的姑娘、媳妇们个个都有一手漂亮的针线活，和她们比一直是自惭形秽。我曾经担心这么笨，以后怎么为人妻，为人母？回到北京以后，遇到了巧手的婆婆，不但儿子的，连我的棉袄都做好了。等到我当奶奶了，只要有钱，就搞定。

可我还是怀念纳鞋底儿的时光，在煤油灯昏黄的灯光下，锥子扎进鞋底时"卜"的一声和拔出锥子时"夯儿"的一响，还有拽麻绳时呲儿－呲儿的动静……

还怀念和蔡老二一起撅着屁股跪在炕上，一边絮棉花，做棉衣，一边嘻嘻哈哈地笑着……

纺毛线

内蒙古哇，不产棉花，可有的是羊毛。插队的地方虽然是农区，生产队里也有一群新疆改良羊，身上披着厚厚的羊毛。每年都要剪一次羊毛，大概是在春天，这是生产队的牧业收入。从来没看过剪羊毛的我，好奇地来到羊圈，看到已经有几个人在剪了。他们手里握着把黑铁剪子，似乎就是家里剪鞋底子的剪子。剪子尖插进羊毛里，看不到哪儿是皮肉，就凭着感觉一下一下地往前推进。我担心：埋在厚厚的羊毛里前进的剪子就算有眼睛也看不着哪儿高哪儿低，要是剪到肉怎么办呀？剪刀手们从羊肚子下边开始，随着剪随着把羊毛卷起来，剪完这边，把羊一翻，再剪那边，最后剪下来的羊毛就像完整的羊皮。裸露出的剪完的地方果然都有 N 道伤口，血刺呼啦的。没了毛的羊陡然瘦小了很多。原来那副毛茸茸圆乎乎，温顺善良的德行变成骨感十足，可怜兮兮的模样。很多年后，在电视里看到澳大利亚人剪羊毛用的是一种像电推子的专用工具，省力还不会把羊身上剪得都是伤口，真好！

剪羊毛是论只记工分的，掂量了一下自己个儿，觉得本来就使不好剪子，连鞋底都剪不齐，肯定会把羊整得遍体鳞伤的，心软下不去手。要是知道后来当了护士，天天在手术室操练，说什么也得挣下剪羊毛的工分呀。

队里剪下来的羊毛可以卖给老乡，记得两三块钱 1 斤，1 斤羊毛有一大包呢。老乡主要用来擀羊毛毡，他们特别喜欢睡羊毛毡，说这个从蒙古游牧部落传入的玩意儿隔冷隔热又隔潮。能拥有羊毛毡也是件物件，在工分不值钱，不能搞资本主义的年代，买十几斤羊毛可是一笔不菲的支出呀。我觉得羊毛毡固然是好东西，可请擀毡匠擀毡很麻烦，要供吃供喝，还要花不少钱，毡子有点笨重，有点土，就没有动这个心。

　　羊毛还有一个用途，可以纺成毛线，织毛衣、手套和袜子，买一两斤就足够，这让我动心了。一斤混纺毛线要十几元，纯毛的更贵，40多年前的毛衣可比今天的大牌衣服，有一件都是高大上。

　　纺毛线的工具非常简单，就是个拨拉锤。木头做的中间细两头大的像沙漏的"锤"，中间最细的地方钻个洞眼，穿进去一个细细的带钩的小竹棍就成了。我跑去找屯子里的小木匠，小木匠姓任，他爹是任木匠，他就是小任木匠。小任木匠浓眉大眼，五官周正，一说一笑。我跟他一说，痛快地答应了。过了两天，他送来一个做得很用心的拨拉锤，模样四称，打磨得很光滑，小巧的竹棍牢牢地站在中间。我拿嘴谢了半天，他也高兴地抿着嘴笑，其实我就是仗着自己是个年轻姑娘，还是从北京来的，让人家小伙子白给我做拨拉锤，真挺赖的。

　　羊毛买回来，忒原生态了，从羊身上剪下来直接就称给我了，土渣，粪块啥的都算在分量里了。得先收拾一下，把里面裹着的那些非羊毛的东西挑一挑，择一择，把羊毛捋顺，然后整理成一份份的备用。

　　坐在炕沿，手心攥着一"份"羊毛，轻轻地从中抽出一缕系在小竹棍上，抓着羊毛的右手举起，左手拨拉着拨拉锤，拨拉锤旋转着，羊毛上劲拧成细线，赶紧再从手中的羊毛里往下继续扯拉出羊毛，手劲要均匀。羊毛细长的纤维源源不断地从手心里往下拉出，拧成细线，手心里的羊毛快没了，再续一"份"羊毛，等纺出一米左右长时缠到拨拉锤上，等拨拉锤上缠了满满一大团后要倒出来另缠个球球。这活儿的关键是均匀地拉出羊毛的速度要和拨拉锤的旋转配合默契，才能纺出粗细均匀的毛线来。活儿不累，是个耗性子的活儿。只要没事儿就拿起拨拉锤纺起来，串门时，下地干活歇气儿时都能干。一边纺，一边还要用指甲在毛线上上下划着，把羊毛上带着的小粒脏东西刮下来。

　　纺好的单股毛线还要合二而一才能使用，所以要纺出够织件毛衣的毛线是要有很大耐心的。我兴冲冲地纺了一阵子，发现纺线的路是漫长的，就开始懈怠了。开始是打算织毛衣的，最后落实到毛袜子。并不是每个人都像我这样虎头蛇尾，勤宇就一直在纺啊纺啊，因为指甲总是在毛线上划拉，大拇指指甲都豁出了个小沟，最后织成了一件毛背心。纺好的毛线是灰突突的，洗干净以后就是雪白的，还发着亮光，可比高档纯毛毛线的光泽。只是蓬松和柔软都不如买的毛线，织出来的衣物比较硬，但那件雪白的毛背心，看起来还是很漂亮，穿着也一定很暖和。

贼腥味

俗话说：家贼难防，后来在报纸上还看到一个词：监守自盗。总之要是自己人靠不住的话，是防不胜防的。

在夏末秋初，庄稼侍弄得差不多了，就等着收成了，这时有一段小农闲，叫做挂锄——就是锄头可以挂在墙上，不用了。这时生产队就会有一个季节性工种——看青。这个活儿看似是个肥活，溜达着就把工分挣了，其实不好干，容易得罪人。乡里乡亲的，低头不见抬头见，看得紧了招人骂，丢得太多又交代不过去。通常情况下是，想干的，队长信不过，信得过的不愿意干。知青来了，无牵无挂，一人吃饱了全家都不饿。队长大喜，于是有几个男生被委以重任，虽说在地里溜达一天下来，两条腿也酸痛酸痛的，可比上地里干活不知强多少倍，可惜这大便宜活儿只给男生干，女生只有眼红的份儿。

看青每天转悠的地块都是不固定的，今天上南山坡上的苞米地，明天去后山洼的谷地，但有一个地方是每天必去的，就是瓜地，瓜地里有西瓜、香瓜和打瓜。最爱吃的是一种叫蛤蟆酥的香瓜，蛤蟆酥个头不大，青白色，用手轻轻一拍，就裂开了一道缝，金黄色的瓜子随着蜜糖般的汁儿流了出来。一口咬上去，连瓜皮都是甜的，舌头一裹，不用费劲，瓜肉就化在嘴里了。那时是凭一种代金券——瓜票来买瓜的，代金券是用油墨印在纸上的，到会计那里去要，记账，年底分红时从工分里扣。

"到了瓜地可不兴提鞋呀！"生产队长告诫这些北京来的"生瓜蛋子"。

那时当然还没听说过"瓜田李下"这个近乎古训的名言。

挎着个土篮，到了瓜地，摘了半篮子香瓜，抱着个西瓜，跟跟跄跄地走到瓜棚，一屁股坐在地上，"造"得满脸都是瓜汁和瓜子。在瓜地吃瓜是不要钱的，只要肚子能装下，管够。要是往家拿瓜就要给瓜票了。

轮到燕生晚上看青，他决定利用职务之便为大伙谋点福利。天黑之后，骑着马出发了，先到了瓜棚里侦察一下，顺便和看瓜的老头唠两句嗑，假惺惺地劝老头早点睡吧，说有他照看着呢。转身上马往别处去了，走了一小段路，夜幕盖住了身影。悄悄下了马，抽下当马鞍子的麻袋又摸回了瓜地，摸摸索索地整回大半麻袋的香瓜。拖着麻袋到马跟前，把麻袋扔到马背上，牵着马屁颠屁颠地回到青年点。大伙正在望穿秋水呢，见他回来了，欢呼着围在麻袋边上，解开绳子，打开麻袋一看；咳！大部分蛤蟆酥都在马背上颠碎了，惨不忍睹，只好挑着吃，还有不少半生不熟的。

这时，住在隔壁的蔡书记已经站在我们背后了，大伙儿有点懵，燕生脸都白了。蔡书记弯腰从麻袋里拿起一个有裂缝的瓜，在衣襟上擦了两下，咬了一口，笑眯眯地说：这瓜咋有点贼腥味儿？屋里鸦雀无声，蔡书记转身走了。我嘟囔了一句：做贼不妙不如在家睡觉。话音还没落地，二十几只白眼一块儿向我翻了过来，我立马也把两眼反插上去，扭身回女生宿舍了。第二天平安无事，可再没人去偷过瓜了。

那时早把下乡时的豪言壮语扔到脑后了，摆在第一位的是想法子填饱肚子和改善生活，手段是否体面也顾不得了。

女生们在这方面乏善可陈，但也有过小小得手；冬天到了，两个女生准备回家探亲，她们想给家里捎点毛嗑（因为俄国大鼻子喜欢吃葵瓜子，而那里的人称呼他们为老毛子，所以葵瓜子俗称毛嗑——老乡的解释），正好前几天在场院里扬出了好大一堆毛磕，她们趁着中午看场院的人回家吃饭的功夫，溜进场院，装了满满两大手提包的毛嗑，满载而归。

看着鼓鼓的手提包，高兴地想：当年的新毛嗑指定好吃。二位决定先炒出一锅来尝尝，说干就干，一个在灶坑烧火，一个在柴锅里扒拉着，一会儿就炒得了，当她们嗑了几粒之后，就傻眼了，扑向各自的手提包，仔细捏挤里面的毛嗑，你猜怎么着？她们装回来的都是瘪子，空壳的！装的是下风头的毛嗑。当毛嗑被从一个个的花盘上磕落下来后，颗粒饱满的和空壳的，不饱满的都混在一起。在风力适当的时候，老乡就看准风向，用木锨铲起毛嗑逆着风向抛撒开来，毛嗑在空中向扇面似的展开，颗粒饱满的最先落下，空壳的飘落得最远，这叫做扬场，是人们利用大自然的力量区分粮食好坏的原始方法。在扬出来的粮食堆上，上风头的是好粮食，下风头的都是瘪子。这二位做贼心虚，也没有仔细看看，幸亏嘴馋，要是这两手提包的瘪毛嗑背回北京可就真该哭了。她们又找机会重新装了两手提包好的。嘴馋看来不一定是坏事，关键的时候还能及时纠正错误。

男婚女嫁

即使是在"文革"时期，在农村给儿子娶个媳妇也是要扒父母一层皮的；要为新媳妇做十几套衣服，当时的三大件：自行车、缝纫机、手表，至少有一件，还要给一些现金。这在当时对于挣工资的北京人也是个沉重的负担，何况是在拼命剪除资本主义尾巴的农村，一天的工分只值几毛钱。刚听说要这么多的财礼时，我们非常惊讶，要是仅仅靠工分，无论如何也凑不够这笔巨款。如果这家有好几个儿子，那就更瞎菜了，每个未婚妻都会拼命地抬高彩礼的价码，心里想的就是不能便宜了未来的妯娌们。可是还是有些男人娶不上媳妇，因为穷，因为长相丑陋，因为残疾，因为名声不好，还因为成分"高"。

本来以为自己岁数小，且轮不到谈婚论嫁呢，可刚到屯子里不久，就有消息传来，某青年点的某男生和某女生公然恋爱了，其实不是到了这儿才爱上的，是把在北京时就有的恋情从地下上升到日头底下了。我们除了惊诧，还有些鄙夷，事关名节嘛。

在北京谈恋爱一定要低调处理，还有组织掌握婚配可否。要是一方出"问题"了，组织就会阻止进程，已经结婚了的还要动员另一方以离婚的方式划清界限。总之结婚是要在政治正确的前提下方可完成和存在。

对于农民来说生活，除了干活吃饭，男婚女嫁也是很重要的内容，结婚首先是传宗接代，其次是性，也有通过联姻壮大势力。但不掺和那么多政治，关键是要有钱才娶得起媳妇。

一帮纯纯的青年学生来到屯里，男未婚女未嫁，没多久就让老乡给启了蒙了。虽然还不至于着急结婚，架不住身边总听到村里年纪相仿的青年订婚结婚的喜讯，知青中的绯闻日见增多，耳濡目染后也怦然心动。

没过多久，别的青年点的女知青嫁给当地农民的消息就陆续传来了，有的女知青和青年点的其他同学关系不好，感觉孤独，或家里经济窘迫或父母受迫害，生活的艰苦，劳动的艰辛都让人觉得前途渺茫。在精神与情感孤独苦闷时有当地小伙子伸出粗壮的热乎乎的手，坐在小伙子家的热炕头上听大娘的嘘寒问暖，怎能不缴械投降？加上有的社队干部趁火打劫，谆谆教导天真的女知青：只有嫁给贫下中农，才是真正的听毛主席的话和贫下中农相结合。当发现年轻幼稚的她们结婚还不要财礼，更使老乡大喜过望。可恶的是有些社队干部用尽农民式的狡猾让女知青嫁给一些当地姑娘都不愿意嫁的相貌丑陋的老光棍或经济很糟糕的贫困户，不用财礼而娶到大城市来的姑娘，这就是天上真的掉馅饼了，通常这些人和社队干部多少是沾亲带故的。

　　我们青年点里最早恋爱的一对儿是芹和 OK，他们是同班同学，都是随父母从美国回来的，父辈都是力学科学家还是好朋友，从世交深厚到青梅竹马都占全了，自然就惺惺相惜了，白天要下地干活，只有晚饭后可以抽空谈谈恋爱，室内基本没有可能，这点倒是不论城乡都一样。男生八个人一屋，女生六个人一屋。花前月下也不能两全，屯东边倒有个树趟子，黑咕隆咚的瘆人。只好在院子里倚在大车旁唠，这种公然的炫爱，让同学们外表嘲笑内心羡慕。但他们俩没有终成眷属，在那个动荡的年月，有着太多的变数。

　　还有育差点嫁给当地的老乡。疯了的育干不了农活，连生活也不能自理，每天窝在青年点里仨饱俩倒。我们成天在地里干活，累得屁滚尿流的，回到青年点就想上炕歇着，对她的照顾也就是什么活都不用她干，她对于我们就是累赘。育的日子过得乱七八糟的，蔡书记觉得这样不是长久之计，想让她嫁给一个30多岁的老乡王家老三，老三是老实人，因为穷娶不起老婆。嫁过去后，老三就能照顾她，当这件事在运作之中时，育突然跑回北京了，婚事告吹。育为什么突然跑了？说起这件事还和老乡扯老婆舌有关；显华有段时间担任大厨，他人勤快，对人实在。有一阵，青年点里只剩他们俩，显华每天做好饭就招呼育来吃，他觉得育成天傻呵呵的，挺可怜。都是同学，应该照顾她。显华这样无私地照顾育，老乡看在眼里，按照"无利不起早"的民俗，判断显华对育是有"意思"，就有好事的来找显华说合，显华勃然大怒，觉得老乡侮辱了他的行为。显华绝不是对育有"意思"才主动照顾她的，这纯粹是埋汰人。憨直的显华为了表示没有"意思"，就不再像从前那样热饭热菜地照顾育了，没多久，育就跑回北京了，以后再也没回青年点。后来蔡书记帮助她办理了病退手续，回到北京的育嫁给了郊区的农民。

　　另一个公社里的北京知青多是干部子弟，他们中间有两个人表现非常突出，女生当上了铁姑娘队队长，男生是青年突击队队长，又都是同一学校的高中生，家里也算门当户对。女生气质很好，男生高大俊朗，在北京知青里都是赫赫有名，都认为他们是珠联璧合的一对，肯定在谈"朋友"。但是在那个年代这些冲在革命浪潮前头的理想主义者，羞于谈论"个人问题"，这层窗户纸一直没有捅破，直到有人去问那个女生，是不是和这个男生在交朋友？可能因为羞涩，她回答还没有考虑过。因为是名人，又是热门话题，这个回答以极快的速度传开了。在相隔几十里外的一个公社，另一个中学的女生，迅速而大胆地向那个男生表示了爱慕之情，一锤定音。佳讯传出，全县知青哗然。这件事说明一个道理：该出手时就出手。

对于我们来说，谈恋爱的首选当然是北京知青了，毕竟近水楼台，谁说兔子不吃窝边草？窝边的草自己不吃难道留给别人？尤其在艰苦的环境中，两个人互相依靠，加上美好的爱情，会增添战胜困难的勇气。想到不知道要在农村待多久？要是回不了北京的话，恋爱结婚其实离我们越来越近。显华是我们之间年龄最大的，他最早说准备在这儿盖房子，安家落户，大家都很吃惊，虽然一再号召知青要扎根农村，可真没想过怎样落实。

送别最后一个男生离开青年点

　　嫁给农民的女知青大部分留在那片土地上，因为大返城时，与农民结了婚的知青是不符合返城条件的，大概到90年代初，允许这部分知青回城，可是拖儿带女，年纪和文化都没有一丝丝优势，在这个偌大的城市里已没有他(她)们的立足之地，还是有些人留下了，留在那里的知青为了那场轰轰烈烈的上山下乡运动做着永远的标志。

　　我们青年点的同学只有4个的配偶是北京知青，其他的10个同学有的是和当地人结婚，有的回北京以后才结婚的。根据我的了解，还没有离婚的。

二、劳动篇

插队时最让我刻骨铭心的还是干农活，《红灯记》里李玉和说过：有这碗酒垫底，什么样的酒都能对付。在农村干了几年农活，此生就觉得没有比种地更苦的活了。从春天种地开始说吧。

春　种

春天，冻僵的大地慢慢地从冬眠中醒来，春风还是"硬邦邦"的，风起处，卷起漫天的黄沙扑面而来，人们只能转过身去躲避这横扫过来如刀子一样的春风。在田野上干上几天农活儿，风沙就会给脸皮刷上一层酱黄色，猫了一冬养白了的肤色很快就越来越接近泥土的颜色。虽然感觉不到春风的温柔，大地还是一片枯黄。可出现在田间地头的人们的喧哗，和拉着犁杖的牛马的嘶鸣声中隐约响着春天的脚步。

春耕，首先是耕地。在 1960 年代末，农民种地虽然不至于刀耕火种了，也还是用着非常原始的农具；是上千年来一直用着的木犁杖，唯有犁铧是铸铁的，每个犁杖要用两三匹马或者牛拉着，扶犁杖的人都是农活上叫得响的好把式。开犁时，七八副犁杖在地头一字排开，扶犁杖的人把犁铧插进田垄里，扬起鞭子，甩出一个响儿来，大吼一声：驾！牲口奋力地拉着犁杖沿着垄沟向前走着，棕色的泥土被犁杖翻了起来，散发出潮湿的泥土和草根的气味。熟练的把式不仅犁得快而且犁得直，这是技术活也是力气活。我试着搬动犁杖，结果只象征性地挪动了一点，根本搬不动。妇女劳力每天就是跟着犁杖后面，沿着一两里长的垄沟，一趟趟地走着；点种、撒粪、浇水、培土。一天下来腿都直了。

一春一秋都是最要紧的时候，节气不等人。一天，缺了个扶犁杖的，急眼了的生产队长临时派了建军去顶这个活，我和翠清有幸和他搭档。我是跟着犁杖后面撒谷种，在我的身后的翠清负责盖土。就这么三个知青一台戏，开锣了。

知青中，有的人总是跟着大拨到地里干活，踏踏实实的，经过一段时间的锻炼以后，干起来也有模有样的。比如那个经常丢奶粉的OK，干活正经是把好手。也有的机灵鬼能找到比较肥的活，就像这个扶犁杖的建军其实很少下地干活，他一直都在放夜马，马不吃夜草不肥嘛，晚上把马群赶到山上去吃草，白天在家"糊猪头"（睡觉）。

那天，我们这副犁杖刚刚犁了一小会儿，犁铧就掉下来了，建军开始忙着摆弄犁杖，他哪会修犁杖呀，折腾半天也安不上。见我们戳在地当间，来来回回耕地的老乡扶着犁杖一趟一趟地耕着，不时有人往我们这边看，我们觉得挺理直气壮的，脸上写着：那没法子，犁杖坏了，少走一趟是一趟。好不容易犁铧安好了。一声：驾！接着开工。建军吃力地扶着的犁杖在田里来回扭着，耕出的是一条去了弯溜直的垄沟，也够现眼的。不一会儿，只听见：吁——的一声，马站住了，犁杖又坏了，就这样大半天的功夫，连一条垄都没耕到头，净修犁杖了。老在地当间站着，开始觉得有点挂不住了，犁杖终于让建军修理得散了架，根本没法用了，于是这个黄金组合把犁杖拖回了生产队的队部，换了把铁锨，我们就到牛圈起粪去了，那天算是没正经干什么活儿，只是觉得这天的工分挣得合适，估计生产队长肠子都悔青了。不过这么便宜的活儿很少遇到，绝大多数时候的工分都得汗珠子掉地摔八瓣才能挣来。

苞米是当地主要的粮食作物，抗旱种苞米是春播的主要农活。第一步是先用锄头在垄沟里刨出一个个的小坑，然后浇点水点上种子，再撒点粪土，最后用犁杖豁开垄台，翻上来的土把苞米种子盖严实了。这套种地的程序看起来不复杂，可是中间的一个活儿，现在回想起来还不由得浑身一哆嗦；就是往坑里浇水，在当地叫做——做水种苞米。那时基本没有水利设施，最现代化的设施是用柴油机水泵从水井里抽水灌进特制的铁皮大水箱里，马车拉着水箱，往地里一车一车地送水。水箱后面有两个出水口，各套上一根胶皮管子放水。四个人一组跟在马车后面，用小水桶接水往自己负责的那两条垄上的坑里浇。马车一直慢慢地往前走着，要抢到水管灌满水桶，转身去浇灌自己负责的垄，浇水的速度要跟上马车的步伐，慢了就会使拎着水桶往返走的距离越来越长，成了一种恶性循环。马车轱辘压着八条垄中间的两个垄沟行进着，如果占到正对着马车那两条垄要比两边的垄有着距离上的优势，如果只拿到最边上的两条垄，只能认倒霉了。

1969 年春天，刚刚开始拎水时，我们漫不经心地站在最边上的垄上，并不知道这个活儿有多"险恶"。只想着不就是浇水吗。只见车老板子一甩鞭杆，马车缓缓地向前移动，在开始的时候，我们的速度就没有跟上，当明白过来的时候，马车离我们越来越远了，"坏了"！赶紧跟头把式、跌跌撞撞地拎着水桶在田垄间奔跑，拼命地想缩短和马车之间的距离。因为力气小，水在剧烈的摆动中泼洒出来，手上和鞋上已经是湿漉漉的。浇水时也不懂顺着风向，倒出去的水有三分之一被风吹回到裤子上，看裤子湿的程度就可以判断出谁的力气更小，跟不上趟。我那时特瘦，没有劲，裤子自膝盖往下都和了泥儿，冰冷地裹在腿上，湿漉漉的手被料峭的春风划开一个个小血口子，只半天的功夫就变成了泥猴。收工后回到青年点甩掉泥巴球鞋，脱下湿裤子，瘫软在炕上，开始发愁明天怎么熬，穿什么出工？罩裤还好说，绒裤只有一条，球鞋只有一双，想晾干是根本不可能的，刚刚十七八岁的我们一筹莫展，这一望无际的地什么时候才能种完呐？好羡慕那些农村姑娘、小伙子拎着水桶灵活在马车后面穿梭，回到家里有老妈在热炕上烤干衣服和鞋。想起北京有卖一种塑料的雨裤，只有两条裤腿，没有裤裆，这不正合适吗，第二年从北京带来了雨裤，可是这塑料雨裤穿上没过半天就被地里的苞米茬子刮烂了，看着老乡大多不过湿了点鞋尖，而我们的下半身已是泥水淋淋，就这样，直到苞米种完，我们天天都是早上套上潮乎乎的裤子，登上湿漉漉的鞋，沉重地跟在马车的后面往地里走，晚上筋疲力尽地拖着"水泥铸造"的两条腿回到青年点。春天做水种苞米的农活，对于我们就是一场噩梦。可是那一望无际的苞米地，年年春天都是靠马车一车一车的拉水，靠人一桶一桶拎水才能种上的。

地里的每种农活对于我们来说都是像被扒层皮似的，但是农民祖祖辈辈都是这么干着，觉得天经地义。我们只干了几年，却终生刻骨铭心。

薅　地

即使在回到北京以后，看见总喜欢蹲着的人，脑海里就会反应出两个字——农民。如果是很熟的人，嘴还就把不住门了：站起来！真TMD农民。农民喜欢蹲着，而且能蹲很长时间，因为有种农活必须蹲着干。插队时也扎扎实实的练过蹲功，给谷子薅草就是先蹲着干再跪着干最后爬着干的活儿。

跟着女社员们来到一块谷地田头，看见垄沟里已经长出两三寸的谷苗，一行行绿绿地伸向前方。妇女队长说今天开始"薅地"了，就是把谷苗周围的草薅净，还要把长得太密集的谷苗间稀一些。因为谷苗还太小，只能骑在垄上干。我们蹲下来新鲜地看着一丛丛的小苗，傻眼了，模样长得都差不离，分不出谷子和草。现拜师吧，老乡教我们识别红秆谷苗的特征——颜色比草深一点，在分叶的地方有一圈红线。我们睁大眼睛努力地分辨着，把看着不顺眼的拔出来，这个活不是要用大力气的，骑在垄沟上两只手左右开弓地薅草和间苗，要命的是要蹲着往前崴轱，蹲着走的滋味实在不好受，没一会儿，腿开始疼了，腰也吃不住劲了，加上地垄都很长。一条垄薅到头就要个把小时，还必须是手不歇气地拔着草，脚不停顿地往前拧着。

开始时，吃力地分辨谷苗和草，小心地薅着，过一会儿觉得四周没有什么人了，抬头一看，所有的老乡都远远的在前面，打头的妇女队长在最前方，她坐在垄背上一面抖搂鞋里的土疙垃，一面笑眯眯地冲我们喊：哎，青年（当地人对北京知青的昵称），煞楞点呀！当地干活的规矩是妇女队长决定干活的速度和数量，她薅多少条垄的草，大家也要薅多少垄，否则就拿不着整劳力的工分。再说干活跟不上趟只能证明我们是四体不勤，五谷不分的资产阶级娇小姐，那多砢碜呀。心里有点慌，只觉得这眼和手不够使的，这蹲功也差着火候呢，可拉下这么远哪行呀，难道蹲着薅草也不是个儿吗？伟大领袖让我们接受贫下中农再教育真是太英明了。

低着头连薅带拽的往前撵，也顾不得仔细分辨苗和草了，两个膝盖直接和土地亲密接触。这会儿老乡们已经薅到了地头，坐下来歇气儿，只有我们几个还在半截地干着，等连跪带爬地薅到了地头，已经歇了好一会儿的老乡们跟着妇女队长开始薅第二拨垄里的草了。我们赶紧也过去接着干。这"卖气儿"（因为干活慢，捞不着歇气儿，叫卖气儿）的事在下乡的头一年是家常便饭。常常是老乡们已经快到家了，我们才薅到地头。只觉得站起来都费劲了，慢慢地直起腰，搓搓被泥土和草汁染成墨绿色的手，低头看看裤子上鼓起了仨包：屁股上一个，膝盖上两个。腿已经不会直着伸出去了，只好先把身体各个关节拐直了，喘口气，歇几分钟再慢吞吞地往屯子的方向挪动。

在薅第二遍草时，慢慢地跟上点趟儿，知道怎么干了。有时处得不错的农村姑娘看我们累得红头涨脸的样子，过来接接我们，这样我们能歇一会儿。不像刚开始干时，拉下了半截地，没人能帮助你，因为帮不起。

这时的谷子已有半尺多高，草也长大了，天气也热了。头顶烈日蹲在地里，汗一股股地流下来，真是汗滴禾下土的现实版。手指被草勒得又粗又胀，脸被沾满草汁和泥土的手抹成了花瓜。但薅草的速度快追上老乡了，有时还能接一接没怎么薅过地的男生。其实没有什么诀窍，只知道干活要有玩命的劲儿。

总算也能歇气儿了，因为一直蹲着干活，又累又窝得难受，一歇下来也不管山坡上是不是才下过雨的，会躺下去舒展一下四肢。

记得有一年的春晚，赵本山表演小品"卖拐"，他学着瘸子走路，一条腿要以膝盖为轴转半个圈再甩出去，看到这儿，恐怕没人不乐的，我也笑得前仰后合的。忽然我觉得这个动作有点熟悉；想起来青年点里有个女生得了关节炎，得不到及时的治疗，后来就是这样走路了。我的笑容褪下去了，那个女生就是在薅谷子时累极了，歇气儿时躺在湿地上就睡着过几回，落下了风湿性关节炎。当时看到她痛苦地甩着腿走路，不能下地干活了，就让她在家做饭。可是一个青春少女在大伙儿面前这么走路，她的自尊心被关节的疼痛一点点地磨损着，大家都很同情她。不过同情不是药，不能医治她的关节炎。而她还觉得不能到地里干活，不能和我们一样每天在日头下暴晒是吃亏了，不符合知青战天斗地的革命理想，她真诚地抱怨着自己不争气的关节。

在这块广袤的土地上，没有任何哪怕是半机械化的农具，所有地里的活路都是靠农民使用原始的农具耕作着，人少地多，农民干活的速度都很快，用当地的话讲就是"煞楞的"，最初的笨拙和体力不支让我们吃尽了苦头，领教了这干农活也不是请客吃饭，不是做文章，不是绘画绣花，干活就必须有豁出去的劲儿，有不顾一切地往前冲的劲儿。不知道有多少次，我在心中默念着领袖的教导：下定决心，不怕牺牲，……咬牙坚持着用汗水消融着和贫下中农的距离。

夏　锄

谁都知道农民日出而做日入而息，好像还挺浪漫，社员都是向阳花嘛。一直在城市里生活的人是想象不出日出而做日入而息的滋味，尤其在夏天，昼长夜短，两三点钟的时候，就听见生产队长在当街喊：烧火喽……悠长的嗓音划破村庄寂静的天空，我们觉得好像刚刚才躺下，轮到做饭的同学赶紧爬起来到灶间烧火（做饭），那是头天晚上就煮了一会儿的苞米馇子饭，第二天早上已经焖的烂了，再往灶坑里填把火热热，再熬个菜。一会儿工夫，就招呼大家起来吃饭，我们困得滴沥拉达地拿不起个儿，到水缸里舀出点水擦了擦脸，借着油灯昏黄的光亮，使劲往嘴里扒拉着大馇子饭，困得一点食欲都没有，可不敢不吃，干活要是饿着那是拿自个儿开涮呢。这时东方泛出了鱼肚白，屯子里的鸡也高一声低一声地叫起来了，偶尔还夹杂着几声狗吠。出工的钟声响了，生产队长一边敲着挂在村头树上的一块破铁铧子，一边拉着破锣嗓子喊着：出工啦，走了啊！男女向阳花们从家门走出来，汇成一股人流。我们扛着锄头，小声骂着队长就是周扒皮，三更半夜就把人往地里轰。

夏天的农活主要是铲地，就是给庄稼锄草，按说这个活不像春耕和秋收那么急，可是这会儿是天气最热，白天最长的时候，早上3点多见亮，4点多太阳就露头；下午七八点太阳才落地，9点多才全黑。所以，这时候干一天活，除去中午吃饭和午歇两三个小时，总共得干十二三个小时。

铲地不像薅地，薅地主要是妇女劳力干。铲地是男女都上场，领头的是由活计好的男人担任，其地位在生产队长之下，一般老乡之上，称之为打头的。到了地头，打头的铲（锄）靠边的第一条垄，其他人在他左边或右边排开，各铲一条垄。打头的先搭出几锄板后，大家才能跟着后面铲起来。铲地就是用锄头为苞米、高粱除草松土，讲究的是锄扳搂过来，杂草连根铲断，田垄上的土全松一遍，苗周围正好一堆暄土。刚刚开始干的时候，看着老乡手里的锄头灵活地在垄上翻飞，一点不费劲儿，有的干起来还很有点舞蹈的架势，煞是好看，心想这可比薅草和拎水种地强呀。等把锄头往地里一搭，再往回一拽，就觉出分量来了，锄头在手里一点不听使唤，几锄下去，不是把苞米和草一锅端了，就是把粗壮的苗砍下去，留下细弱的苗。干了一会儿，日头毒毒地照上来了，汗也早已淌出来，脸慢慢地向紫茄子皮色儿靠拢。铲一天的地下来手上一溜的泡，累得直想歇工不干了。有老乡指点：这铲地呀，对付事儿吧，一推一拉，到了不吃亏。开始我们对这种做法鄙夷不屑，几天之后，嗨！嗨！嗨！来吧，就是它了，可是就这糊弄庄稼的本事也不是一朝一夕练出来的。队长到地里查垄（检查质量），就听见一迭声地叫出四个男生的名字，说："看看你们铲的地，别人铲完的垄都黢儿黑的，你们的垄咋还焦儿绿呢？"大伙儿乘机都站下歇会儿，握着锄杆看乐子，那几个男生嬉皮笑脸地说："嘿嘿，三老四少帮帮忙吧，哥儿几个要顶不住了。"说归说，一看队长那张大黑脸，还是乖乖地回去找补了几锄头。

地里的垄是用犁仗豁出来的，有的垄宽点，有的垄窄点，谁都想摊上窄点的垄，要省不少力气。就是草也不会是均匀生长的，也会是有的垄草少干净，有的垄草多埋汰。干活的时候，你就听吧，有唱《马寡妇开店》的，有骂大街的，等铲二遍地时，谁要是摊上青年点的这几位爷铲的头遍，那可真是倒了血霉了，得从地头骂到地梢。

到歇气儿的时候，我们把锄头往地头一扔，随后把自己也往地头一墩，抹一把汗水，看一眼这一望无际的田野，只觉得眼前发黑。

村里的姑娘们在铲二遍地时，会去折一些苞米叶子含在唇上，吹出东北小调，我们也学着把叶子放在嘴上吹，憋得脖子上的筋都暴出来了，才能发出几声噗噗的动静。只好讪讪地说我们有口琴，吹起来比这苞米叶子好听多了，北京人不能太栽面。

赶上活路不很忙的时候，人们一边干活一边说说笑笑。老蒋二哥能讲笑话，一边铲地一边讲傻姑爷的笑话，好像这旮旯的人特喜欢拿姑爷打镲。说有个傻姑爷管老丈人不叫爹，一口一个老丈人，有好管闲事的邻居提醒他，不能当面叫老丈人。傻姑爷不明白那叫啥呀？叫：岳父，邻居说。傻姑爷很不屑地说：哼，还两名儿呢。哈哈哈！地里一片笑声，都催老蒋二哥再讲一个。老蒋二哥慢条斯理地说道：傻姑爷跟着媳妇回老丈人家，吃饭时，特别狼乎，一点样儿都没有，老丈人没吃几口，饭菜都进了傻姑爷的肚子。媳妇觉得很难堪，数落他一顿。告诉他下次去老丈人家，吃饭时，要听灶间的动静，媳妇轻轻敲一下盆，他夹一下菜，傻姑爷满口应承。过了些日子，小两口又回娘家了。爷俩在炕上摆桌子喝酒吃菜，媳妇在灶间忙乎做饭。搁一小会敲一下盆，屋里的傻姑爷听到了，就夹一筷子菜。正吃着呢，媳妇到院子里去揪几棵葱。鸡上了锅台，奔儿、奔儿、奔儿地啄起盆底的米粒，傻姑爷就忙开了，一个劲儿地夹菜，老丈人说：你忙啥呀，慢点。傻姑爷说：这我还赶不上点呢。我笑得前仰后合的，老乡肚子里这样的笑话还不少呢。

夏锄的农活要干3个月，从小苗长到两寸左右到苞米快有一人高了，这三遍地铲完，才能挂锄，喘口气。天天在地里抢着锄杆，那汗水就是滴滴答答地掉到地里。最难受的是缺觉，无论是早上出工还是下午出工，都是迷迷糊糊地摇摇晃晃地往地里走，天天盼着下雨，好能舒舒服服地睡个懒觉。王大娘问我们：姑娘，这觉攒下了吗？

毛 了

地里干活有地里干活的规矩，其中有一条，就是任凭你的力气有多大，你的活儿有多好，你在干活时的速度决不能超过打头的。无论是薅草、铲地还是收割，你都要比打头的慢一点，连并排都不行。如果你逞能，超过打头的，就是对打头的蔑视、叫板，结果就是打头的很生气，后果很严重。其实每天带着一帮人，要干多少活儿，打头的心里都有个算计，有经验的打头会把时间和速度掌握得恰到好处。但你非要跟打头的跟前嘚瑟，那就是斗气了，打头的怕谁？撒开了干呗，什么速度和数量都完蛋去，这就叫"毛了"，"毛了"的结果就是天塌大家死，都累得屁滚尿流。

我经历过一次铲地"毛"了，现在想起来还肝颤。那是个下午，天空瓦蓝瓦蓝的，一丝风也没有，火辣辣的日头慢吞吞地往西边蠕动。赶上男女老乡在一起铲地，人多是出活的时候，肯定是轻省不了。毕竟干了一年多的农活，能跟上大溜了。我抢着锄头一下一下地铲着，汗珠砸在锄杆上，手握上去涩涩的。忽然觉得旁边人的速度都快了起来，就听见有人小声说：坏了，打头的"毛"了。抬头一看，只见打头的已经远远的在前面了，紧跟在他的身后是几个青壮年的男女，原来的队形已散开了，灼热的空气里弥漫着紧张，听不到扯闲篇的声音，只听到锄头铲进泥土里的唰唰声。我也赶紧杀下腰来，抡着锄头往前撵。身后的老乡慢慢的都超过我了。我用力地抓着锄头在田垄上划着，也顾不上是不是把草全锄干净了，腰越来越弯，手抓锄杆的位置也越来越靠前。汗水从眉毛、鼻尖和下巴这几个制高点淌下来，时不时抬起胳膊把腌着眼睛的汗水抹一下，顺便再往前一瞄，打头的身影更遥远了。"千万不能拉在最后"，心里开始默念语录："我们的同志在困难的时候，要看到成绩，看到光明，要提高我们的勇气。"可是胳膊已经累得快拽不动锄杆了，腰疼得不听使唤，脑子一片空白，只有机械的动作。几十把锄头疯狂地在田垄上翻动，土地上升腾起阵阵黄烟，透过朦胧的黄色可以看到在这片苞米地里已经"放了羊"，哩哩啦啦的到处是人，往哪边铲的都有。渐渐的，觉得自己的力气快用光了，可又不敢停下来，也不能停下来，甚至连直腰的功夫也没有了。别指望有人能来接应，这会儿谁也顾不了别人。害怕被拉下的恐惧揪着我的心，拼命地伸出锄头，再全力地拽回来，可就是在我前面十几步的人，也追不上。长长的田垄好像永远也铲不到头，筋疲力尽的我感到了绝望，汗水和泪水汇合一起肆无忌惮地顺着脸颊流淌。

太阳下山了，远远地看到打头的和一些青壮年铲到地头收工了，我前面还有好长的一段垄，觉得一点力气也没有了，胳膊开始哆嗦，锄杆也要握不住了，但必须还要继续往前铲，打头的铲多少我必须铲多少，就是哭，就是喊，就是爬，就是干到半夜，也要铲完这条垄，没商量。终于有几个男生过来接应我们女生了，平时总是为谁多吃了点饭和青年点的活儿和他们争吵，这时知道都是一个锅里搅马勺的好哥们。到了地头，锄头滑落到地上，还在哆嗦的手臂够不起锄头，腿一软我瘫倒在泥土里，扭头看着铲得乱七八糟的地，想到明天还要接着来铲地，心都没缝了。

在夏末的一天，妇女劳力们来到一块地里割大草。那阵子，队里的班子瘫痪了，下地干活没打头领着，老乡们都坐在地头唠嗑，没人肯出头带着干活。见时间不早了，我站起来开始割了，大伙儿也就都跟着干起来。一会儿，觉得有点不对劲儿，通常没有打头带着干活，干活应该是嘻嘻哈哈，慢慢悠悠的。怎么听不着唠嗑声，光听见唰唰的割草声了，抬眼一看就明白了，这是"毛了"。有个姑娘嫌我带头干活嘚瑟了，想磕碜我。一场较劲儿悄没声地开始了。我弯下腰，铆足了劲，抡

扛着锄头在青年点前的菜园子里摆的 pose

圆了挥动着镰刀,没让那个姑娘落下。到了地头,回头一看,嗬,拉得满地都是人,我得意地吐了口长气。那天我拿的是备趟子的垄,开趟子的是个比我小的姑娘,因为我比她的速度快,割下的大草都放在她的垄上,压在没割倒的草上,这叫给她"装车"了,被"装车"的人割起来就更费劲了,速度也就更慢了。看着那个小姑娘吃力地在半截地割着,心里有些不落忍。赶紧从这头帮她割,又怕那个叫板的姑娘不等大伙儿又拿新垄开始割了。一着急,手里的镰刀更加飞快地挥动。一下砍到没来得及收回的右腿上,一块肉翻起,血淌下来,鞋里被浸红了。只好在青年点歇了几天工,腿上留下个半月形的疤,这是一次很没面子地 PK。

秋　收

　　在电影和宣传画里看到的秋天是喜悦和金灿灿的,那是收获的季节,颗粒饱满的麦穗和谷穗摇曳诱人的身姿。1980 年代初,有个电影叫《咱们的牛百岁》,

里面喜气洋洋地唱道：丰收的庄稼望不到边，望呀么望不到边，双脚踏上丰收的路，越走心越甜……可在我的记忆里，农田里的秋天并不那么诗意。秋天的活儿最忙，最累，漫山遍野的庄稼都熟透了，得麻溜收到场院，赶上一场雪捂在地里，一年的辛苦就都白瞎了。所以有"三夏不如一秋忙"的农谚，一个"忙"字里包含了多少辛苦和汗水，没有在大地里收过庄稼的人是根本无法体会的。

年画接受贫下中农再教育

每当我看到一望无际的庄稼地时，就想起插队时割地的活儿，这"收获"二字让我记起那些累屁了的日子。

1968年的秋天，在内蒙古草原上迎着凉爽的秋风，我们看到了一片片成熟的庄稼。第一茬的农活就是最"硬"活儿——收割。'

割谷子

第一次下地就赶上割谷子，跟着老乡来到地头，手里攥着新镰刀，面前是望不到头的黄色的谷子，沉甸甸的谷穗在风中微微摆动。

用镰刀收割庄稼对我来说还是第一次（中学时在北京郊区农村收麦子是用手拔，记得第二天大腿就疼得不听使唤了）。听着队长安排：两个人一组，一个"开趟子"，一个"备趟子"。开趟子的管打要子和捆谷子，技术含量高，基本是老爷们的活儿，女劳力通常是备趟子。因为是两人一组，割一个来回，六条垄的谷子就要割完捆好，所以这时候都是快手与快手结对，慢手自然是与慢手搭帮，大舌头讲话：肥也被佛肥（谁也别说谁）。有时候大伙儿也跟打头的抖"机灵"，非让个慢手给打头的备趟子，把割地的速度拉慢，轻省一会儿是一会儿。

我被派给一个中年男老乡备趟子，刚刚比画了几下，还没有整明白怎么使镰刀呢，就把左手食指开了个口子，血一淌出来，顿时就傻眼了。那个男老乡回手就从衣服上撕下一条布包扎我的手指头，我感动得不知道是先擦鼻涕还是先抹眼泪。这根手指头足足感染了一个多月，天天瞅着艳若桃花美如乳酪的伤口，特懊糟。衣服都是同学们帮着洗，我只管往手指头上撒消炎粉，伤口愈合以后食指的关节变得畸形隆起，为插队生活留下永远的印记。第一年收割时，多数同学的左手指都与镰刀亲吻过。

琥在秋天的谷地里

看老乡把镰刀使得轻松自如，手脚配合得像是迈着娴熟的舞步，姿势舒缓，有板有眼，在垄沟里不紧不慢地地走着。镰刀贴着地皮往后甩去，一行行谷子就服服帖帖的从田埂上躺到谷堆上，顺顺溜溜的。可到我们这儿，哪儿跟哪儿都不对劲，镰刀不快，还一次次砍到腿上，幸亏裤子厚，才没挂彩。老乡的手大有劲，一簇簇割下的谷子分别夹在指缝里，沉甸甸的谷穗像扇面似地向下垂着头。我们的手没人家大，还没劲儿，使劲抓都抓不住多少。割下的谷茬也高高低低的，而且越往后，留下的谷茬越高，像狗啃过的垄肯定是知青的手艺。每次抬起涨红的脸擦汗，只觉得前面老乡的身影越来越远，心里真起急呀！再后来，割变成了"砍"，整个一个"气急败坏"。秋天的谷子秆就像把锉刀，没半天工夫，左手手指肚的皮就磨"漏"了，血肉模糊。幸亏有橡皮膏，每天早上把五个手指都缠上胶布，中午再缠一次。过了一段"气急败坏"的日子，才慢慢地找到了感觉。

"打要子"是了不起的技术活儿，老乡抓起一把谷子，攥住谷穗拧个弯儿，同时把谷秆分为两边，就像接起来的绳子，这就是要子，拽紧要子两端拧到一起挽个扣，一捆捆的谷子就踏踏实实地躺在田里等待大车来装了。

歇气儿的时候也闲不着，首先是吃，捡来牛粪，生火烤苞米，烤土豆，烧苞米粒和黄豆，那叫一个香。吃完了就磨刀，坐在地头，镰刀放在两腿之间，用大拇指按着镰刀头，另一只手攥着块小磨刀石，吐口唾沫在磨刀石上，用小磨刀石在刀刃两面上下地蹭，磨几下再用刀刃在拇指指甲上轻轻地划一下，要是很轻松地划过，那还得磨。直到轻轻一划刀锋就切进指甲，感觉有点滞，就说明磨好了。磨刀石也有讲究，好的磨刀石不很硬，容易出砂浆，有的还能看到点点金光，那就是顶级的了。只有老乡能淘弄到好磨刀石，我们有时会借来磨几下。

老乡常说：活计好不如家什儿妙。割地时要是镰刀不快，那真是脑子进水了。那时候虽然不兴品牌，可哪个铁匠铺打的镰刀薄、快、钢好，经使，人们还是会口口相传。到了第二年秋天，有过一次"血泪史"的我们都置办了好镰刀，还有小磨刀石。带着新装备在庄稼地里杀得狼烟四起。我还有过给打头的备趟子的光荣，紧紧地跟在打头身后，没有拖后腿，觉得俺也是二齿钩挠痒痒——一把硬手啦。

青年点的同学不是个个都下地干活，比如放夜马的建军，做饭的翠青。下地时候少，自然农活也潮。一天不知哪根筋搭错了，都非要去割谷子。二位是生手，没人愿意和他们结对，只有俩人自己搭帮了，没想到他们的速度不慢。几天后，几个男生跟车到地里拉谷子，也是辛苦活，半夜就得走，拉回一车再吃早饭。可等早饭都吃完了，跟车的燕辉才回来，气得乌眼鸡似地，冲着建军嚷嚷："你干的什么活儿？让我给你擦屁股！"吃得肚圆的建军看着七窍冒烟的燕辉，嘿嘿直乐。

原来燕辉跟车到了南山坡的地里拉谷子，有一趟垄的很多谷捆用羊叉根本挑不起来，再一使劲，谷捆就散了。是因为谷捆底下的谷子没割下来，就一块捆上了。谷子在地里放了几天，都干了，没法再重新打要子了。只好把要子挑断了，散着往车上扔。有要子的也没捆结实，挑一捆散一捆。这车装得别提多窝囊了，费不少力还耽误工夫，一大车的散装谷子，一路走一路掉，回家就剩一小车了。燕辉知道这活儿是建军干的，那天割谷子他们俩的垄紧挨着，当时他还纳闷：这小子怎么割那么快，赶上老把式了。

割苞米

　　割谷子是一种有韵律的劳作，割苞米是另一股劲儿。第一次割苞米，也是地头站了一排人，每人割两根垄。只见老乡们像一阵旋风似地，噼里啪啦的向前冲去，没等反应过来，一垄垄苞米倒下，大地瞬间平坦了。我们赶紧跟在后面，挥动镰刀费劲地砍。割苞米是要先用镰刀砍进苞米杆里，然后顺势一提，一定要避开有节的地方。我们就是乱砍一气了，有时砍到苞米杆的节上还要晃几下刀才拿得下来。老乡们割到地头时，我们还在地中间砍呢。头前几条垄的苞米杆突兀地立在田野上，有时还会漏下一棵半棵的，孤单地在风中摇曳。老乡就会喊，嘿，有看青的啦！直到学会身子向前倾，扑向一根根苞米杆，玩命地挥舞着镰刀，达到一路小跑的速度才赶趟。这是要有疯狂的、拼命的，抡圆了的劲头才能干的活儿。干完一天活儿，不只是筋疲力尽，还被苞米叶子刮得披头散发，灰头土脸的。衣服、裤脚也常常刮个口子。累得炕都快爬不上去了，看看手上的口子，天天发愁明天的活儿咋干。

　　但，总算跟上大溜了。

牛粪烧烤

　　秋天的活计有与其他季节不同的实惠就是边干活边吃，一直吃到粮食都收进场院。

　　刚到农村的那个秋天，在地里扑腾得筋疲力尽的，好不容易打头的让歇气儿了，我们瘫坐在地上，看见老乡们马上就四下散开，往山坡上走去，边走边四下张望着。纳闷这荒山草甸子上能捡着钱包吗？只见他们从地上抠起一块块有一张烙饼大小的黑乎乎的东西，用撩起的衣襟兜着，等捡满了一大抱，颠儿颠儿地快步走回来，找一块平坦一点的草地，然后聚拢一起，把捡到的宝贝轻轻倒在地上。我的天，是干牛粪！

　　有的人到扒出来的苞米堆上挑选出颗粒饱满的苞米棒子，用两个苞米棒互相搓着，把苞米粒搓到铺在地上的头巾里。

　　这时大块的牛粪饼已经像积木似的塔成一个四面通风的小金字塔，下面架起干树枝和干草，看着苞米粒搓得差不多了，就把牛粪下面的柴禾点着了，火苗欢快地跳跃着，温暖着围坐一圈的人们。不一会儿火势有些弱了，牛粪烧成了牛粪炭，用树枝把火堆拨拉成中间低周围高的圆形，然后把头巾里的苞米粒倒进火堆，迅速把周围的牛粪炭往中间推，把苞米粒埋上，只听见一阵噼噼啪啪的响声，等到响声没有了，这牛粪火烧苞米粒儿就算好了。再用树枝把上面的牛粪炭拨开，露出烤得深黄带点黑的苞米粒，接着就是用手直接从尚有余烬的牛粪炭火里捏起苞米粒扔进嘴里。我们坐在一边皱着眉头看着整个烧烤的过程，鄙夷地想：从牛粪里捡苞米吃？太不卫生，太原始了，太……简直匪夷所思。老乡们毫无顾忌地大嚼着，手指头都是黑乎乎的，有些人还能把苞米粒准确的扔进嘴里，所以嘴巴并不怎么黑。老乡招呼我们去吃，我们清高地摇摇头，接着就听见肚子里咕咕地叫了两声。硬抗了两天后，闻着烤苞米的香味，军心就动摇了。先是半推半就地接受了老乡递过来的烤好的苞米豆，犹犹豫豫地放进嘴里，哇！还真是不错。新鲜的苞米粒富于弹性，烧熟以后，吃在嘴里，很有咬头，发散着苞米的香气和刚刚烤熟的热气，还带点牛粪炭的青烟味。嗯，好吃。知青马上就凑到牛粪火堆前，跟着捡起来，因为被烫得两只手来回倒着，扔不到嘴里，只好直接塞进嘴里，最后所有的知青顶着一脸的浓墨重彩，开始干第二气儿的收割活了，这吃饱了再干活的感觉爽多了。

　　整个秋收的过程，只要有可以烧着吃的粮食，就会上午吃一顿，下午吃一顿，在地里干活时吃了，回家就可以少吃自家的口粮。生产队的口粮是按人头分配的，无论长幼，每人每年380斤带皮的粗粮，去掉皮也就300斤左右，每天不到一斤，老乡就靠自留地和多生孩子解决粮食不够的问题，所以能够在干活时吃个半饱也是一个不能放过的好处。

　　从烧整穗嫩苞米到烧苞米豆，从烧小土豆到烧黄豆。秋天的田野里，只要歇气儿的时候，一堆牛粪火就会拢起来，一缕缕青烟袅袅升起，我们愉快地接受着贫下中农再教育，自觉地去山上拣牛粪，也用衣服兜着，一点不觉得埋汰，火中取栗的手法也日渐娴熟，当然掌握烧苞米豆的火候还得是老乡。虽然承蒙国家恩典，知青的口粮是农民的两倍，可是贫下中农的言传身教让我开了窍：自力更生、因陋就简就能填饱肚子，况且不吃白不吃。生产队的东西是大家的，别人吃了，你不吃，那是你二虎（二百五）。

在北京时有一些东西我是不吃的，比如茄子，辣椒、生的大葱和蒜、羊肉等等，到了农村以后生活的贫困快速地把我们的口味与农民拉近，发现天下美味无外乎：猪油、豆腐、粉条、鸡蛋、肉。那些在北京不吃的东西都很顺利的滑进食管，而且余味无穷。

扒苞米

割地的活儿是累得"恶（音：ne）"，但那还是只要掌握了方法，有把子力气，加上豁得出去，就能跟上大溜，不至于"卖气儿"，不至于落后得没边没沿。等开始扒苞米了，才知道耗子拖木锨——大头在后面呢，这活儿曾让我边干边哭。

苞米杆是带着苞米穗割倒的，背着土篮到地里，从苞米杆上把苞米皮扒开，剥出苞米棒。干这活儿要用一种用马蹄铁或者骨头做成的一头尖有点像梭子的扒苞米钎子，上面用根皮绳系个扣，套在右手中指上。把钎子插进苞米穗子上端，使劲往下撕开一块皮子，再用手剥开其余的皮子，左手握紧苞米皮子，右手握着苞米棒子，使劲一撅，棒子就脱离了叶子。从扒光一穗苞米皮子到撅下棒子来只需两三下的动作，要在眨眼间连贯完成，手要有力气还要会使巧劲。

每六条垄割下来的苞米放到中间两条垄上，长长的地垄上躺着一铺铺（堆）的苞米杆。一铺子苞米杆有几十根，要猫腰低头，撅着屁股把一穗穗苞米棒子剥出来，一天下来脸都控肿了。开始扒苞米时，不会使巧劲让苞米棒子与苞米皮子快速分家。遇到一下子扯不下来的，就攥着苞米皮子转圈拧，或者放在腿上用力撅，皮子还是和棒子不离不弃，急死了，老乡见了直笑。又是落后得挺远，腰像要折了似地疼，手也被苞米叶子划出了口子，渗出血珠。老乡们扒完一趟子，到了地头，就开始烧苞米粒和黄豆吃。这活不像铲地割地，没人会来接应你。人家吃饱了，歇够了，又开始拿趟子干活了，我这趟子还没扒到地头呢。每天都是如此，一猫腰就是半天，歇不了气儿，越着急越撵不上，沮丧极了，甚至有点绝望。遇到下雪后去扒苞米，就更惨。扒着扒着，眼泪就掉下来了，心里叫着妈妈。看村里的姑娘、媳妇们熟练地扒着苞米，年复一年地干着这活儿，平平常常，对我们来说却是煎熬般的痛苦，心里明白没有退路，也不甘心就是不如她们，一天天地过去了，慢慢地会使巧劲，动作也快了，终于跟上大拨儿，不会被拉得很远了，但心里到底还是怵这个活儿。

扒苞米的活特别费衣服和鞋，干枯的苞米叶子与砂纸没多大区别。衣服磨毛了，也磨干净了。

1968年的秋天，对我们这些十七八岁的知青来说是残忍的季节，没想到农民收割庄稼要付出这样繁重而原始的劳动，突如其来的艰苦把我们砸懵了。在田地里跌跌撞撞地收割完庄稼后，到了年底分红的时候，我们拿到了人生的第一笔收入，男生分到了六七十块钱，女生也有四五十块。这薄薄的几张人民币，见证了人生的转折，我们不只是把庄稼收获到家了，也不仅仅是挣了几十块钱，关键是我们收获了干活的本事，收获了独立生活的能力，收获了对自己的信心，收获了对农村的了解。从此，我们逐步地结束了依赖父母的日子，在田野里劳动，养活自己，走在坎坷的乡村小路上，开始了艰苦的拼搏，那时我们还不知道这只是人生的第一步。

插队的头一年里，有多少次干活因为跟不上趟，站在一眼望不到头的庄稼地里累得直哭。为了能撵上大拨，为了改造所谓的小资产阶级思想，为了证明自己能行，还为了工分，就疯了似的地去干。慢慢地那些文弱，娇气，犹犹豫豫，缩手缩脚都没有了。学会了豁出去，学会了泼辣，学会了拼命。没人能帮你，只能靠自己的信念深入骨髓。这种能够豁出去玩命干活的劲儿一直伴随着后来的生活和工作，靠着它，为自己找到了生存的饭碗，在跌倒的时候，还能自己爬起来，拍拍裤子上的土，照样笑着往前走。

2011年夏的田野

2011年夏天回到插队的地方，看见一望无垠的田野，苞米又高又粗，密密地站在田地里，显然品种比40多年前好多了，不由地想：哎呀妈呀！这割苞米，扒苞米的活儿可够干的。当地人告诉我们：那镰刀飞舞，挥汗如雨的日子已经成为历史，撅着屁股扒苞米的日子更没有了。现在农民都用收割机收割，机器嘟嘟嘟的开进地里，一片片的庄稼齐刷刷地倒下。扒苞米也有专门的机器，太爽了。几千年农民脸朝黄土背朝天的日子终于结束了，谢天谢地，虽然我们赶上了最后的那拨儿。

三、再教育篇

插队时，知青的一些，极端的，幼稚的，无知的思维和行为，经常与农民狭隘的，落后的，自私的，务实的，传统的习性发生碰撞，有时甚至是很激烈的，大部分可以表现为一种智力的角逐，在屯里，知青多数是屡战屡败，依然是屡败屡战，就在与农民的斗智斗勇中，褪去了书生气，修正了三观。

"买"死猪

说起看青，上了点岁数的人都不陌生。就是在青纱帐起来后，要有人专门看护快要熟了的庄稼，防的是两样，一是人，二是牲口。牲口主要指的是老乡家养的猪。

在 20 世纪六七十年代，科尔沁草原上定居的汉族农民养的猪入境随俗，和羊一样都是放养，每天早上干活的人走了以后，就会有羊倌和猪倌在当街（音：该）上吆喝着，赶着羊群和猪群往山坡上走，羊是生产队的，在蓝天白云下面的山坡上放羊也早就被唱熟的主题了，不稀奇。可是这放猪倒还是个新鲜事，而猪倌拢上各家的猪上山也是大开眼界的事，只要听到街上一声声悠长地吆喝：松猪喽！随着喊声的临近，家家的猪圈门子打开了，一头头大小不一，肥瘦不一，颜色不一的猪们屁颠儿屁颠儿地，哼哼唧唧地从自家门口跑出汇入街上的猪猡大军。那支队伍很规矩地向屯外走去，在尘土飞扬中也算是很壮观的场面。其实山上没啥好吃的，和马牛羊一样啃啃青草罢了。中午收工前猪也回家吃午饭，猪群回屯可没有早上走的时候那么斯文了，各家的猪撒欢地往自己家跑，没有进错门的，要是自家的猪食槽子里已经装满大餐，就会一头把鼻子和嘴插进槽子里，一边哼唧着一边大口大口地吞嚼着，一点样儿都没有，怪不得形容一个人馋和贪吃多用猪来比喻。要是回家一看猪食槽子是空的，还没有开饭，就会很不满意地哼哼着，一边四下趸摸着，一边四处溜达着，等到主人端着猪食出来了，大声喊着：喽－喽－喽！这时无论这猪已经走出了多远，都会立马调头一路狂奔回到自家的猪食槽子跟前。妙的是，家家喊自家的猪都是一个腔调：喽－喽－喽！可喊回来的必是自家的猪，决不带错的。下午依然重复着上午的运动，等到晚上点灯了才会把猪都赶进猪圈里，实际上这猪白天都是散养着。

等到粮食熟了或者快熟了的时候，猪就很愿意到庄稼地里散散步，顺便品尝一下丰收的果实，它们的主人也很乐意将它们撒出去碰碰运气。看青和看场院的责任就是保卫集体的粮食不让某些人和某些猪占了便宜去！至于这人选就看生产队长看谁顺眼了，一定得是嫡系。知青中的有些男生经常得到这份光荣，可在看青中也险些把自己折进去，阶级斗争太复杂了……

1968年的冬天来临了，大地一片肃杀，所有的粮食都已进了场院，金黄的苞米，土黄的谷子，赭红的高粱，还有黑色的"毛磕"，在宽敞平整的场院里四处堆放着。而这时各家的猪也不上山了（山上没啥可吃的了），就都撒开了，随便到附近地里拱点漏儿。

这天晚上轮到建军和玉林两个男生负责夜里看场，他们怀着强烈的使命感看守着集体的粮食，从北京带来的高涨的革命斗志尚未衰减：不让集体的粮食受一粒的损失，谁要是敢来进犯就是找死。

那时场院的门就是用几根木头钉在一起，缝隙不大，可以挡住猪，但挡不住鸡。有时门上的某根木头松动了，就有机灵的克朗（被骗过的，半大的猪）会试探着溜进来。

天刚擦黑，一个黑影悄悄地从场院的门缝里挤了进来，美得哼哼了两声，看场的两位已经瞄见那条黑影，一听见这两声哼哼，就知道是头猪。建军是体院子弟，从小就擅长溜石头子儿。他顺手抄起一块石头，一个标准的动作命中靶心。只听那猪惨叫一声，就倒在地上抽搐着，走过去一看，咳——玩儿完了。这也太寸了，就一块石头片，就要了这只猪的命。两个男生，你看看我，我看看你，也傻了——它怎么这么不禁打呀？"凶手"不想把事情闹大，对玉林说："咱们趁着没人，把猪拖出去，扔到山上，反正……""不行，那不是欺骗生产队吗，再说咱们是看场的，谁让它进场院的，何况，咱们刚来，更不能……"看着玉林的一脸正气，"凶手"心里骂着："妈的，遇上'共'军了。"

等队长知道了，这事也就真的大了，原来被打死的这只猪是生产队长家的。"文革"时每个生产小队的行政序列是这样的：政治队长、生产队长、牧业队长、妇女队长、贫协主席、会计。这二把手家的猪让知青打死了，不能就这么算了，于是"生产队里开大会，诉苦把冤伸"，政治队长在会上教训知青："让你们看场院，见了猪进去了，撵出去了就是了，谁让你们打死猪啦，社员喂猪容易吗？一年的油，肉就指着猪呢。"我们傻呵呵地听着，闹了半天，一点功劳没有，敢情对猪也是教育为主，不能一棒子打死。最后队长宣布处理决定：由青年点包赔生产队长家的猪，按那只克朗的毛重六十斤和供销社的收购价伍毛钱一斤，折合人民币三十元，从知青的安家费里扣。我们只得把那只"买回来"的死猪给"杀"了，因为血没放出去，那肉不咋好吃，但没含糊，全造了。

类似的事情还有一次；因为青年点的猪食通常比老乡家的猪食要有营养，而刚开始搬进由队部和驴圈改造的宿舍，还没来得及安装院门。有些老乡家的猪会溜到青年点的猪食槽子里打扫战场，既然是剩余物资，谁吃都无所谓了，可也有很不自觉的猪，竟然要想抢在青年点的猪用餐前先吃，这就招人讨厌了，在男生看来一律格杀勿论。一天，轮到显华在家做饭，快中午时，他估摸上山的猪群快回来了，先把猪食倒进槽子，然后就在灶间忙乎人食。忽然他听到有猪吃食的声音，不对，一是没有听到猪群回屯那轰隆隆和哼哼哼的噪音，二是青年点的猪吃食的动静没有这么狼乎，探头一看，果然是前街老乡家的猪，眼睛以下都埋在猪食槽子里了，显华随手抄起往灶坑里捅柴禾的火叉，恶狠狠地插进那猪的胸部，身负重伤的猪哀嚎着歪歪扭扭地回家了，下午猪的主人找上门来了，原来那猪已经归西了，而有人看到是知青扎的，于是只好又用安家费"买"下了这头猪。

看青——中了圈套

几次白花花的银子买来了记性：这猪只能轰，不能扎，更不能往死了扎。可是有人特意下了套，知青还是义无反顾的钻进去了。

那是1969年的秋天，中苏边境响起枪声，科尔沁草原的吐力毛都是军事重镇，那里曾是当年苏联红军进入中国东北的八个口子之一。曾有一支坦克部队路过我们屯，开进了临近的公社，钢铁的履带压皱了泥土的公路，"文革"的进展，战备的紧张，使得人心惶惶，加上各级行政逐渐瘫痪，很多老乡趁机把猪撒到庄稼地里，吃着一口算一口，没人管了。

一队的生产队长气哼哼地来到青年点里，分派五个男生去看青，递过去几根梭镖，那梭镖头是铁的，尖尖的箭头，旁边还有一个半圆的弯钩。这个一脸奸臣相的队长让知青见了祸害庄稼的猪就往死了扎。男生们有些犹豫，扎死了，老乡不干，还得青年点"买"，那点安家费已经花光了，没钱赔了。再记吃不记打也不能忘得这么快呀。队长见状急扯白脸地说："怕啥？让你们扎，你们就扎。扎死有我兜着，扎死一只给记60工分！"60工分？？！！在地里累死累活的干一天，最多挣10个工分，扎死一只猪就有60工分，好大的馅饼从天上掉下来砸到这哥儿五个头上了。重赏之下必有勇夫，这回没再犹豫了，梭镖不够就把杀猪刀上绑根木棍，五条汉子杀气腾腾地扑向青纱帐。

嘿，没费劲儿，就发现了敌情，一只黑克朗正在拱倒一棵苞米，男生把对苏修的仇恨集中到这只黑克朗身上，狠狠的一梭镖扎进猪肚子里，还转一下梭镖才拔出来，那弯钩就把猪肠子拽出来了。第二只猪是中了三刀，遇到跑得快的猪，

青年点的男生在自家的菜园子里

绑上木棍的杀猪刀就变成了标枪，飕飕地追赶逃命的猪，哥几个越扎越勇，意气风发，一天下来报销了六只猪。

死猪的血腥味弥漫开来，屯里的空气骤然紧张了起来，老乡们围在青年点的墙外，大骂：疯了吧？你们。把俺们的猪赶出来不就完了吗？赔!!!!

这次知青们没有含糊，找来了那个队长，汇报了执行看青的战果，等着队长的表扬和360工分进账。那队长看着墙外围拢过来的人头，脸一沉："谁让你们把猪扎死了？我叫你们看青，可没叫你们扎猪，还扎一只猪给60工分？净寻思啥咧。"男生们哪里见过这样红口白牙出尔反尔的。顿时怒不可遏，与队长大吵起来，墙外的人头更加密集了，这才知道扎死的六只猪都是生产队大大小小干部家的，而这些人都是屯里的宗族大户，一屯子差不多拐弯抹角都是亲人，我们闯下祸了。

正在队长和男生们僵持的时候，就听到有人喊：青年的猪跑出去了！知青都疯了似的追了出去，果然在山坡上，看到一直被关在圈里的猪正颠儿颠儿地往苞米地里进发呢，几个男生冲了过去，拦回了这只添彩的蠢猪。平时一直都是把猪关在圈里，从不放猪出去祸害庄稼，怎么会在节骨眼上猪跑出去了？这个谜直到今天都没有解。可是全屯的人都知道青年点的猪也进地了，墙外的人已经是里三层外三层，那几家猪被扎死的人家站在最前面，老乡们就等着看知青是不是把自家的猪也扎死，我们都懵了。

大队蔡书记拨开人群走到青年点的院门口，严厉地训斥知青看青把猪往死了扎的愚蠢和极端的行为。直到今天，我的脑海里还能清晰地浮现出蔡书记涨红了脸，圆睁双目大声斥责我们的样子，他足足训了半个小时，知青都站在院子里，低着头，一声不吭，佯装痛心疾首。有个男生刚想张嘴反驳，被建军挡住了。蔡书记声色俱厉地训斥平息了老乡的怨愤，没有他的这顿臭训，青年点的猪非死不可，老乡们也决不会罢休。一出戏周瑜打黄盖，救我们于危急。老乡散开后，蔡书记进了青年点的屋里，大家七嘴八舌向他诉说事情的经过和委屈，他淡淡地说：你们这些傻狍子，给个棒槌就纫个针（认个真）？给你们60工分，你们就把猪扎死，要是给五百工分，让你们扎人，你们也去？拉倒吧，以后接受教训。最后由蔡书记出面协调，知青不赔老乡的猪，也不给知青看青扎猪的工分，算是扯平了。

事后我们转过向来，那个生产队长一直与知青不睦，几次三番地暗算我们，这次他又布了套，利用知青敢说敢干头脑简单的特点，再次下手坑我们一把。如果不是蔡书记出手，就是跳进黄河也洗不清。以后几天里，总有人大声背诵：谁是我们的敌人，谁是我们的朋友，这是革命的首要问题。

道高一尺，魔高一丈

如果说与那些偷吃庄稼的猪斗，让男生们吃了些苦头，可毕竟还算不上与农民的正面冲突。在那个工分不值钱，干一年的活儿，别说分红，连口粮钱都挣不出来的年月，在庄稼熟了的时候，偷偷摸摸的整回几麻袋苞米，才是大多数贫困农民心里打的小算盘，用当地人的话说：有便宜不占白不占！

当地里的苞米叶子已经发黄了，就到了收割的时候，这时地里没有了夏日那一片片绿油油的叶子撑起的青纱帐，而是像一块洗褪色了的绿布铺在秋天的田野上，没有了鲜艳，露出了泛黄的底色。这会儿看青就是要对付那些偷苞米的人，因为成熟干燥的粮食可以存放得住了。

夜里，显华在南山看青，他在南山上的几块苞米地边溜达着，精心敬业地尽着职责。他也不能在一个地方站着不动，草原上秋天的蚊子就像一支支密集的微型注射器部队，只要闻着人味，就会从草棵里腾起或半空中盘旋、俯冲，扑向人体。要想坐一会儿，一定要先拢上一堆艾蒿火，或者搓一根艾蒿绳，点着了拿在手里挥舞。

夜渐渐深了，屯子里的狗也不叫了，显华被蚊子咬得抓耳挠腮。忽然有个声音触碰他的耳膜，不是大自然中的虫鸣蛙叫，是人在苞米地里轻轻地行走触到苞米叶子发出刷刷的声音，还有小心掰苞米棒子的咔吧声。他竖起耳朵倾听着，辨别着方向，沿着地边向着发出声音的方向摸过去，看见两个黑影正在地里忙乎着，显华大喝一声：嘿，干嘛呢？两个黑影哆嗦了一下不动了。走过去一看是屯西头的老J爷俩，脚下的两条麻袋都快装满了。想连赃带人都整回队部去有些力不从心，只好把麻袋里的苞米都倒在地头，卷起了这两条带有老J家标记的麻袋，说：走吧。这爷俩垂头丧气地跟着显华往屯里走。快到屯口时，J家老爷们站住脚，吭吭叽叽地说："爷们，俺家就这么两条麻袋，一直用它装着苞米，临出门的时候，为了腾麻袋，把苞米粒摊了一炕，这么晚了，能不能先让俺回家把炕上的苞米粒子收进麻袋里，倒出炕来让俺娘睡下，老太太岁数大了。回头，我指定和你一起去见队长"。老J家老太太是屯里的老娘婆，也就是接生婆，屯里好多人都是这个老J太太给接生的，所以老太太人缘特别好。显华想了想，觉得反正已经抓住了，不差这一会儿。就让这爷俩拿着麻袋先回家了。这傻小子到队长家门口，叫起了队长汇报战果，队长迷迷糊糊地听他说完就直摇头："拉到吧，麻袋都给了人家，谁还能承认偷苞米呀？"显华不服地说："他说让他妈睡下了，他就过来。"又等了一袋烟的功夫，显华也有点嘀咕了。他摸黑来到老J家院子前，只见房子都黑着灯，静悄悄的。显华扯着嗓子喊起来，屋里依旧黑着灯，没人应声。显华气得倔劲上来了，一声声地喊下去，直喊了几十声，灯亮了，门开了，老J家爷们怒气冲冲地走到男生跟前，大声说："喊啥呀，深更半夜的。"显华一把揪住他的胳膊："想不认账了？刚才在南山干啥啦！""干啥了，睡觉了。"显华的手被狠狠地甩开。"你小子做梦了吧？谁去南山了，俺们天黑就躺下了。疯疯张张地想啥呢。"一摔门进屋了。显华怔在那里，嘴唇哆嗦，他这才明白被骗了。

第二天早上我们正在青年点里愤怒地议论着，只见院子里呼呼啦啦进来了一帮人，吵吵嚷嚷地进了男生宿舍。来的是老J家哥儿几个，他们横眉立目地说知青埋汰老J家就得说道说道。显华气疯了，要过去理论，同学们拽着他往后退，怕吃亏，一时间青年点里的喊叫声差点把房顶掀翻。闻讯赶来的蔡书记，生产队长把就要动起手来的两拨人隔开，显华涨红了脸，脖子上的青筋突突地蹦着，大喊着："我他妈的就不应该放了那两条麻袋，麻袋没了，可苞米还在南山上，走，上南山！"他领着书记和队长来到南山，地头上果然堆着的苞米棒子。蔡书记看看苞米又看看显华，什么话都没说。回到屯里，书记和队长核计了一下，把老J家哥儿几个和几个男生都叫到队部，蔡书记说："老J家和知青呛呛的这件事呢，南山地头上的确有撂下的苞米，可没有麻袋，就不能认定是谁偷的。但知青和老J家无冤无仇，为啥单单说是老J家呢？咋不说是我偷的？"书记笑着撇了老J家哥几个一眼接着说："说就是老J家偷苞米也冤，没有证明。再说这既然放了，就别再告了，一块儿喝顿酒，齐活。都别吵吵了。这件事就这么地了，不要再提了。以后记住了，"蔡书记顿了一下，响亮了声音："抓贼抓赃。"

过了几天轮到建军看青，这个机灵的小伙子一直干着放马的活儿，他不会像那个老实的显华那样用腿在山上丈量，在晌午马群都赶回马圈里喂草料时，他骑上一匹马到山上巡查。远远地看到从南山坡上下来几个人，他知道是前屯的。

等走近了些，看出来是来偷苞米的妇女，她们夹着麻袋东张西望地来到山坡上的一块苞米地边，把麻袋放到地头就钻进地里掰苞米，一边掰一边警惕地留心着北边——屯里的动静。建军一夹马肚，先向西边奔去，绕过一道山梁马上掉转马头朝东南狂奔，迂回到那块苞米地的南面，等快到跟前时，他下了马，悄悄地走到地头，一条一条的捡起地上的麻袋。等到他把七八条麻袋扔到马背上时，一直只盯着北边的那些妇女才发现被抄了后路，傻眼了。建军骑上马，一溜烟地往屯里奔去，后面隐隐约约听到那几个妇女一边追一边喊着。她们不是本屯的人，也没看清是谁抄走了麻袋，跟屯里的亲戚打听出来看青的是知青——和她们谁都不沾亲带故。一会儿队长进了青年点，看看屋子当间的那堆有着各家标记的麻袋，嘬着牙花子说："嗯哪，行呀，整了这老些。咳，这不都到俺那儿哭哭啼啼的，非得要回麻袋，你嫂子的兄弟媳妇也在里头。都不容易，要不就饶她们一回？"建军笑吟吟地看着队长的眼睛，满口答应。队长朝院子里喊了一声：来取（音：求）吧。几个低着个头紫涨着脸的妇女进屋捡出自家的麻袋，建军说："可没有下回了，都偷没了得扣我的工分，没日没夜的看青就是怕你们来偷。"

在贫困的屯子里，穷极思偷，饿极思偷，越是成分好的胆越大。在这个大部分都有着亲戚关系的屯子里其实也没个是非，你拿我也拿，拿集体的就跟拿自己的一样。农民要想解决温饱除了生产队的那点工分以外，就只有自留地，老母猪，鸡屁股，还都是限量版，没有其他的出路。而"文革"以后，越是农业学大寨，粮食产量越往下走，工分越不值钱，他们就只有把眼睛盯住生产队了，偷生产队的东西逮着了也咋着不了，就是磕碜点。在知青来之前，那看青的人照样偷。

刚刚来到农村时知青也曾经是豪情万丈，斗志昂扬，以为凭自己北京人的身份和革命干劲、文化知识，让农村旧貌换新颜是手拿把掐的事，何况还有贫下中农做后盾。其实就是一个"傻"字当头，吃了好几堑，长了一点智。在农村根深蒂固的乡土人情面前，在贫困和饥饿面前，那些情怀都是扯淡。

忆苦饭

文革时有个时髦的活动就是吃忆苦饭，忆的啥苦呢——共和国成立前的苦。青年点决定举办一次忆苦思甜的活动，要准备两样嚼谷，忆苦饭和思甜饭。思甜饭很简单——烙白面饼，忆苦饭还真费了点脑筋，从贫下中农嘴里没有听到过在万恶的旧社会吃到什么难以下咽的东西，于是我们根据电影和小说地描写做出推理：既然说贫下中农在旧社会是过着猪狗不如的日子，肯定是吃猪狗食、干牛马活。

那天正好轮到我和琥做饭，照着猪食的用料，用谷糠和豆腐渣做成窝头，放在大柴锅里蒸熟，再烙上一摞白面饼。隆重请来了蔡书记，政治队长大愣，贫协主席老王共同忆苦思甜。先上忆苦饭，每人碗里一个散架的窝头（豆腐渣和谷糠根本捏不拢）。我咬了一口糠窝头，在嘴里嚼着，那个味道就不用说了，关键是怎么也咽不下去，麻麻扎扎地在嘴里来回地翻滚着，就不往嗓子眼里进。有些男生还吃得快一些，女生们显然"小资产阶级"做派多了些，最狼狈的是我和琥同学，也许是因为我们了解糠窝头的成分。琥平时干活或生活都极严格要求自己，不怕苦和累。可她的嗓子眼真不给劲，生生就是咽不下去，眼泪都憋出来了，但没有人敢把窝头扔了，这是立场问题。当我们痛苦地体会解放前贫下中农的伙食时，看到除了贫协主席以外，生产队干部们的那份忆苦饭也咽不下去，尤其是贫农出身的政治队长孙大愣，只咬了一小口，就放在哪里，再也不吃了，而且非常坦然。这真让知青吃惊了，这不是忘本吗？而且公然呀！当白面饼端上来时，用风卷残云来形容都算搂着了。刚刚死活不肯咽下谷糠和豆腐渣的嗓子眼，这时候就像伸出个小手，飞快地把烙饼拽进食管里，可真香啊。后来听老乡讲，在我们插队的地方，一直地多人少，从来不缺粮食，谁吃糠呀，谷糠纯是喂牲口的。青黄不接时，人们最不济的是饭食里掺点苞米糠。就是在万恶的旧社会，地主也让长工吃饱饭，秋收的活最累，伙食也硬，顿顿都是粘豆包，管饱。说到顿顿吃粘豆包的日子，那个老乡眼里居然是留恋的眼神，嘴巴还砸巴几下。他们对挨饿的记忆是"三年自然灾害"时，那时吃的是苞米瓢子，饿死很多人。

安家费——强龙压不住地头蛇

当我们以知青身份来到内蒙古时，除了爹妈给带的衣服被褥以外，国家还给了两样东西；每人一套蓝布面的棉袄、棉裤和安家费230元人民币。

我们青年点14个人的安家费共计3220元。用现在的说法应该叫"启动资金"

吧，这在 1968 年也算是让国家破费了。可压根就没看到这笔安家费长得什么样，银子随知青拨到所在的生产队，这笔钱有两个主要的用途；一是盖我们扎根农村、遮风挡雨的房子，二是买第一年的口粮。其余的就是添置一些生活用品包括农具，绝大部分钱是放在生产队的会计那儿，只有一点散碎银两交给我们使用。青年点的财权放在家里最有钱的男生 OK 手里，根据是他家阔，不缺钱，不会打这两个小钱的主意。后来在炕上经常能捡到 OK 掉的钢镚，于是罢免了他的财政官，这是后话了。至于那大钱怎么花，我们说了不算，加上年纪小还不会斤斤计较，只知道咱不差钱！

后来才意识到，随着这笔"巨款"到了屯里，幼稚的知青与贫困的农民开始了一场没有硝烟的战争。

刚来到屯里的那天，进屯就看到沿街的院墙上贴着欢迎知青的红红绿绿的标语，大队干部在生产队的队部里召开了欢迎大会，并宰了几只羊，做了小米饭，炖羊肉，给我们接风洗尘。我们心里热乎乎的，被贫下中农朴素的阶级感情感动，以为他们很稀罕这些从北京来的知青。这也是知青里大部分人第一次吃羊肉，那膻味提醒我们已经实实在在地站在内蒙古这块土地上了。

刚刚从北京来，肚子里的油水还很足，又吃不惯羊肉，每个人也就是象征性地吃了一点。看着旁边桌上的贫下中农倒是造（吃）得脸上红扑扑的，手上、嘴上、前襟上都是油汪汪的。我心里对自己吃不惯羊肉感到惭愧，就是从这第一顿饭立马看出了和贫下中农的距离。转脸看见有个姑娘在往锅台上收拾一摞摞的脏碗，觉得这是个改造自己的好机会，就走到锅台前去洗碗。大柴锅直径差不多有一米，里面有半锅泛着油星的热水，看着大柴锅有些眼晕，我的妈呀，这可要小心点，别脚底一滑栽进锅里。我小心翼翼地拿起锅台上的脏碗放进锅里，弯腰吃力地刷起来。那个姑娘拦着我说：歇着吧，挺埋汰的，别沾手了，俺来。她越拦我，我越来劲儿，刷完锅台边上的碗，我直起腰来到桌子上去捡拾脏碗，捧着高高的一摞碗还没走回到锅台前，手一滑，那摞碗就都掉到地上听了响了。看着一地的碎瓷片我呆住了，脸火辣辣的。队干部过来笑着：没啥，摔就摔了，去，上炕歇着吧。我讪讪地回到炕沿。

过了一阵子，生产队的会计来和我们对账，打开账本，密密麻麻的支出让我们吃了一惊，刚来没多久，没花什么钱呀。会计笑呵呵地伸出巴掌，一五一十的数：

为了欢迎我们写标语的纸钱，第一天杀的那几只羊钱和菜钱，我摔的那摞碗钱，柴禾，锅碗瓢盆、水缸，土篮，粮食……噢，我们恍然大悟，用现在的时髦话说，全部是自己买单啦！于是问，有些东西是有，可数不对呀，比如扣了五只土篮钱，可只见到三只呀，有些东西干脆没见过。会计依然是笑呵呵地抽着烟袋锅子，等我们吵吵的声小了，他开口了："东西指定都有，是我跟着买的，也都搁（音：gao 二声）在这旮旯咯了，是不是有让人借去？你们再找找。"那时我们对贫下中农的思想品德不敢公然的质疑，只好认了。咦，这是什么钱？一个男生从账本了发现了新的疑点；会计指了指墙上贴着的几张宣传画，那男生一个箭步蹿上炕，小心地揭下了画，交到会计手里："画不是我们要买的，还给生产队，把账抹了吧。"

看完了账，大家才知道看着这么大的一笔钱真不经花，现在还是房无一间呢，这些在家吃粮不管穿的孩子开始学着算账了。算来算去，这账就是对不上，大家面面相觑，后脖颈发凉，燕辉叹道：梭嘎——狡猾狡猾地。

没过几天，一大早，小学校的门被猛然推开了，裹着一阵冷风一个女人冲进屋里，高声大气地喊着：OK，案板钱！还在被窝里躺着的男生不约而同地都把被子往上拉了拉，惊慌地看着站在炕前魁梧的老王二嫂。从二嫂炒崩豆似的话里听明白了，青年点的案板是她家的，会计没给她钱。OK 哆哆嗦嗦地从被窝里欠起身来从挂在墙上的军挎里摸出了一块钱，乖乖地付了账。等老王二嫂出了门，建军脱口而出《槐树庄》里的老地主的台词："腊月二十三，贫农团闯进我的家"，众男生齐声吼："领头的就是李老康！"

欠老乡的钱，人家要得理直气壮，顺走青年点的东西，人家也理直气壮，还真就要不回来。燕辉发现青年点的农具老丢，就跟前街老乡家借了一把小钢锉，给每个铁锹上都锉了个三角形印记。可铁锹还是丢。终于看到一位小伙子手里的铁锹上有三角印记。就去认领讨要，理由就是那个印记，转身就看见小伙子的爹也举着一个一模一样的小钢锉来了，蛮横地说那印记是他锉的。建军按住脸都气白里的燕辉，铁锹没有要回来。

第二年开春，大家兴头头地商量启动盖青年点新房子的工程了，计划一排五间坐北朝南七条檩的新房子。男生两间，女生一间，一间厨房，一间仓房，一水儿的玻璃窗，门和窗户框都油成墨绿色的，决不要老乡家的那种翠蓝色。越说越兴奋，跳下炕来就去找蔡书记合计。蔡书记早就有了算计，一点不打唉地报出盖房子面临的种种困难：地里活忙，派不出人来，木头不好买，石头得现去山上采，五间房子的石料也不是三两天能采到的，还得往回拉呢。还有苫房顶的高粱杆和抹房子的碱土也不是说要就有的。估摸今年能把料备个大概其，顶多能垒出多半截墙来，估摸着来年差不多能盖得……这瓢凉水泼得我们浑身一机灵，从梦里醒来，来年？黄花菜都凉了。不甘心老是这样女生挤在老乡家，男生借住小学校，不行，拖得时间忒长了。晚上几个知青又挤到蔡书记家的热炕头，准备打持久战。蔡书记沉吟了一下说出一个方案来：能不能把第一生产小队的队部维修一下，改成青年点？知青这才恍然：坑早就挖好了。贫困的生产队压根就没打算用那笔安家费给我们盖新房子，可是一队的队部只有三间破房子，旁边是驴圈呀，而且院子里还有队里的碾道（碾房）。蔡书记依旧一点不打唉地说：那啥，没事儿，驴圈改成两间房，和原来的三间连在一起就是五间房了，好好抹抹，收拾收拾，门窗都重打（做），瞧好吧，碾道就不挪了，你们磨个米压个面啥的也近便。

我们虽然年轻，《沙家浜》里胡传魁的那句话还是烂熟于心："就是我这强龙也压不过你这地头蛇。"要是硬扛着盖新房子，就没准猴年马月能住上了。我们还知道夜长梦多的道理，这是全公社最穷的生产队，要是等到明年，不知道安家费还有没有了，大伙儿商量了半天，只有乖乖地同意了书记的方案。总算在第二年住进了"新房子"。

我们都是初中生，比较稚嫩、老实，胆小，给俩烧饼就跟着走了。相邻公社有个青年点里不但有高中生还有一个大学生——"首都红三司"的副司令，为躲抓"五一六"避风头，跟着下来插队了，当遇到贫下中农巧取豪夺时就有了些轰轰烈烈地对抗了。

知青刚到屯里时，被安排住在一座一直空着的房子里，房子的主人前几年搞破鞋被人告到法院，法院的判决是要他搬离屯子四十里以外居住，因为他的叔叔是当时的大队书记，书记就把他给折中到自己家住了。房子一直空着，早就破破烂烂的了，生产队用安家费的钱重新打了门窗，盘了新炕，修整一新让知青先住下了。等到第二年种地时，那个房主进院要强行拉走存在菜窖里的草木灰，那是知青们一个冬天烧炕做饭攒下的，准备给自留地上肥用。于是争吵起来，房主依

搬进"新"房子，美滋滋地合个影

仗着房子是他的，吵吵嚷嚷地说不让知青住在他的房子里。其实他是看房子花钱修理好了眼红，想找个茬口把知青撵走。没法子知青找来了队干部评理，但房主家族在屯里很有势力，权衡之下，队干部还是让知青搬走。搬走的当天，那房主就搬回来了，洋洋得意地住进了用安家费修整好的房子里。

待他安顿好了，大学生把男生召集到一起，每人都抄个家伙，他嘱咐大伙儿，进屋只把用安家费添置的东西毁了，但决不能伤人。晚上，这伙知青冲进了院子，二话不说，有用镐、斧子砍窗户和门的，有用铁锹和二齿钩刨炕面的。顿时鸡飞狗跳，碎玻璃四溅，土烟腾起，大人喊孩子哭，房主吓得脸都绿了，嘴哆嗦着，手哆嗦着东拦西挡，可他那里拦得住这十几个愤怒的知青呀。院子外面围满了人，黑压压的一片，目瞪口呆地看着。当大队干部赶过来劝阻知青时，所有的门窗已成碎木头，炕面也塌了。大学生敲了一下镐头，鸣金收兵。那房主灰头土脸的又搬回原来住的地方。从此风平浪静，井水不犯河水。

在那个年代，知青的安家费对于生产队尤其是贫困队就是一块肥肉掉在嘴边了，农村毕竟是公有经济相对薄弱的地方，农民求助无门只有自救，生存的需求练就了务实和狡黠，他们看中的是实实在在的实惠，对于他们来讲，口号决抵不了口粮，农民懂得：吃不穷，穿不穷，算计不到就受穷。这无时无刻不在进行的算计怎么会放过跟随知青拨下来的巨款？虽然知青中有相当一部分人读过《资本论》、《政治经济学》，可那全是纸上谈兵，到了真正的临门一脚时就有秀才遇上兵的感觉。50 年后，在商品经济的大潮多多少少地喝过几口水以后，再回头想想农民的老辣和知青的稚嫩不由得哑然失笑，天下哪有免费的午餐？

骂　街

这旮旯有个风俗，就是骂人一般不带脏字，拐着弯骂你，尤其是开玩笑的时候，要有发达的联想功能才能听得懂，刚来时自然是听不懂。就怕这听不懂还跟着说的。刚到屯子里的那个冬天，几个队干部和来搞运动的贫宣队和几个女生在小学校唠嗑，唠得高兴了，就没把门的了，还要嘚瑟一下学会的本地话，我特大声地说出老乡给一男生新起的"昵称"，话音刚落地，那几个老爷们表情很奇怪，互相对视了一下，憋着笑，讪讪地走了。过了一段时间，对本地话理解的段位提高了不少，才明白那个"昵称"特别"色情"，从一个未婚的姑娘嘴里说出来，实在丢人，所以生生把那些老爷们给磕碜走了。

有意思的是这些根在关里的人，说起关里还很不屑，管关里人叫"关里老忐儿"。在他们眼里，南边的人都是老忐儿，都不如这些关外人聪明，能干，也不知道这种感觉是打哪儿来的。

这地方盖房子、垒院墙都是用从山上打的石头块。要把完全没有规矩的大石块垒出笔直方正的墙，是高级技术活。一次我给垒墙的老乡打下手，大工是个姓孙的富农子弟，人很精明，农活一流，读过几年书，后来入赘给一家成分好的人家，日子过得不错。他垒大石块，我管把小碎石块填放在中间的缝隙里。听他讲过一个段子：说有个关里老忐儿来到关外，遇到一群人正在垒墙呢，这些关外汉子见到关里人一定不能放过，必定要拿来打打嚓，就问他：嘿，老忐儿，你们关里人会这么垒墙吗？那个关里人寻思了一下回答说：在关里是大王八摆边，小王八填馅。这下把垒墙的人都骂了。这是我唯一听到的给关里人拔份的段子。

知青说话有时会带出"他妈的"，这句京骂都成口头语了，老乡可不乐意听了：你跟谁妈妈的呀？是妈你叫大娘？女生爱说：德行样。屯里年轻人会拉着长不咧声学着：德——行——样。要是有人骂出"王八蛋"，对方就会回击：王八贱，你买兔子上供。待得时间长了，听懂了许多骂人的话，也学会了一些。老乡要是真急眼了，那可不管了，骂得要多狠有多狠，喷出来的全是脏字。

说说见识过骂人的最高级别。

屯子里的人虽然不是都有亲戚关系，但也都排出了辈分，辈分最大的是屯西头的老王太太，最小的也是一户王姓家的小嘎子。这个孩子才五六岁，在屯子里见到谁都是长辈，父辈的，祖父辈的，曾祖父辈的都有，加上中国人亲戚长辈还要分父系和母系，什么舅姥爷、姨姥爷、叔伯大爷、姑丈人，可怜孩子不能凭年纪判断辈分，还得死记硬背，往往就叫错了，看着孩子窘迫的小脸，挺不落忍的。这个老王太太可就滋润多了，到了过年的时候，村里的小辈要去给她磕头拜年，平日见到了也一定是恭敬有加的。老太太也不是凡人，年轻时在太原靠捡拾破烂生活，听说攒下了三件宝贝，一个金戒指，一床俄国毛毯，还有一件忘了是什么。屯里的女人就属老王太太见过世面，还趁几件细软，所以德高望重四个字给她合适。

老王太太房前有块自家的菜园子，秋天的菜园子里也是硕果累累。老人家拿块布裹上毛毯来到菜园子，坐在毛毯上，舒舒服服晒着太阳，看着鸡猪别进来祸祸了菜地。坐了半天，有点渴了，就起身回屋里喝点水，解个手。等回到菜园子，老王太太傻眼了，俄国毛毯没了！揉揉眼睛周围看看，还是没有，再抬眼看看，一个人影也没有。老王太太急了，赶紧叫来家人一起寻找，街坊四邻的询问，都说没看见。老太太上了大火，使出了农村妇女的利器——骂街。这一骂起来，可热闹了，天天都能听到老王太太骂街，光用嘴骂不够狠，还拿把破菜刀剁着破木板骂，这样骂起来特有节奏感。老王太太是从偷毯子贼的头顶开始骂：偷毯子的贼呀，我剁你的头呀！（梆梆梆！剁木板的声音）你的头……（此处省略二十几个字）。我剁你的眼珠子呀！（梆梆梆！剁木板的声音）你的眼珠子……（此处省略二十几个字）。一直剁到偷毯子贼的脚后跟。骂得那叫磕碜，那叫色情，还基本不重样。我想那偷毯子的贼天天被这样诅咒，一定挺难受的，而且这还回毛毯的可能也没有了。后来老王太太把骂街的地点挪到屯子中间，也是青年点院子前面。每天头晌，老王太太晃着那头纷乱干枯的白发从西边颤颤巍巍地走过来了，坐在树下骂上一两个时辰，屯子上空回荡着苍老嘶哑的叫骂声和剁木板的声音，现在想想老王太太真是有副好身板。一天，骂街的声音停了，觉得今天骂的功夫不够长，抬头望去，老王太太进了青年点院子，吓了一跳，迎了出去。原来是骂渴了，来讨口水喝。喝完水，老王太太慈祥地对我说，知道俄国毛毯不会是知青偷的，压根就不怀疑你们。咣当！一块石头落了地。咋不早说？见她天天在院子前骂街，心里还真不踏实。老王太太的骂街让孩子们很兴奋，于是形成一个童声合骂的阵势，老王太太领骂一句，孩子们齐声跟骂一句。那些日子里，孩子们骂街的本事突飞猛进。

我离开加拉嘎到杜尔基卫生院时，俄国毛毯还没有下落，骂街还在继续。后来听屯子里的老乡说，那年过年时老王太太从各家讨要了碎布头，缝了个小布人，当做偷毯子的贼，扎满了缝衣针，才算终止了对偷毯子贼的讨伐。估计那张柔软厚实的俄国毛毯一定变成针毡了吧？

派 饭

派饭也许是最具中国特色的饭局了。运动来了，城里的干部到农村搞"运动"，饭都是"派"到农民家吃的。说是与农民"三同"和"鱼水情"。可要不派饭，也没地儿吃去。应该算一举两得吧。

知青也是搞"运动"的人选，赶上过"一打三反"，"清理阶级队伍"，"整建党"什么的，加上后来到公社卫生院工作，随医疗队下乡，这派饭可是没少吃。

说起来，那时候的农民家里都穷，平日的饭菜多半是大葱蘸酱，自家腌的咸菜，熬白菜糊土豆。可轮到派饭时，会把家里平时舍不得吃的嚼谷拿出来，菜里多放了油，放点肉，真心实意地款待工作队。赶上那种"一贫如洗"的人家还会去跟邻居借点油，借几个鸡蛋。在青年点时，我们也是肚里没油水，派饭多数会比青年点的伙食强点，也算是改善生活了，所以乐意吃派饭。尤其盼望派到日子殷实点的老乡家里。临时到哪个屯子待一两天，队里会照顾派到家境好点，干净点的农民家，或者就在队干部家吃了。要是长期驻扎，就把着屯子的一头挨排儿吃过来，一家轮一天，把地富家和特别穷的隔过去，被派饭也是一种身份，资格。

工作队由三部分组成：贫宣队、干宣队、知青。搞运动多半是在农闲的时候，冬天是运动的季节，白天短，早晚两顿饭。为了照顾工作队，也有改一天三顿的。住在老乡家里，早起就等着来招呼去吃派饭。经常是被派饭那家的孩子来领我们。孩子来到院子里，怯生生地东张西望，不敢大声。房东见了，连忙说：老 X 家的小嘎来了。于是跟着孩子走进他家院子，孩子的爹就会出来往屋里让。进门就是灶间，大柴锅冒着腾腾的热气，天冷的时候屋里被白色蒸汽塞得满满的，看不清周围。进到里屋，炕上已经放好炕桌。主人连声说：上炕里，炕里暖（音：恼）和。然后就把火盆和烟笸箩推到跟前。不会盘腿的我们赶紧占据炕沿，本来就不习惯盘腿，穿着棉裤盘在炕里肯定影响饭量。就为这不习惯盘腿，我们几个女生第一次探亲回来都从家里拿了个小板凳，吃饭时把炕桌放在地上，围坐在四周。

坐炕沿还有两个好处——隐藏饭量的大小，还能就手调理调理平时老是假装斯文的工作队的老爷们。炕沿上放着两个瓦盆，一盆干饭，另一盆盛着粥或者水饭。坐在炕沿的人管给炕里的人盛饭，要是老让别人盛饭，没准会被挤兑：哎呀妈呀，咋还（音：害）吃呀。脸皮薄的就会扛不住。有一次医疗队下乡，吃派饭的时候，坐在炕沿的我先给坐炕里的高大夫盛了碗水饭，第二碗还是水饭，第三碗我刚把饭勺伸向水饭盆，那位长春医大毕业的大夫眼睛都快瞪出来了，"嗨"了一声，窘得红头涨脸的。

每家的炕桌上必有两个小碟，一个盛着自家做的大酱，青青白白的几根大葱躺在旁边。要是能吃到鸡蛋酱（酱里有炒鸡蛋）就偷着乐吧。另个小碟里是咸菜。酱和咸菜是自家做的，味道与家境一般成正比。主菜与主食就看各家的情况了；主菜不外乎酸菜熬粉条，炖豆腐，鸡蛋羹，炒土豆丝、炒鸡蛋，土豆熬白菜，别以为每顿这些菜全有，也就有其中的一两样，都是用大碗满满地盛上来。做饭的媳妇热情地张罗着：吃呀，锅里还有。等刚把碗里冒尖的菜吃平了，那媳妇从锅里又盛了一小碗添上，不能让碗空了，磕碜。主食只一种，范围不超过贴饼子，大馇子饭，小米饭，高粱米饭几样。偶尔会有面条，荞麦面饸饹，那是赶上特富裕的人家了，像队干部呀，家里有手艺人或挣工资的。

到了农村以后，原来挑肥拣瘦的我，口味宽泛了很多。特别是对豆腐和粉条的热爱有大幅度提升。后来知道这旮旯的豆腐与粉条用料新鲜上乘，既不是下脚料也不是陈年老货，绝对传统工艺打造。回想起来那些年正经吃的是绿色食品，碧绿碧绿的。鸡蛋羹或者炒鸡蛋是派饭里常吃到的菜。鸡蛋羹总是蒸上一大海碗。炒鸡蛋盘子里鸡蛋的多少视各家母鸡业绩增减，一般怎么也要三四个吧，这道菜不管添。

打记事起鸡蛋就没敞开吃过，对鸡蛋的情有独钟直到今天。

我到一个屯子里了解合作医疗的情况，屯子里有位老中医，有些名气，生活水平明显高一截。中午就在他家吃饭，当一大盘金黄冈尖的炒鸡蛋端上来时，我惊喜地盯着这座微型金字塔，心潮澎湃（与几十年后看到埃及金字塔时的震撼不差啥），从来没见过这么多炒鸡蛋。这得多少鸡蛋呀！我在心里惊呼。那盘鸡蛋没吃完，不是吃不下，是不好意思都包圆了，炕桌前只有老中医和我。弄清这盘鸡蛋到底有多少，是这么多年我的一块心病。直到2010年在青城的一家小馆吃饭，店家炒了一斤鸡蛋，我把心里存着的那一大盘鸡蛋与眼前的比较了一下：嘿，40年前的那盘足有两斤鸡蛋吧。

饭菜肯定管饱，可也有吃不饱的时候。原因只有一个——埋汰。

当温饱都不能的年代，卫生是奢侈品。何况老乡是拿出最好的饭菜，实心眼的把我们当戚儿（客人，音：qie）待。也知道不应当挑剔埋汰不埋汰，那是资产阶级思想。可有些场景实在是有点难忘，一早来到老乡家，炕上躺着一溜孩子，地当间儿的尿盆里半盆黄色液体。这家媳妇一顿吆喝，把孩子们撵到炕梢，炕头放上炕桌，端出饭盆和菜碗。孩子们扒开满是眵目糊的小眼睛，巴巴地瞪着桌上的饭菜和我们的蠕动的嘴。为了让我们放心，他们把碗筷先洗一遍，然后用块黑抹布仔细地擦干，目瞪口呆的我们胃里一阵翻腾。

同学讲过吃派饭遇到的事，来到老乡家时，菜还没做好，这家媳妇从柴禾垛抱了一大抱柴草回到屋里，路过灶台时，一块疑似狗屎的东西滚落到菜锅里，被同来的五七干部看到了，他没吱声。知道如果说出去，这锅熬酸菜就只有报废，老百姓白瞎不起呀。等回到队部，他说了，两个女知青马上就吐了。结果就是以后不再往这家派饭了。

医疗队下乡时的派饭就比搞运动的工作队要好一点，时常吃到生产队操办的

"席"。搞计划生育的就差点。大夫在农民心里的地位仅次于党,所有的农民都想与大夫有拜把子的交情。

运动中的工作队掌握着老乡的生杀予夺大权,对腰杆子不太结实的老乡来说,派饭是接近工作队的好机会,家里的男人会和我们边吃边唠(女人是不能上桌的),晚上还能整上两盅。在秃噜粉条和"吱"地抿口酒的空隙中,工作队和老乡互相摸着对方的底牌。

在农村,虽然都是下地干活挣工分,还是有些缝隙可以钻的,这就看各家的本事了。老爷们是在外面出大力,家里的光景,饭菜的质量,大人、孩子身上穿的整装(利落)不整装就看女人的能耐了。那真是应了当地的一句话:人比人得死,货比货得扔(音:愣)。在屯子里待长了,就明白差别是怎样产生的了。

派饭不能白吃,每人每顿饭四两粮票一毛钱。知道要抽到工作队了,就到公社粮站去卖掉点口粮,换回粮票和钱。吃完饭就把粮票和钱放在炕桌上,不赊欠,

哥儿 5 个分配到乌钢

不找钱。开始时一定会被拦住不让给：咋！吃顿饭还给钱？看我管不起呀。以后日子长了，就默契了。

回想起来，那时走进一户户农民家里，坐在炕桌前，捧着粗瓷碗，品味各家的饭菜各样的味道，体会各家的日子各家的过法。年轻懵懂的我们不知道这种经历其实是一种幸运，顺理成章地闯入农民的生活里，掉进农家的烟火之中，享受他们朴实厚道的热情。农民的日子赤裸裸地摊开在我们眼前，不仅是一家一户而是一个屯子又一个屯子。惊愕，好奇，志忑、闹心、感动、佩服、喜欢交替主宰我们的感觉。就这样认识了农村，懂得了农民。因为懂得所以感激，因为懂得所以难忘，那个岁月的经历刻骨铭心，细雨梦回。

得罪了队干部

知青在屯子里能不能活下去，活得怎么样，除了能吃大苦，很重要的就是和老乡的关系，古话说"水能载舟，亦能覆。"青年点主事的主要是建军和燕辉，他们俩做事谨慎，建军偏周全，燕辉偏仔细，女生里琥是头，她也是做事周到的人，加上蔡书记时不时地点拨和调整青年点这只船的航向，日子还是能凑合。

但毕竟是不到 20 岁的年轻人，在农村这广阔的水塘里扑腾，怎么也得喝两口泥汤。

1970 年底，青年点里的 6 个男生又坐上马车去远处搂柴禾，这时有了招工的消息，赶紧装上一车柴禾回到屯里。5 个男生分配到乌兰浩特钢铁厂，哥儿几个美出鼻涕泡了，把刚分到的口粮拉到公社粮站卖了，屯里关系好的老乡请他们到各家吃饭送行，整理行装，临离开的前两天，男生想请请屯里的老少爷们，举办告别宴会。凡是队干部，有头有脸的，铁哥们，好爷们都打了招呼。那天晚上青年点里来了好多人，热热闹闹的，男生们带着脱离苦海地兴奋摆开席，让大家入座开撮。他们没察觉屯子里二号人物（蔡书记是一号），政治队长没有到。其实建军给他打招呼了，不知道还要单独去请，结果没来。政治队长是实权派，翻脸比翻篇快，第二天建军找他说，想和队里把账结一下时，他说话了：你们不能走，队里今年的分值还没算出来呢，口粮你们已经拿走了，要是工分抵不了口粮钱怎么办？你们还得交钱！男生里确实有的人工分多，有的工分少，工分少的肯定抵不够口粮钱。再说工分值多少钱还没有算出来。他还不让男生之间转让工分，必须交钱，否则就不让走。建军说没有分值凭什么让我们交钱？政治队长红口白牙地把本来预算 4 分 5 厘 1 个工分的分值立马降到 1 分 6 厘，这样 5 个男生的工分都不够了，逼得建军把青年点的小银行——老母猪卖了 160 元，凑够口粮钱。他见这招没难住知青，就不让生产队派大车送知青到公社去乘长途汽车，一直委曲求全的建军急了，大喊：我去县里、公社告你去！转身就往公社走，政治队长的儿子赶紧拦住建军，最后王家老四套了辆牛车送男生们走了。

从此他与知青就结下了梁子，他知道只剩下唯一的男生燕辉是因为海外关系复杂走不了，经常刁难辱骂燕辉，把他当"四类分子"使唤，甚至队里分不了红也赖他，开会时瞪着眼睛浑骂，还站在青年点院子前开骂，而燕辉不过是个摸不着现金，手里攥着一把白条的出纳。

寒风刺骨的冬天，是"猫冬"的季节，谁都在家里热炕头待着，燕辉被派和几个地富子弟一起到前屯去拉广播的电线，他们背着一大捆沉重的电线，顶着硬邦邦的北风拖着电线从一根电线杆走向下一根电线杆，那是零下二三十度的天气。

炎热的夏天，政治队长派这个青年点唯一的男生出民工去修路，总之凡是苦活累活一点忘不了燕辉，就是去干了，也还要横挑鼻子竖挑眼，百般刁难。幸亏到了初秋，燕辉被分配去了扶余油田。

"破　鞋"

少年时在电影里看到漂亮女人大多是女特务或者地主、资本家的小老婆，觉得都有几分妖娆和妩媚，虽然嘴上很鄙视，但心里还是有几分向往的。印象最深的是《英雄虎胆》里王晓棠饰演的阿兰，尤其是匪巢里开舞会的那场：阿兰交叉着双臂，乜斜着美目，踏着伦巴的舞步向曾泰（于洋饰演）荡过来的时候，真让我们这些在红旗下长大的小女生眼睛都看直了。那时才知道在这世界上女人还可以这么风情万种。那时不知道"性感"这个词，女人要是打扮得艳丽点，衣服合身点，见了男人有说有笑的，就是"风骚"了，大人是这么教导的，书上也是这么写的。而风骚的女人是"破鞋"的可能性是很高的。男女间被认为有了不正当的性关系，男的被通称做流氓，女的被通称为破鞋，关系的性质可以定为"搞破鞋"。为什么这种女人被叫做"破鞋"？一直没有弄明白过，但是对于被人称作"破鞋"的女人是可耻的，绝没有好下场的认识是非常明确的。

直到我上山下乡之前，对于"破鞋"的了解还是限于书本知识，没有一点感性认识。

到了农村，贫下中农不光在种地上，生活上对我们进行了再教育，其他的知识也对我们进行了言传身教，最值得一提的就是性启蒙，性教育。因为在这方面我们几乎是一张白纸。老乡的玩笑话和骂人话几乎全是围着"性"展开的，有些语言还是相当地精彩的。两个贫下中农打起来了（在那时，地富成分的人绝不敢和贫下中农呲毛），其中一个嘴皮子利索地大骂："你没爹！你爹都没爹，你还有爹啦？"我们推敲了半天那个贫下中农到底有没有爹？后来还把这段话奉为经典，成为互相耍贫嘴的开头语。

一天，有个老乡跑过来说前屯抓住搞破鞋的了，正在游街呢，而且一会儿要到后屯来游。哇！顿时兴奋起来，估摸着所有的北京知青都没有亲眼见过"破鞋"。听着锣声渐渐地近了，撒丫子就往街上奔去。到了街上，只见村里凡是能走得动的乡亲们，扶老携幼的都来了。我们挤进人群，两眼放光，一迭声地问：在哪儿呢？在哪儿呢？有人指给我们看站在人群中间的一对男女。仔细打量那个女人，那是一个已经满是灰头土脸的30多岁的农村媳妇，头发乱蓬蓬的，还打着绺，蜡黄的脸，低着头垂着红肿的眼皮，连中等姿色都算不上，脖子两边挂着一双用麻绳穿起来的"破鞋"，准确地说是两只破鞋底。这对男女在街当间站着，肮脏委琐。

我们大大的失望了，"破鞋"长得也太丑了，一直以为即使比不上阿兰也要有几分姿色的女人才有资格搞"破鞋"，这模样粉碎了心目中对红杏出墙的美好想象。况且这二位大萝卜脸不红不白的，看不出有惭愧和后悔的意思，也出乎我们的意料，真是脸皮太厚了，心里有些愤愤起来。这时听到身后乡亲们正喷着唾沫星地唠着这对儿破鞋的情史：其实暗地里早就好上了，被眼睛雪亮的革命老乡发现了蛛丝马迹，布下了革命的天罗地网，并一举拿获——捉奸在炕。只听大队民兵营长在追问他们搞破鞋的动机？在步步紧逼的形势下，那个男流氓终于小声嘟囔着："黑灯瞎火的，一个老能（农），可有哈（啥）可干的。"当时旁边一个男生嘴里嚼着的贴饼子立马喷出来了，太经典了！围观的人们都挤眉弄眼地乐不可支。

青年点的前院住着的是一家四口人，男人是富农的儿子，三十多岁。老婆长得一般，但有点媚态，很懒，经常抱着孩子走东家串西家。两个孩子都不大，成天破衣喽嗖地在街上玩。天很热了，那个大一点的孩子还穿着大窟窿小眼的破棉袄，我找出件旧衣服给孩子穿上，没一会儿，有人指给我看，衣服穿在他妈身上了。

记得是九一三事件以后的某天，蔡书记到县里听了传达后，到青年点来，想把这件惊天大事和我们说说，又不敢直接说，正在那里吞吞吐吐指东说西的时候，只听见前院一阵呐喊，好像有人打起来了，又听见有人在焦急地寻找大队书记，蔡书记急忙出门走了。一会儿，他回到青年点，让我和琥到前院去；原来是政治队长到富农儿子家搞他的老婆，被富农的儿子堵在屋里了，富农的儿子红了眼，手持一把铁锹要拍死队长。政治队长可不是软蛋，搞了人家的老婆，不但特别理直气壮，还暴跳如雷的，要不是几个人拦着，他能痛揍那个富农的儿子一顿。蔡书记把政治队长、富农儿子和他老婆分开三处，我们的任务是看住那个女人，别让她寻了短见，其实她根本没有一点想不开的意思，白白的让我们不错眼珠地盯了她大半夜。对于富农儿子进行了隔离审查，原因是在林彪事件的非常时期，高度警惕地富反坏右利用美女毒蛇腐蚀革命干部，搞反革命活动。那个富农的儿子因为捉了政治队长的奸，好悬没把自己送进大牢。

在我们和屯里贫下中农的关系日见亲密以后，有人悄悄地告诉我们在某屯的第几排房子，从东头到西头，基本所有的中年媳妇都被生产队长睡过，这时轮到我们目瞪口呆了：咋整的都是"破鞋"？

在广阔的天地里，我们明白了搞"破鞋"不是漂亮女人的专利，搞"破鞋"不光是作风不好，生理需要，有时也是和政治、经济挂钩的。想搞不想搞有时也是不由人的。

丧　事

离开北京让知青经历了"生离"，在农村我们见识了"死别"。

晚上，前街老王家来人招呼青年点的男生，说他家老爷子要咽气了，让过去他家，虽然不知道为什么要让他们过去，还是懵懵懂懂地跟着去了。

一进院子，原来放在厢房里的大黑棺材架在两只凳子上摆在了院当中。棺材盖只盖了一半，上面挡着把伞，模模糊糊看到老爷子已经躺在里面了，煤油灯光忽明忽暗映出那张蜡黄的脸，顿时觉得瘆得慌，赶紧在棺材前鞠一躬就钻进老王家的三间北房，老王家人都在西屋，说老王太太也快不行了，正呼哧呼哧地倒气呢，想快点咽气好抢那口黑棺材。老王家只有一口棺材，就看谁先咽气了。这旮旯的风俗是人不能死在炕上，所以已经躺在棺材里的老爷子其实也还没有咽气。东屋炕上已经有几个人在喝茶打扑克，他们是屯子里"拿事"的，隔一会儿就招呼老王家人上棺材那看看老爷子死了没有，到了后半夜，看老爷子不喘气了，问东屋"拿事"的人下面怎么办？回答："指路呀！"北方农村有这么个风俗，怕死人迷路吧。老王家的儿子站在棺材旁的凳子上拿着扁担往南边一指，口里念道：爹呀，光明大道往南走！指完路，又回过头去看"拿事"的人，"行啦，合上吧。"这才把棺材盖盖好了。这套程序叫"守夜"。

等到发丧下葬的那天，老王家的儿子要在屯子里挨门挨户地磕头，一边磕一边喊：孝子磕头！这是请屯子里的老少爷们去"抬重"，就是帮忙把棺材抬到墓地。这时去抬重的人数与死者及家族的人缘或者权势成正比，屯子里的接生婆老J太太过世时，"抬重"的人最多。屯子每家都有人来到发丧这家院子的棺材前磕头，亲族按照辈分戴孝，有的女人跪倒就撕心裂肺地哭，起来拍拍土没事人似的回家了。知青来了就是三鞠躬了，磕头那是"四旧"。虔诚地接受贫下中农再教育的男生可没少去"抬重"。棺材要16个人抬，路远，不可能一气抬到墓地，中途就得有人换肩，但棺材一经抬起只能到墓地才能放下，换肩时也不能让棺材落地。"孝子"们在棺材前，一边小跑着往前带路，一边不断回身给"抬重"的人磕头，就是怕棺材中途落地，那是大大地不吉利。在山坡上挖个坑，放下棺材，填上土，堆出个坟包，简单极了。那时候哪有墓碑，清明时就凭着记忆找到亲人的坟头，添上新土，哀哀地哭几声。

生老病死在贫困的农村不过是像水塘里扔进个石子，溅起一点水花，随即水面就恢复平静。走完"守夜"、"孝子磕头"、"抬重"这套程序就妥了，老乡说人死了入土为安。我们看到了老人的寿终正寝，看到了正在壮年被撑死的社员，也看到了寻短见的妇女，还有幼小的孩子因为没钱看病夭折，在老乡说来都是一样的"没了"。没钱加上缺医少药，农民的寿命不长，山坡上的坟头慢慢地多了起来。

农民最务实，以他们的利益温饱为唯一标准，衡量辨别世上的好人、坏人、好事、坏事，也许会耍个小狡猾，但不会绕多远就直奔主题。他们不说人民公社不好，他们说互助组最好。他们不说日本鬼子好，他们说俄国老毛子最坏，强奸妇女。他们不说抗美援朝多光荣，他们说那时候刚刚分到土地的农民其实不愿意到朝鲜打仗，村干部把青壮年集中在炕上坐着，灶坑里可劲地烧火，哪个屁股抗不住热炕的烙，挪动一下就算是同意当兵了。"文革"中学大寨的"自报公议"，让农民根据自己农活的水平，自己报是几等工分。农民说：农业学大寨，我报一等工分。"文革"时农村也不断地搞运动，按说对普通农民的关系不大，唯独是割资本主义尾巴和听说要重新划分阶级成分让农民难过。没有经历过土改的我们，以为那不过是一次均贫富，凡地主富农一定是万恶的。可下中农和中农惊慌地来打探划分成分的条条框框，他们对成分可能被"划"高的恐惧是发自内心的，遮掩不住的。

四、精神篇

歌声如诉

下雪了，大地一片素白，干净、安详。从公社回来的老乡带信说邮局收到了家里寄来的包裹，我们几个赶着一辆驴吉普（小驴车）出发了。驴吉普在雪地里慢腾腾地走着，毛驴显然不满意让它在雪天出工，驾！驾！男生挥舞着小鞭，抽打着驴屁股，打一下，快走几步。山坡的路上，只有驴吉普孤独地前进着，驴蹄子咯吱咯吱地踏雪声和吱呀吱呀的车轴声缠绕在一起打破凝固的空气。看着一望无际的皑皑白雪，《三套车》的旋律从我的脑海里涌出：冰雪覆盖着伏尔加河，冰河上跑着三套车。同学和我一起轻轻地唱着；心底的忧伤随着俄罗斯的旋律和着驴吉普的节奏回响在寂寥的雪原上。

返回屯子的路上，毛驴也来了精神，轻快地颠了起来。搂着包裹的我们，被亲人的关心温暖得高兴起来，放开了喉咙唱起：北国风光，千里冰封，万里雪飘。寄来的奶粉和午餐肉提升了我们的底气，就想指点江山了。

青年点的日子，吃着缺油少肉的饭菜，下地干一天活，累得就觉得炕亲，生活就像每天吃的土豆熬白菜，寡淡无味。幸运的是芹带了一架手风琴，当她的手风琴像扇面似地拉开时，我们的眼睛都亮了。悦耳的音符在青年点的房子里回旋流淌。我们总是贪婪的要求芹"再拉一首"。可是只有在雨天，不出工的时候，我们才有可能在熟悉的旋律里找到快乐。

歌声是我们情绪的晴雨表，在刚到屯子时，我们坐在四匹马拉着的胶皮轱辘大车上又新鲜又兴奋，摇头晃脑地唱的是：一辆辆马车哎，在大路上飞奔，大路上扬起了，欢乐的歌声。在林彪事件之前，还时不时地会壮怀激烈一下，慷慨激昂地唱起《共青团员之歌》：

听吧！战斗的号角发出警报

穿好军装拿起武器……再见吧，妈妈！

别难过，莫悲伤，祝福我们一路平安吧！

在内蒙古草原上听到蒙古民歌，觉得那歌声与这广袤的草原是那么的契合，虽然我们会唱的蒙古民歌只有几首，只要唱起绵长深厚的牧歌，就觉得蓝天白云原野都铺展在胸间。

坐在地头

在地里干活歇气儿时，坐在地头，远处山边盘桓着几片白云，头顶上是蓝色的苍穹，田野里绿油油的庄稼随着微风轻轻地摇摆，不由得触景生情，唱起了《草原上升起不落的太阳》：蓝蓝的天上白云飘，白云下面马儿跑，挥动鞭子响四方，百鸟齐飞翔。没想到蔡书记也放开嗓子唱起来：要是有人来问我，这是什么地方？我就骄傲地告诉他，这是我的家乡。蔡书记参加过抗美援朝，负过伤。在"文革"

中被拉下马，天天和我们一起下地干活。我们高兴地围在他的周围齐声唱到：这里的人民爱和平，也热爱家乡……歌声洋溢着我们青春的活力和对草原的喜爱。

到另外一个青年点串门时，听到男生在唱一首动听的蒙古歌曲，歌声高亢忧伤，唱的是《嘎达梅林》：北方飞来的大鸿雁啊，不落长江不呀不起飞。我们马上抄下歌谱，一遍遍哼唱着这位蒙古英雄的赞歌，仿佛看见一个彪悍的蒙古族汉子带领着造反的奴隶反抗王爷的压迫，听到疾驰的战马犹如风暴，雷霆万钧。

"九一三"后，随着时间的推移，残酷的现实让知青们逐渐清醒了，在这穷乡僻壤过一辈子？谁都不敢往下想，情绪渐渐地低落下来。当我们惆怅时，也是用歌声来倾诉心底的愿望，唱出我们的思念。想家的时候，爬上高高的草垛，躺在散发着泥土味儿的干草上，望着南边的天空，忧郁地唱着：远方的大雁，请你快快飞哎——，捎个信儿到北京，翻身的农奴想念亲人……泪珠顺着脸颊滚落在茅草上。那时候最喜欢歌词里有妈妈的歌曲。多么希望我们的歌能托起浓浓的乡愁，越过山海关，飞向北京。夏夜，繁星闪烁，银色的月光铺满了寂静的屯落，洗去汗水和泥土，靠在院子里的大车旁乘凉，男生吹起口琴，大家随着轻柔地唱起来：月亮在白莲花般的云朵里穿行，晚风吹来一阵阵快乐的歌声，我们坐在高高的谷堆旁边，听妈妈讲那过去的事情。歌声引来了屯里的姑娘和小伙子，他们好奇地听着"青年唱歌"。当唱起：宝贝，你爸爸正在过着动荡地生活，他参加游击队打击敌人哪，我的宝贝。姑娘们捂着嘴笑，小伙子撇着嘴说：啥呀，宝贝，宝贝的。我们一首一首地唱着，忘了浑身的酸痛。听着自己的歌声，心里一点一点地敞亮起来，好像也不那么累了。

我们用歌声耕耘一天又一天荒芜的青春，有时会放声歌唱，唱出心里的热情和感动。老高中的男生在聚会时，拉起手风琴，豪情万丈地唱起《我们举杯》：同志们来吧，让我们举起杯，唱一曲饮酒的歌，为自由的祖国，我们来干一杯，干一杯再干一杯。在一片"干杯！再干一杯"的喊声中，粗质蓝边大碗撞击在一起，一碗碗劣质烧酒倒进年轻的喉咙。

有时会轻轻地唱，只想唱给自己听，从歌声中寻求安慰，倾诉心里的忧郁和温情。不好意思唱出爱情歌曲里缠绵的歌词，只好含混地哼着曲子。刚到屯子的那个冬天的早晨，轮到我和琥的饭班，顶着刺骨的北风，来到厨房。男生宿舍里没有动静，这帮小子睡得香着呢。赶紧轻手轻脚地抱进柴禾，洗米做饭。等米下了锅，白菜也熬上了，我们俩一人蹲在一个灶眼前，往里续柴禾。灶坑里的火光映照着我们的脸，身上也暖和过来了，不知是谁小声地唱起《喀秋莎》，轻柔的歌声随着柴锅上的蒸汽羞涩地升向房顶：正当梨花开遍了天涯，河上飘着柔曼的轻纱……

没过几天蔡书记主持青年点开会解决男生和女生闹矛盾的事，女生说男生的一个罪状就是"唱黄色歌曲"。没想到有个男生喝道：你们也唱过黄色歌曲！

没有！我们断然否定。

唱过《喀秋莎》！

那个……那《喀秋莎》不算！顿时底气不足但还负隅顽抗。

对面炕上坐着的男生们立刻阴阳怪气的学着我们的话，哄笑声，口哨声乱成一团。最后还是蔡书记一顿臭训让知青都老实了。

歌有时还是工具。春天种地时，要用牲口拽着一根粗粗的拖子（木头做的粗重的架子），沿着垄沟走，拖子就把垄台上头年的苞米茬子拖倒，为犁杖耕地扫清障碍，叫做拖地。两个男生赶着两头驴去拖地，来到地头，这一大片地里只有他们两个人，各自赶一头驴在地里来来回回地走着。走着走着，寂寞和无聊的他们想出了一个窍门；地两头一边一个人，反正驴会沿着垄沟往前走，驴走到地南头，等在南头的人就把驴和拖子转旁边的垄沟里，然后给驴屁股上一鞭子，驴就往北走了，到了地的北头也如法炮制。但驴不傻，要是听不到人声就停下来不走了，于是这二位就坐在地头轮流唱歌，你一首，我一首，扯开嗓子把会唱的歌都吼出来，毛驴在歌声中辛勤地工作着。山坡上的地是不规则的，地垄越来越长了，歌越唱声越小（早上的小米饭，咸菜不顶饿），毛驴听不到歌声就站住了，还得劳驾歌手走到地当间儿去吆喝。

随着年龄慢慢地长大，在迷茫与艰苦交织的岁月里，知青们都渴望得到异性的情感，共同走过这段人生的坎坷。大家越来越喜欢优美的抒情歌曲，开始时悄悄地唱《山楂树》《红莓花儿开》《花儿为什么这样红》《莫斯科郊外的晚上》。后来胆子渐渐的大了些，互通有无，学会了《夜半歌声》《梅娘曲》《菩提树》《重归苏莲托》《桑塔露琪娅》《含苞欲放的花》和舒伯特的小夜曲……

痴迷"空庭飞着流萤高台走着狸猸，人儿伴着孤灯梆儿敲着三更"的精致，喜欢"哥哥，你别忘了我呀，我是你亲爱的梅娘。"的缠绵：忘情于"在这黑夜之前，请来我小船上"。的热烈，沉醉在"我的心上人坐在我身旁默默看着我不作声"
的浪漫。这些歌教会了我们去爱，去体会人性的美，去舒展青春的激情，去获取
感情的归宿。这些年轻的心灵深处涌出的纯净的歌声是对命运的抗争和慰藉。

　　无论过去了多少年，无论在什么地方，只要听到手风琴和口琴的琴声，听到
那些在青年时代伴随我们度过艰难岁月的歌曲，我们都会带着感动默默回首，在
熟悉的，久违的旋律中，所有经历过的沧海桑田穿过岁月风尘扑面而来，如诉如泣，
令我们心驰神往，眼眶潮湿。

　　在贝加尔湖荒凉的草原
　　在群山里埋藏着黄金
　　流浪汉背着粮袋慢慢走
　　他诅咒那命运的不幸

看戏看电影

　　"文革"期间虽然只有八个样板戏，但是架不住所有的舞台全让样板戏包圆
了，广播里也天天都是《红灯记》《沙家浜》《智取威虎山》。那时候人人都会
唱上两段京剧，无论城市还是农村，无论专业团体改造的还是草台班子拼凑的毛
泽东思想文艺宣传队的演出，也是这几个剧目，各式各样的郭建光、阿庆嫂、李
玉和、座山雕驰骋舞台。尤其在偏远的乡镇，无论演戏的还是看戏的热情都是无
比的高涨。不仅场场爆满，而且还会揉进精彩的地方特色。

　　屯子里也排练过样板戏的几个唱段，知青当仁不让挑大梁，整得挺热闹。公
社还搞文艺汇演，是由各生产队选送节目，有个屯子里演的是《沙家浜》，演到
匪兵刁小三追一个少女，想要流氓，后被阿庆嫂阻止的这段。演刁小三的小伙子
追起少女来收不住脚了，围着桌子一圈一圈地穷追不舍，少女被追急眼了，惨叫
一声：阿庆嫂！从台上一溜烟地跑下去，直奔门口而去，老乡们先是愕然，继而
哄堂大笑。

　　最精彩的是知青到县里开会，交流扎根农村接受贫下中农再教育的心得体会，
晚上县乌兰牧骑演出《红灯记》慰劳大伙儿，"与会代表"们欣然就座观看。舞
台上老李家娘仨慷慨激昂，台下是人人手握一把葵瓜子，只听得一片咔咔咔地嗑

瓜子声，好像春蚕在吃桑叶，动静甚是可观。只见李铁梅边唱边舞，抒发着接过红灯，做革命接班人的雄心壮志，动作大了点，忽见裤带由衣襟下耷拉下来，毫无顾忌地在铁梅的两腿间摇摆着，台下观众的眼睛顿时亮了，嗑瓜子的声音戛然而止。可怜李铁梅浑然不觉，依然高举红灯，造型舞台中央，下面该李奶奶唱了，只见老人家向前迈了一大步，铿锵有力念出了那句众所周知的道白："铁梅——听奶奶说——把裤腰带系上！"观众玩命鼓掌，笑翻。

看电影是稀缺的文化生活，方圆 10 里之内，只要附近哪个屯子放电影了，就兴奋。不管干了一天的活有多累，回到青年点扒拉几口饭，赶紧成群结伴地走几里路去看。其实那些电影在北京都看过了不止一遍，实在是对文化生活太渴望了。农村的电影都是露天的，这倒不稀奇，在北京也经常看露天电影，周末拿着小板凳到科学院灯光球场或者北大东操场去看电影，五分钱一张票。在农村一分钱不花，在场院里拉块银幕，满满当当的一场院人，银幕比北京的小，电力时常不足，观众也没"请勿喧哗"的意识，呼爹喊娘的，找孩子的，嗑瓜子的，一派噪音。因此看也看不清楚，听也听不清楚，反正不是第一次看，图的是过眼瘾。对电影放映员的工作真是羡慕嫉妒呀，老能看电影，到哪旮旯都受到热烈欢迎，好吃好喝款待着，是个大肥差。

有一次到公社开会，听说公社中学礼堂演电影，忘了什么名字，好像是一部刚被解禁的电影。乐颠颠地去了。礼堂门口有把门的，验明正身后放进去。进去一看，喝！偌大的礼堂空空荡荡没有一把椅子，前上方挂块银幕，观众随便站在哪儿看都行。那是初冬，屋里没火，待一小会儿就冻脚了，好在礼堂里观众不多，还可以慢慢溜达着看电影。仨一群俩一伙地站在哪儿看的都有，影影绰绰的黑影无序地移动着。我第一次这么看电影，觉得很新奇，顺便从前边、后边、近处、远处、正面、侧面，各种位置都体验了一把，后来实在冻得受不了，半截退场了。

普及样板戏成了政治任务以后，基本上每个生产大队都能捞上看样板戏电影。首先对京剧都知道一二了，早先这里的地方戏是二人转，听老乡讲，内容是荤腥不吝的，什么《马寡妇开店》《十三摸》，锣鼓听音，听这些名就知道是啥成色，《林海雪原》里那些土匪唱的也是这些。"文革"了，这些糟粕肯定不能唱了，那就学唱样板戏吧。知青在这方面是强项，在大队部帮助老乡排练《红灯记》时，演"李铁梅"的到喊"爹"时总喊不出京剧高亢深情的音儿，我忍不住尖着嗓子来了一声：爹——！镇住了所有的人。像"垒砌七星灶""我家的表叔数不清""八年前风雪夜大祸从天降"这些唱段人人多少都能哼上几句。

　　"文革"前的芭蕾舞绝对是小众欣赏的艺术，也只在上海、北京等大城市的大剧场演出，别说农民，就是省级城市也不是都能看到的。《白毛女》和《红色娘子军》拍成电影以后，慢慢普及到了广大农村。当喜儿踮着脚尖在舞台上翩然起舞时，当吴清华在椰林里倒踢紫金冠时，不光是农民开了眼，知青们也看得津津有味。对于我们来说，芭蕾舞一定比京剧好看；音乐好听，足尖舞好看，尤其在单一、激昂的环境里，芭蕾舞剧的艺术味还是要浓得多。但京剧是国粹，一马平川的被贫下中农接受并喜爱了。芭蕾舞是洋玩意，又是哑剧，靠动作表现剧情，老乡们就有点消化不良了。看完电影往回走的路上，见老乡们啧啧惊叹还有用脚尖跳舞的，赶紧摆出一副见多识广的架势，把从北京带来的少得可怜的芭蕾舞知识添油加醋地讲给好奇的姑娘小伙子们听。《白毛女》的情节几乎人人都知道，黄世仁是旧中国四大地主典型之一嘛，其他三位是刘文彩、周扒皮和南霸天，所以都能看懂。忽然有人凑过来说：嗨，青年，我没整明白那白毛女饭都吃不上，饿成那样，咋还能用脚尖跳舞呢？回头一看是队里的蔡打头，他干活可是一把好手，每次男女老乡一块干活儿时，都是他领着，是个本分的庄稼汉。看他脸上挂着疑问，不像是逗屁嗑。我们愣住了，张口结舌，谁也没想到会提出这样的问题。有这么联系的吗？艺术哇，懂不懂！回到青年点，我们把蔡打头的问题当笑话讲，觉得老乡真土。后来想想，这能怪蔡打头吗？一个生活在贫瘠土地上的农民，辛辛苦苦地在地里干活儿，赶上收成差的年景，一年的工分都挣不回全家的口粮，年年看老天爷的脸色，天天看队干部的脸色，不能搞副业，不能外出打工，一年到头兜里见不到现金。在他们的脑子里全是怎么能让老婆孩子吃饱饭，穿上囫囵衣服，看啥都会和过日子联系起来。饿肚子的人想不通饿肚子的人怎么能跳芭蕾舞？那叫务实好不好。

忠字舞

　　下乡以后，才知道农村的"文革"和城市不大一样，城市里的学生都不上课了，打老师、斗校长。工人阶级发动武斗，真枪真刀的干。解放军最牛，军管学校、机关、工厂。草根们唱着"翻身道情"，搬进大宅门。所有的次序与黑白都颠倒了。农村呢，似乎还是要平静一些，起码老乡们还是天天下地干活，光革命不干活就吃不上饭是硬道理。运动也还是要搞的，我们就经历了抓"内人党""一打三反""清理阶级队伍"和"整建党"。总之，农忙时种地，农闲时运动。

内蒙古农区，原来也是草原，最早是从关里闯关东来的汉人到这里开荒种地，蒙古牧民就越来越往北迁了。我们插队的屯子当时最多六七十年的历史，老一辈的农民基本是文盲，年轻的大多数是小学文化，零星的初中生就是知识分子了，高中生一个屯子摊不上一个。让这些农民搞"文化革命"，也真是难为人，天天晚上到队部学习中央文件和最高指示，干了一天活儿的老乡，东倒西歪地偎在炕上，困得恨不得整个细米棍把眼皮支上，一会儿溜出去一个，两会儿走了一对儿，等文件念完了，人也走得差不多了。除了学习文件，还有两样革命行动是必须都会的，跳忠字舞和唱革命歌曲，而这两样都是知青当老师。

68年刚到屯子时，赶上忠字舞也到了农村。到了冬天，正好赶上农闲，公社让各生产队都派人来学习忠字舞，大队派琥去了。晚上，老乡们都必须到队部来学忠字舞。队部是一溜长长的房子，南边是一溜长长的炕，炕沿边上立着两根木头柱子顶着房梁。平日赶上晚上开会学习，大伙都挤在炕上暖和着。一说是来学跳舞，来的多是小年轻，岁数大点的要不是入党积极分子，就是队干部。琥已经先教给了其他知青，当她示范时，我们也跟在旁边一起跳。忠字舞是要求人人会跳，老少咸宜的，所以动作很简单。舞曲是《敬爱的毛主席》，广播里天天都唱，人人耳熟能详。琥开始教了：敬爱的毛主席——，我们心中的红太阳——，她戴着棉布巴掌手套，手臂向右上方伸出，一摆一摆的……除了几个年轻姑娘，多数人都学得很吃力，学得很差涩。虽然把动作分解得不能再小了，恨不得和做广播体操似的，老乡们还是一边比画一边笑，越是跳不好的越爱笑，本来我们是很严肃地用舞蹈表达对领袖无限地崇拜和热爱，可看他们的舞姿也绷不住乐了。二队生产队长是个五大三粗，蔫头蔫脑的汉子，好脾气。这会儿可让他喝瘪子了，他分不清该伸哪只胳膊，抬哪条腿，费劲地跟着东一下西一下比画着，加上一身厚厚的黑棉袄，活像只黑熊。脸上的表情说不上是哭还是笑，实在不忍心看他这么受罪，我走过去拽着他胳膊教他，他小声嘟囔：这咋比干活还累？地上的人已经站不开了，只好上炕跳，不一会儿，地上的土加上炕上的灰就都起来了，和关东烟的烟气混在一起，呛得大家睁不开眼睛，直咳嗽。挂在柱子上的马灯，本来挺亮堂的，也已经朦胧一片了。人们的舞姿被灯光折映到墙壁上，放大变形交错的影子真像鬼影，透过浑浊的烟雾中显得诡异和滑稽。简直就是"群魔乱舞"！

忠字舞跳了一阵儿就无疾而终了，对那个年代的农民来说，可能是仅有的一次人人手舞足蹈吧。而让全民都跳舞，尤其对汉族来说，难度太大了。

知青也排练过舞蹈参加公社和大队的会演，有《东方红》、《延边人民热爱毛主席》，还有《草原上的红卫兵见到了毛主席》，排练的时候，大家都很认真，而且是男生女生一起跳，应了那句话"男女搭配干活不累"。能跳跳忠字舞倒也能调剂一下枯燥的生活。我们在跳《草原上的红卫兵见到了毛主席》时，一边前前后后起起伏伏地做骑马状，一边唱到：

我们是毛主席的红卫兵，从草原来到天安门。

无边的旗海红似火，战斗的歌声响入云。

是伟大的领袖毛主席，领导我们闹革命。

啊哈嘿，啊哈嘿，

敬爱的毛主席，不落的红太阳。

草原上人民热爱您，海枯石烂不变心。

这个舞蹈当年很流行，是蒙古族舞的范儿。在大队演出了这个舞蹈，跳完以后，自我感觉不错，找回点自信。心想：别瞧北京知青干活跟不上趟，跳舞老乡可不是个儿了。正美滋滋地坐在板凳上休息时，旁边的老李家小四儿笑嘻嘻地问：这油灯挺亮的，你们怎么还"怎么这么黑呢"？我瞪了他一眼，谁说黑了？他说你们刚才不是老唱"怎么这么黑，怎么这么黑"吗？周围的老乡都乐了，纷纷附和着。我才明白他们把"啊哈黑"听成"怎么这么黑"了。小四儿平时就爱开玩笑，用当地话说就是"屁的流星"，不知道他是真听差了，还是逗屁嗑呢，幸亏是在这山高皇帝远的地方，要是在北京当时我就绿了。

在公社演出时，看到别的大队还化了浓妆，眉毛都画成黑黑的卧蚕眉，脸蛋上涂的是胭脂，嘴唇用红纸抿红了。虽然很夸张，到了台上还是醒目生动很多，于是跑去看人家是怎么化妆的，看了一会儿还是不会，感觉那是个细活，画好了，自然是添彩，画不好就不如不画了。那时候的女性，无论长幼一律素面朝天，北京的姑娘连刘海都少，像我这样前额宽广的，特别想有几缕头发耷拉在额头上，但万不可露出人工痕迹，否则就小资产阶级了。县乌兰牧骑有好几个北京知青，我们到了县里就跑去玩，她们到公社演出，我们也一定去。曾很羡慕地看她们的化妆，觉得好看，尤其在舞台灯光下，那叫一个漂亮！那时只有在舞台上，中国的女性才有可能享受到化妆的美好。

革命歌曲大家唱

公社布置下来任务，要求都得会唱《三大纪律八项注意》和《国际歌》。教歌的任务历史地落到知青头上，我从队部的旮旯里找了两张黄色的大字报纸，把歌词抄到大字报纸上。一直对自己的书法很鄙视，只好硬着头皮一笔一画地描，不抄谱只抄词。写好了贴到队部的墙上。

晚上，队长把老乡都招呼来学唱歌。看人来得差不多了，宣布由我教歌。站"歌词"前，嘴直发干，黑压压的一屋子人都大眼瞪小眼地看着我。镇定了一下，先易后难，从《三大纪律八项注意》开始教。虽然在中学时是音乐课代表，五线谱根本不认识，简谱也只会唱个大概，还不准。没有在大庭广众前单独唱过歌，教歌更是第一次。我眼睛瞅着地，轻声地唱出第一句：革命军人个个要牢记——只听见对面嗡嗡的声音含混地响起来，面对一片嘈杂，我胆子倒大了，提高了声音：三大纪律八项注意！对面的声音也大了，唱得还整齐点了。嘿，学生的水平忒洼了，老师的胆就肥了。抬起眼睛，手指向第三行歌词"第一——切行动听指挥……"唱！水涨船高，对面的嗓门更大了，这就好办，唱歌一定要放得开，我放开了，老乡怕谁呀。再说这个歌也是广播里天天唱的，听也听熟了。找着调了以后就第一、第二、第三的一直唱到保卫祖国永远向前进，全国人民拥护又欢迎。唱着唱着还慷慨激昂起来，老乡们也是第一次在一起齐声歌唱，新鲜＋高兴＋兴奋＝一支粗壮的，带着大馇子味的，直通通的旋律，直顶向队部秫秸秆铺成的天花板，哈哈，真给力。

《三大纪律八项注意》用了两天就教会了，做老师的自我感觉很不错。接着教《国际歌》，这个歌也是广播里天天唱的，听也听个八九不离十吧。要说中国人民最熟悉的法国人就属欧仁·鲍狄埃和皮埃尔·狄盖特，拿破仑都排在后面。最熟悉的法国历史就是巴黎公社那段，最闻名的法国建筑就是巴士底狱和贝尔·

拉雪兹神甫公墓。解放后《国际歌》也始终是与国歌并重的政治歌曲，也是我们这代人除了苏联歌曲，最早会唱的外国歌曲。

还是一句一句地教，可到了《国际歌》不好使了，我唱了一句，老乡们跟不下来。再唱还是不行，都张不开嘴，唱得也不齐，每句都要反复地唱，多唱几遍以后，句子是能完整地顺下来了，可走调走到姥姥家了，歌曲里的半音全没了。这哪儿行啊，我停下来，讲了《国际歌》的起源，讲了巴黎公社的故事，老乡们从来没听说过巴黎还有个公社，对于公社这个词，他们的理解是唯一的，就是"三级所有，队为基础"的一样的组织。"文革"中的招生考试卷子上有道题要求回答巴黎公社的伟大意义，有个农民哥们写道：巴黎公社是农业学大寨的一面红旗。一时传为佳话。

我放慢节奏，力求唱清楚每个旋律，其实《国际歌》的旋律雄壮上口，非常励志。当放声唱出：起来，饥寒交迫的奴隶，起来，全世界受苦的人！我都觉得挺兴奋的，老乡们虽然很努力地跟着唱，自己也听得出来 没找着调，最难的是那句英特纳雄耐尔就一定要实现，前面几句好歹是中文，这英特纳雄耐尔是瞿秋白在将《国际歌》译为中文时，出于音乐节拍的考虑，特将歌中的"Internationale"音译为"英特纳雄耐尔"，觉得"唱时可以和各国的音一致，使中国劳动人民和世界无产者得以同声相应，收万口同声、情感交融的效果"。到中国农民这儿旮旯，唱到这句时舌头绕不过来了，问是啥意思？"就是共产主义。"我说。那干嘛不直接唱共产主义多省事？还有不依不饶地要问个明白的，那时候我也不知道瞿秋白翻译的考虑，再说瞿秋白也被打倒了，不能提。我有点不耐烦了：我哪儿知道呀，歌篇上就这么印的。我把歌本举到那个老不明白老乡的鼻子底下，他直往后退：咋地呀，问问不中？教《国际歌》可费了老鼻子劲了，教的费劲，学得也费劲。教了两个晚上，就稍息了。甭管会不会，反正是教了，大家也学了，完成任务。

通过教歌，我明白一个道理，各国人民的嗓子是不一样的，各国的歌曲还是本国人民唱起来比较好听，别看老乡唱不好《国际歌》，让法国人民唱二人转或者蒙古长调还不一定唱成啥味呢。

五、人物篇

忆 芹

在青年点的女生里，我和芹应该算是发小了。都住在中关村，她家住 13 楼，我家住 23 楼，两座楼中间隔一小块空地。芹出生在美国，1956 年跟随父母一同回到了祖国。我们小学和中学都在同一所学校，但没有同班过。芹是独生女，父母是留美的高级知识分子，生活水平在当时的中国，是很阔气的。大约是在"三年困难"时，看到芹带的午饭居然是鸡蛋炒饭，我羡慕得连着猛咽了几下口水，一直忘不了那份奢侈。芹很随和，经常邀请同学和像我这样的邻居到她家玩。进了她家，先惊讶有那么多的房间，然后羡慕那些阔绰的摆设。芹从小就学钢琴，这在北大附小这样大师学者子女聚集的地方也是不多见的。

"文革"初期，1966 年 8 月 18 号凌晨，我和芹都被视为狗崽子，赶出了去天安门觐见领袖的队伍，芹大哭，她哭喊着：我不是（狗崽子），我爸爸是党员！但是没人理睬她，她的原罪就是从美国回来。我俩相伴哭泣着一同穿过科学院漆黑的街道回到家里。

学校里成立了毛泽东思想文艺宣传队，时常看到芹拉手风琴伴奏。在我们的中学里，她好像是唯一会拉手风琴的学生。

1968 年 9 月 20 日，我们乘坐专列奔赴内蒙古农区，没有一点先兆，我们俩被分在一个青年点里，共同生活了 3 年。

芹带来的生活用品显然要比我们的"高级"，也充足。搬进青年点的新房以后，她贡献出一块很漂亮的带条纹的布做女生宿舍的窗帘，有了这块窗帘布，女生宿舍顿时蓬荜生辉，雅致、温馨了许多。她不计较我们用她的东西，我们都很愿意用她的木制天蓝色的衣架晾衣服，这些衣架是舶来品，就是在北京家里也没有用过这么漂亮的衣架。芹回北京后，衣架留在了青年点，我把两个衣架据为己有，还带回北京了。

来到农村以后，第一要过的是生活关，第二要过的是劳动关。青年点的每个同学都在艰难地脱胎换骨，芹尤为艰难。

除了育，芹的被褥是第二埋汰的，要洗的衣服和被单都要在脸盆里泡好一阵子，直到有人提醒她：都泡糟啦，还不洗呀。1968年的冬天，所有知青都没有回家。女生住在社员家里，房东是个复员兵，人很善良朴实，对我们很好。我们称呼他们夫妇刘大哥、刘大嫂，刘大哥是复员军人，他们已经有了四五个孩子。刘大哥家腾出一间房子给女生住，一大家子都挤到另一间房子里。

冬天，到了场院的活儿也没有了，为了节省粮食，女生每天两顿小米稀粥灌大肚，给搂柴火的男生带干粮。结果漫长的冬夜老起夜，最多的曾经有过一晚上起夜五次的记录。那屋外是滴水成冰的世界，虽然穿着绒衣裤睡觉，每次起夜还都是冻透了，回到炕上半天还缓不过来。老刘大嫂看我们的狼狈样，指点去买个瓦盆做尿盆，全体女生一致认为这是个好主意，共同集资买了一个瓦盆，并制定了每人一天轮流倒尿盆的制度。这天轮到芹值日，她出手就连瓦盆一起扔出去了，看着四分五裂的瓦盆，真的很郁闷。这时有社员跑来说，前屯大队部接到北京国防科委的电话，通知芹她父亲乘坐的飞机失事，让她马上回北京。芹有点懵，我们都懵了。赶紧由两个女生陪着她去公路截长途汽车到县里，从县里再乘车到洮南赶火车。结果芹走了，瓦盆也没再买，女生们只好夜里还是到屋外去方便。

芹的父亲郭永怀先生是1968年12月5日去世。他是二弹一星的功勋科学家，乘飞机从基地回京，飞机失事，郭伯伯牺牲了。

芹的父亲牺牲以后，她是独生女，本可以留在她妈妈身边的，没想到第二年春天，芹依然回到屯里了，因为她妈妈必须去安徽合肥干校接受审查，回北京探亲时她住过钱学森家里。

劳动关，芹根本就过不去。因为动作慢，力气小，只能和半大的孩子们一起干活，挣半拉子的工分，还很吃力。后来队里照顾她干一些不用下大地的活儿，比如看菜园子。再后来同学们决定让她做饭，但这也不是她的长项。芹不会挑水，只好一桶桶地拎水做饭。下工回到青年点，常常饭还没有做好，猪饿得直哼哼。

贴出的大饼子，一半都是黑黑的糊嘎巴儿，另一半没糊的还是酸的，她总是放不好碱。那是我们此生吃到的最难吃的贴饼子。芹在锅台前永远是手忙脚乱的，满脸通红，看得出来她实在是尽了全力。

1969 年的夏天雨水多，蚊子大兴。那草原上的蚊子可比北京的强悍多了，而且被叮起的包也很具规模，有鸽子蛋大小，红肿之处艳若桃花，经久不褪。我们挂起了蚊帐，先猛煽呼一阵，迅速钻入，四下张望倾听，怕有搭车一块儿进来的。农村的夜静得瘆人，只听见蚊帐外一片嗡嗡声，真吓人。

郁闷的是干活时，每每被蚊子叮入，浑然不觉，等觉出刺痒已经晚了。最害怕的是脸上红肿的蚊子包，很令我们这些花季少女烦恼，最后想出的狠招就是把帽檐上撒上敌敌畏。一天，时任大厨的芹去自留地摘豆角。当挎着一土篮豆角的芹走进院子时，隔着玻璃窗就看到她的脸有点不对劲。等进了屋，看到她的脸上起起伏伏的都是蚊子叮起的大包，连成了片，模样都走形了。等脸上的包小了些，分得出个数时，数了数有 70 多个。看她的惨样，一边骂她笨，一边心疼她怎么会被蚊子咬成这副熊样。

芹从来没有以她父亲显赫的名气招摇过。她与社员的关系都很好，尤其是和房东刘大哥一家，有一次她从北京回来时，带来了几件家里的衣服，是地道的美国货，质地上乘而且款式时尚。她把衣服送给了刘大嫂和她的孩子们，看到刘大嫂贴身穿着开司米薄毛衣，老刘大丫穿着翻着荷叶边领子的乔其纱衬衫在屯子了翩翩而过，这些美式装备与中国乡屯风光结合成一道独特的风景线。

芹的经济条件在青年点的同学里排第一，出手也很大方。有时我们会想点花样让芹出点血，来安抚肚里的馋虫。芹去沈阳报考部队文工团回来，我马上忽悠她请客，被我说得心花怒放的她买了很多瓜票请大家吃瓜，唯有 OK 提醒芹报考结果还不知道呢，我狠狠地瞪了他一眼。中秋节，芹买了很多月饼请我们吃。到县城里逛商店，看到有味精卖，听到旁边的同学说青年点的味精没有了，熬的菜没滋没味。芹马上掏出四块钱，买回了一大袋。芹是个不把钱看得很重的人，如果她能够帮助别人做点什么，她会很痛快地出手。

没想到芹的善良和花钱大气也给她带来了伤害。

屯西头的老 M 家，是搬来没多久的外来户。兄妹三口都是壮劳力，家里没有吃闲饭的，手头有点钱。老 M 家来青年点想请我们女生帮忙织件毛衣，那时候我们几个还真没正经织过毛衣，唯有芹接下了这个活儿，她倒不是没有金刚钻，就敢揽瓷器活，她的确会织毛衣，而且也织过毛衣。后来经常看到芹抱着毛衣针忙乎着，老 M 家没有把毛线都拿来，所以芹隔阵子就去他家取些毛线。等织到最后一只袖子时没有毛线了，老 M 家说按芹的要求买的两斤毛线全都交给她了，足够织完一件毛衣的。可毛线已经用完了，每次取来的毛线也没有数。芹是绝不会"贪污"的，可毛线怎么会少了？老 M 家不依不饶地到青年点来要个说法，大家都很生气，说老 M 家太欺负人了，芹织了半天毛衣，难道还不落好？连女生都洗不清了。老 M 家提出称称毛衣的重量，不够分量的话，就得说道说道。我们给芹出主意，问老 M 家要织毛衣的工钱，怎么也不能还要赔钱吧，没想到老 M 家振振有词地说，芹在他家吃过几次饭就抵了工钱。事情闹起来了，晚上青年点开了会，把蔡书记也请过来了，商量了半天，老 M 家死活的就是要芹赔毛线钱。芹委屈得嚎啕大哭，最后还是掏出 10 块钱来。大家都很气愤，又很无奈。

在中学时，男女界限是分得很厉害的，没有很"正当""严肃"的理由，男女生是不能多说话的。芹没有这方面的顾虑，她很坦然地跟男孩子聊天。芹与一些同她父母在美国就很熟悉，在 1950 年代中期前后脚回来报效祖国的科学家、学者的孩子们关系都很好。男生 OK 与芹同班，而且父辈在美国就是好朋友，回国后又成了同事。在青年点里，芹喜欢与 OK 单独聊天，并不避讳我们。有社员听到芹大声喊：OK，大牛圈西北旮旯！传为笑谈。夏日的晚上，青年点的院子中间放着一挂卸了套的大车，芹和 OK 站在大车边上聊天。那年代，真的没有个人隐私可言，除非一头扎到庄稼地里。在屋里的女生和男生都按捺不住好奇心，各自从屋里的窗户往外窥视，他们俩大大方方地聊，不遮不挡。夜色渐浓，我们也困了，见二位还没有结束的意思，于是男生宿舍和女生宿舍就都有了点动静，高一声低一声的，有人喊：9 点半啦。听到芹回应：人家 OK 有表！宿舍里腾起一片笑声。比较经典的是一天晚上，一位男生在院里碾房东墙根下解手呢，只听二位边聊边往这边溜达过来，停在附近四五米远的地方站下不走了，聊得挺热闹。那位男生只好在墙根忍着不出声，想等他们俩走了再出来，免得尴尬。等啊，等啊，外面那二位一定是好不容易找到这么个背静地界，踏踏实实地聊。这位男生实在忍不了了，突然怪叫一声，奔鼠窜而去。很久以后我们才知道，芹喜欢的是另一位男生，这是后话了。

到公社去开知青会，在路边等候搭顺风马车。

左起：琥、我、蔡书记、芹、玉林、勤宇

芹第二次回到屯里时，带回了一架手风琴和一个很高级的红旗牌半导体收音机。青年点的同学们大喜过望。当芹拉起手风琴时，她像换了一个人，脸上露出了自信，焕发出光彩。灵巧的手指在键盘上熟练地滑动着，美妙的琴声征服了所有的同学。每当芹拉起手风琴时，就是我们的节日。有一阵儿，北京的年轻人流行拉手风琴，我请芹教我妹妹，她都是很耐心地指点和纠正我妹妹的指法。看着芹娴熟地拉开琴箱，我想：她太不适合农村了。

芹回到北京以后，我们之间很少联系了，就知道她在北大上过学，后来又去美国读过书。我返城以后，看见过她在楼前的草坪上读英文，后来我家搬到中关园，就再也没有见到过芹。十几年前听到芹去世的消息时，十分震惊，她才只有40多岁呀。

一次青年点同学聚会，一个男生说他和芹谈过恋爱。我们真是友邦惊诧，因为这个男生只在青年点待了一年就参军了，青年点的同学们没有看到一点点蛛丝马迹。他们交往了几年，但那个男生辜负了芹的感情，分手了。芹病重住院时，曾带信给这个男生希望见见面，他没去。听到这些，女生都责备他太不应该了。

芹是感情丰富、善良、单纯、随和的人，她对同学、老乡都不设防。在农村的几年，她活得很辛苦，但她尽了最大的努力去适应，当她受到伤害时，她不记恨，不报复，以沉默无语回应生活的种种不如意。她真诚地去爱，但这个时代容不下她的纯真。也许芹的妈妈说的是对的：芹是在错误的时间，错误的地点遇到了错误的人。也许情感上的受挫使她不再快乐，所以早早地离开了这个世界，回到她伟大父亲的身旁。

在屯里，老乡以为她叫郭琴，她总是笑呵呵地说："是芹菜的芹，吃芹菜就是吃我呢……"

加拉嘎的森林——忆蔡书记

如果问在加拉嘎屯插队的北京知青，对谁的印象最深，谁给了我们最大的帮助，大家都会毫不犹豫地说：蔡书记。

蔡书记叫蔡森林，是辽宁北票人，抗美援朝时当过兵，负伤回国后投奔他的老叔，来到了加拉嘎屯。

1968年9月22日，蔡书记到乌兰浩特车站来接我们。蔡书记说，他看见了一个女知青在火车上疯了，就寻思可别整到我的大队。结果他在拉知青回村的大车上看到了这个目光呆滞的女孩子。后来为了这个女生——育，蔡书记可费老劲了。疯疯傻傻的育干不了农活，也做不了家务。一眼没罩到，就往前屯的公路跑，嚷嚷要回北京。老乡跑来告诉我们：育跑啦！琥放下手里的水瓢，撒腿就往南山追，拦住了育，可无法拽回暴躁的她，最后是把她按在大车上拉回青年点。蔡书记急得往安置办跑了好几次，向北京来的慰问团反映，甚至要把育许配给村里一个老实巴交的青年农民，让她有个靠头。在蔡书记的努力下，育成为第一批病退知青回到了北京。

那时候的大队书记都是人精，蔡书记的精明在村里首屈一指。记得我们刚到村里不久，赶上抓"内人党"。大队书记们人人自危，10个书记9个有问题，蔡书记就是那一个漏网的。就是这么个村官，在"文革"的风浪里也是上上下下的翻滚，一会儿被结合到大队革委会班子里了，一会儿被拉下马了。蔡书记从来都是不动声色，宠辱不惊。不让当干部了，就跟着下地干活。说实在的，他农活也是一流的，在地里还经常逗个屁磕。

一天，在地头歇气儿时，两个女生俩脚对脚地躺在地上，让个农村姑娘躺在她们身上，姑娘的手和脚被抓住。第三个女生使劲咯吱那姑娘，咯吱得哇哇大叫却动弹不得，然后她们问姑娘是不是有了升天的感觉？在一边瞅着的蔡书记说话了：要是有人站在山坡上不动，他喊不过三声，那个人就会乖乖地回来。我们几个都嚷嚷不信。我站起来，拍拍裤子上的土，到山坡上站着了。蔡书记喊了一声，我理都不理，得意地翻着白眼。这时，打头的起身开始拿垄铲地了，看到大家都开始干活，蔡书记没有一点要喊我的意思，也跟着干活了。这下我才明白被耍了。赶紧冲到地头，去拣锄头，地里一片哄笑，我腆着茄子皮色（音：骰）儿的脸，臊眉搭眼的。被蔡书记治了一回，明白了别以为自己比老乡高明。

蔡书记家就在青年点的隔壁，我们到屯子插队时，他大概有40岁左右，已经有5个孩子，后来老蔡大嫂又生了两个。别看那时候处处割资本主义尾巴，村里各家的日子过得还是有高低上下的。就凭灶上大柴锅是油汪汪的还是锈迹斑斑，就一目了然了。蔡书记家是上等生活。老蔡大嫂浓眉大眼，周周正正，见人就笑，是个嘴一份，手一份的女人。按说这一大家子，孩子六七个，只有蔡书记一个整劳力，那日子应该是紧巴巴的。说句良心话，那时候的大队干部远不如现在的村官风光，顶多是工分上得点便宜，穷队的工分不值钱，也没多少油水。可老蔡家的锅老是油亮亮的。屋里干净敞亮，炕上炕下利利索索的，孩子的衣服也囫囵干净。老蔡大嫂手里总不闲着，不是缝缝补补，就是喂猪喂鸡，要不然就是扎盖帘子，补炕席。

下野的蔡书记整个就是个精明的农民，踏踏实实过小日子，光鸡养了百十只，鸡窝是倚着房墙盖起来的，有好几层。那时候的鸡蛋兼有货币功能，拿鸡蛋能换好些东西。卖到供销社就是小额进账。可鸡要吃粮食才肯下蛋，作为邻居的我们，偶尔也看到猫腰缩脖的蔡书记悄悄地把鸡往场院轰。落配的凤凰不如鸡，下台的书记就不拿自己当干部了，还是个明白人。当然日子也不总是阳光灿烂的，遇上鸡瘟，死了的鸡能把他家房后的大坑都填满了。

他家吃好嚼谷时，总忘不了我们，不是端一大碗过来，就是喊我们过去"造"。都说远亲不如近邻，和蔡书记轧邻居，绝对是知青的一大幸事。有时我们侍弄院子里的菜园子时，蔡书记会隔着墙指点一二。赶上青年点杀猪，蔡书记一定会亲临现场指挥并露一手。灌出了血肠，糊熟的大块猪肉，热气腾腾的一大盆一大盆的杀猪菜，那叫一个香！碰上青年点的鸡叫黄皮子（黄鼠狼）咬死了，蔡书记挽起袖子褪了鸡毛，往锅里添两瓢水扔几个大盐粒，三下五除二，不到一个小时，进肚了。

我们怕粮食不够吃，有时用国家每月给的一点白面跟老乡换点粗粮，为的是能多换几斤。蔡书记说：换啥呀，吃不穷，穿不穷，算计不到就受穷，过日子不能从嘴巴里抠。

跟啥人学啥样，我们也打点起过日子的精神，养了一头猪，养了十几只鸡。第二年还置了个"小银行"——买了一头老母猪。以为只要与队里的那条体型巨大的"跑卵子（公猪）"（páo lǎn zi）配上种，揣上羔儿，就等着卖小猪羔收钱了，一只小猪羔可以买到十几元呢。裉节上，蔡书记给建军传授了一套《老母猪秘籍》：啥时候老母猪"打圈（juàn）"（发情）要整好了，这牲畜的怀孕时间和人可不一样，俗话说猫三、狗四、猪五、羊六。按这个时间表 11 月份让老母猪配种最好，怀了 5 个月，正赶来年三四月份下羔，这时候的猪羔最值钱，为啥呢？喂上 9 个多月就到年下了，杀猪吃肉过大年。老郝家闺女嫁给老郑家了——正好，正好的。嘿，这老母猪还真就下了几窝猪羔，青年点的财政大有改观。

蔡书记家的自留地里种了好些嘎的白（洋白菜），秋后都卖给附近的煤矿。那年菜价高，这让我们有些眼红。冬天回北京探亲时，买了些白菜籽，嘎的白菜籽，茄子籽。都撒在自留地里了，结果赶上夏天的雨水大，菜卖不出去，不是烂在地里，就是烂在青年点的菜窖里，咳，人算不如天算，照葫芦画瓢也不一定像。

喜欢听蔡书记唠嗑，他很少一本正经的说教，也很少直截了当，可还净是真理。有几句一直铭记在心；看到我们对村里的贫困忧心忡忡，他笑呵呵地说：甭怕，信不信，别的屯都到了共产主义，也不能把咱们拉下。他不止一次教导我们：机会主义很重要。听得我们心惊肉跳，有些反动不是？很多年以后才懂得了在人生中，遇到机会，抓住机会是改变命运的拐点。打我们刚到村里，他就坚定不移认为知青都是飞鸽派，说句实话，那时候连我们自己都以为这辈子就交代给这一望无际的苞米地了。蔡书记把知青分了三类；第一类是知识青年，有知识有文化的，到了哪旮旯都能干得不错。第二类是指使青年，你不指使他，他不知道干啥。

最后一类是吃屎青年，除了闯祸，啥不是。

在农村，赶上了好几拨运动；挖"内人党""一打三反""清理阶级队伍""整建党"，此起彼伏。白天累屁了，晚上还要去"生产队里开大会"。学不完的文件，念不完的社论。赶上蔡书记没下野时，他就会给大家先讲讲"形势喜人"，再讲讲"形势逼人"。讲到村里的事儿时。他通常的套路是：板着脸说几句官话，然后嘴一咧，学别人的口吻说："哈！你小子倒会整事，这事搁（音：高）到你身上，你就该……"他把被批评的人想到的理由先说出来，然后一句句的给堵回去。严丝合缝，还让你心服口服。

每个来村里搞运动的工作组或者贫宣队都会对北京知青示好，知道这些革命小将是最好使的刀枪。蔡书记看着跃跃欲试的知青们，慢悠悠地说：甭跟着瞎掺和，工作组是挺能整的，最后整出一堆事儿来，他们拍拍屁股走了，都给你撂下了，看你咋整？当时这些话虽然不能算醍醐灌顶，可还是让我们消停了不少。后来听说，有些知青在抓内人党和清理阶级队伍的运动里横刀立马，让当地人很反感气愤，无法收场。

下乡不久，青年点里就有了矛盾，无非是谁吃得多了，或者谁干得少了。开饭时，要把菜平均分成两份，男女生各自端到自己的宿舍去吃，当女生发现做饭的男生玩了个篡儿，他先盛出一点菜后再把锅里的菜一分为二。立刻爆发了一场争吵，唇枪舌剑谁也不服谁，暴怒的男生把桌子都掀了。分灶！各吃各的，谁也别占谁的便宜。在别的青年点里，分灶已是不稀奇了。还是蔡书记把我们叫到一起，一会儿声色俱厉，一会儿苦口婆心，把我们心里那点小九九兜得底儿朝天。他掰开揉碎告诉我们，在这穷乡僻壤，只有抱成团才有活路，就这样，知青们的几次闹事都被蔡书记"镇压"下去了。在公社所有的青年点里，我们青年点是唯一没有分过灶的。虽然我们屯子在公社算是很穷的，可青年点的日子过得还不错。

在蔡书记面前，我们就是傻狍子。1971年男生都走光了，女生也病退回京了3个。剩下3个女生，有一位是扎根典型。1972年春天我和琥分配到公社的卫生院和小学工作，当离开青年点时，打算把青年点的粮食和一只克朗猪都卖了，三分天下。蔡书记说猪太小了，值不了几个钱儿，不如让留在青年点的那个女生用剩下的粮食喂着，肥了再卖。谁知没过两个星期，猪卖了。钱没多什么，粮食全归了那位扎根典型。我们明白蔡书记对那个扎根典型的一片苦心，毕竟是件双赢的事。

　　除了病退和当兵的，青年点的同学大部分是在 1978 年以后陆陆续续回到北京的。当接到北京寄来的户口准迁证时，我们欣喜若狂，认定只要能离开了这块土地，就是在北京扫大街也干。用建军的话讲：猛跺三脚，永不回头。随着岁月的流逝，那个在大黑山脚下贫困的村庄，在记忆里却始终无法覆盖。那里的乡亲们的音容越来越清晰地在脑海里放大定格，站在他们中间的正是那个智慧、狡黠、精明、正直的蔡书记。

　　20 年后的那个夏天，洪水在中国大地泛滥肆虐，还是按捺不住想回去看看的愿望，带着孩子回到了抛洒青春的地方。虽然从县里到镇上都洋溢着各级领导的盛情，可我们恨不得一步就迈回屯子，就像去会初恋的情人。回屯的那天，瓢泼大雨冲刷着地面，我们的心情开始焦灼，害怕白茫茫雨帘遮住回乡的路。进了屯子，凭着记忆找到蔡书记家，冲了进去。满头白发的蔡书记惊喜地看着我们，眼角的皱纹里都是高兴。盘腿坐在蔡书记家的热炕头上，端起 20 多年前就用过的粗瓷茶碗，看看炕上铺的地板革，打量四面灰蒙蒙的墙，除了炕席换成了地板革，一切都是老样子，遮掩不住的是陈旧与破败。

1998 年回到加拉嘎屯，在蔡书记家炕上

老蔡大嫂呢？已经走了几年了，就埋在北山。蔡书记的眼神黯淡了一下。

大雨一直在下着，屋里的地面开始渗水。只好在地上挖排水沟，地面渐渐的泥泞不堪。

蔡书记早已不是当权派了，年纪大了加上老蔡大嫂过世，门庭冷落，日子过得平平常常的，在屯里已算不上是殷实人家。有人来叫我们去村官家吃饭，说都安排好了。可我们只想守着老书记唠唠嗑，说说当年的那些事，那些人。蔡书记笑了，笑得开心，顺畅。他看看我们，看看孩子，打开柜门把儿女们孝敬他的点心掏出来给孩子吃。

第二天早上杀了羊，我们一块儿动手包羊肉馅饺子吃，孩子说，真好吃，一点都不膻。

雨还在下，听说上游的水库决口了。怕公路被冲坏，我们告辞了蔡书记、众乡亲和泡在水里的庄稼。

来北京吧。我们拉着蔡书记的手说，他点点头。

1999年的夏天，蔡书记带着一儿一女来到了北京，在北京的同学迅速聚到一起，每人掏出600元，作为招待蔡书记在京旅游的基金。显华的生活不富裕，本来想让他少掏点，他跟大伙儿急了。安排蔡书记在招待所住下，所有的费用都从基金里出。大家在一起商量排出时间表，轮流陪蔡书记一家人逛北京。混得最壮的同学送给蔡书记一台彩电，还把安装电话的钱交给蔡书记的儿子。每个人都想要表达对老书记的感激，他可高兴了。在村里被冷落了的老书记，没想到这帮知青从来没有忘记他，在我们心里他永远是受到尊敬与爱戴的。

蔡书记返程的那天，在北京的同学都来到火车站。站在站台上，依依不舍地望着车窗里的老书记，老书记望着这群当年给他添了多少麻烦，吃了他家多少顿饭，让他操了多少心的"青年"。大家虽然都已经是人到中年了，但没忘记那片土地和他这个老书记，没忘记感恩。蔡书记眼圈红了，哽咽着挥挥手让我们"回吧"。我们都想多看一眼老书记头上的白发，脸上的皱纹，再握握那双曾经那么灵巧的手。

2010年1月，蔡书记走了。

1968年，我们14个知青两眼一抹黑，带着简单的行李，幼稚和单纯的大脑离开都市，离开父母来到了加拉嘎屯。对将要面对的艰苦生活，对农村和农民都

一排：琥、蔡淑英。二排左起：我、翠清、蔡书记、蔡云、燕生。
三排左起：勤宇、冠军、玉林、燕辉、建军、显华。）

一无所知，跌落到社会底层的我们手足无措。蔡书记和老乡们接受了我们，从播种到收割，从搂柴禾到赶大车、从推碾子到煮大馇子饭，手把手地教起，教我们学会过农民的日子。蔡书记和老乡们还让我们懂得了如何做人，虽然他们没有文化（蔡书记的文化也就是在公社开三级干部大会时，看着写在烟盒上的几个歪歪扭扭的字开侃，但不妨碍博得满堂彩）。可无论是种庄稼还是过日子，无处不透露着朴实的智慧和善良的天性，还有矫健的身手，每每让我们感叹。

蔡书记是个园丁，清晰的思路和睿智的语言就像一把锋利的剪刀，把我们修理得笔直向上。我们这14个人的经历和意识里都被他烙上了深深的印痕，在人生道路上，他举足轻重。

如果有一天，我们来到蔡书记的墓前。我们会放上一束鲜花，会放上一瓶二锅头，会唱那首他爱唱的《草原上升起不落的太阳》。对于我们来说，蔡书记从来都没有走远，似乎永远都有可能在下一分钟悄然出现。笑着问我们：怕啥呀？

前排左起：琥、我、勤宇、芹、翠清。
后排左起：蔡书记、燕生、玉林、湛年、建军、燕辉、永山、显华。

卷二 在公社卫生院的那些日子

分到公社卫生院

对一些因果，人们爱说那是命里注定的事。

在农村我做过 6 年的护士工作，说起来这是我最不喜欢的活儿了，但就是没能躲过去，你能说不是"命"吗？

能在 1972 年的秋天离开加拉嘎屯，分配到杜尔基公社卫生院工作，对我来说不啻是从天上掉下个油汪汪的大馅饼砸到头上的大好事。幸运来自我的两位要好的同学琥和平，因为她们的推荐，我才能成为县直机关整建党宣传队的一员。几个月的整建党运动结束后，还光荣地入了共青团（让一名"群众"参加整党也是文革特色），而所有抽调参加整建党宣传队的知青在运动结束后都分配了工作。初二以上学历的分配到学校教书，初二及以下学历的分配到医院做护理员。

能放下锄头和镰刀挣工资了，老乡讲话那是"骑毛驴逮（吃）豆包，

1972 年琥、平和我在县农机供应站

乐颠了馅儿"，可我特别不愿意从医，于是还挣吧了几下。平和我的学历一样，因她非常优秀，受到上级的重视，破例分去教书。偏偏她特别热爱医学，于是我俩就想对换。折腾了半天的结果是平如愿以偿到县医院工作，我没得逞，垂头丧气地到杜尔基公社卫生院报到。那会儿突泉县有三个吃皇粮的正规医院，老大是县医院，还有两个叫中心公社卫生院，规模比其他公社的卫生院要大一些，杜尔基卫生院是其中一个。我插队的村子就属于杜尔基公社辖下，所以在农村 10 年就没离开这块热土。

公社卫生院在杜尔基镇东边小山坡上，刚去的时候（1972 年）还没有围墙，主建筑是东西走向的三排房子，中间横着一条东西走向的大土路，大马车、小驴车东来西往，人喊马嘶。时不时地还有卡车飞驰横而过，暴土扬长的挺热闹。后来四周垒起了围墙，大土路只好甩个小弯，绕过围墙，有了院子就清静了许多，像个医院了。

新人到了卫生院，一律先分到病房工作，那时候的病房只有四五间，加上手术室、处置室和大夫值班室有长长的一溜房子，每间病房里摆四张木床，住院的老乡都自带陪床。刚到卫生院时和我一个级别的护理员还有两个，都是走后门进来的当地"干部子弟"。

我的身后是病房和水房

下马威

因为在护理方面啥也不会，就从扫地擦桌子开始干。其实护理员的工作就和现在的护工差不多，与护士不是一个级别。刚到卫生院时闹不清其中的区别，后来听护士说起"文革"时护理员的诗朗诵：大便器、小便器、护理员的好武器！心里哇凉哇凉的。可刷大便器也比下大地干活轻松，挣得也多，这个账咱算得过来。再说等学会打针换药了，就都干护士的活儿了。

病房主政的是个复转军人李大夫，有 30 多岁，鹰鼻鹞眼，身材魁梧。曾在中苏边界服役，听他说参与过边界上的双边"会晤"，时常拿这段经历说事，自诩是见多识广的。

上班的第一天就被排了夜班，啥也不会，在处置室的治疗床上蜷了一夜。等第三天上班时，李大夫召集我们三个护理员，指着沾满屎嘎巴儿的三个大便器，每人一个，让刷干净。平日哪个患者用了大便器，都是自己的陪床给刷干净了，根本不劳卫生院的护理员动手，明明白白的下马威呀！我对着面前的大便器发了一分钟愣，雷锋、王杰、欧阳海……在脑海里站了一排。转身找个小笤帚，拎桶水，开始刷我的那"份儿"。11 月的天气已经很冷了，在病房的墙根下，一遍遍地刷，等刷干净了，才发现那二位早走了，两个大便器躺在地上，直眉瞪眼地望着天，我就手把它俩也刷干净了。后来才知道包圆了刷大便器有了轰动效应，因为从来没有卫生院的工作人员去刷大便器的，后来也没有了。大家都没想到北京知青能放下身段，不怕脏，把仨都刷干净，印象分陡然升高。同事们哪能理解臭老九父亲被关在牛棚里受尽侮辱，劳动改造，"狗崽子女"能离开村里，到这旮沓享受 8 小时工作制，还挣上工资的满足感。在屯子里种一年大地，累得王八犊子似的挣的工分也就是在卫生院两三个月的工资，天天刷大便器也得干呀，那是党给我的考验，求之不得。那二位可都是红五类，不能比的。这是刚到卫生院时比较露脸的一件事，其余的多数是丢脸的。

挺得意的事

　　还有一件事也让我得意了一回，先说出来痛快痛快："文革"时，很多单位除了本职工作以外都要学工、学农。卫生院也有块地，种了点粮食，隔三岔五地抽几个人去侍弄地里的庄稼。地里的草比庄稼壮实，打下的苞米只能当喂马的饲料，正好院里还有一挂大马车呢，倒也不糟蹋。第二年秋天，卫生院种的黄豆该收割了，领导点了几个青壮劳力到地里割黄豆。我拎着在青年点干活时用的镰刀，那可是把好刀，刀刃锋利，在地里干活时很给力。有了在大地干活的经验，知道霜冻后的黄豆干硬扎手，戴了副线手套。到了地头，杀下腰，左手攥住黄豆棵的尖，右手挥舞镰刀，唰唰唰，不一会儿就遥遥领先。被甩在后面的几个男大夫也是出生在农村或小城镇的大学生和中专生，多少干过点农活的，何况也都正年轻，他们没想到会被女孩子拉下，铆足了劲想追上来，但直到整块地的黄豆都割完了，没一个撵上我的。他们气得在后面喊：嘿，看见前面有个兔子顶着（块）白布吗（我戴着白帽子，把辫子盘在帽子里）？知道是绕着弯骂我呢，那也不回头，手底下更快了。平日他们坐在桌前龙飞凤舞地开出几张医嘱单，就把我的腿都遛细了，这次咱也扬眉吐气一回。

单身生活

到了卫生院以后，住进单身宿舍。

宿舍房间不大，属于一间屋子半间炕那种。炕上可铺开三张褥子，也就是三人间了。女宿舍里舍龄最长的是 Y 大姐，有 40 岁左右吧，很干净利索，是个寡妇，关于她的婚史是说来话长的那类。总之没老公，没孩子，父母有哥哥奉养着，没一点负担，一人吃饱全家都不饿，每月开支四五十块吧，记不准了。在那个年头，那个穷乡僻壤，这个岁数的人能个人月消费 50 来块钱，那就是富婆啦。Y 大姐的性格有点隔路，加上老哥是县里有实权的干部，说话硬气。她看得上的，那就合适了，有啥好事都想着你。看不上的，横挑鼻子竖挑眼，算你倒霉。她还有个习惯，如果同宿舍的人要调走了，走前一定撕破脸。Y 大姐在药房工作，老百姓的话——抓药的，可她说哪个大夫的处方有毛病就能不给抓了，有时连院长的方子也不好使，她搬出药品配伍禁忌或者毒麻限剧药的管理规定来较真，还真没脾气，也不能炒她的鱿鱼。我挺羡慕她的工作，特干净，不沾脓带血的。每天 8 小时固定时间上下班，不过药房晚上没有值班的，遇到夜里来了危重患者，大夫就打发患者家属到宿舍门口叫她，她一边穿衣服，一边没好声地答应：到药房等着！老乡也有不拿自己当外人的，不敲门，伸手把门拽开就进屋了，吓人一跳。只听 Y 大姐大声喝道：还往哪儿走！黑暗里，人影定住了。出去！又一声断喝。我取药……老乡颤着小声退到门外。闹得我们每天晚上都要检查一下门上的插销。

Y 大姐每天早上睁开眼趴在枕头上先窸窸窣窣地捻出一条纸，卷颗烟抽。她的小桌子上有个装茶叶的玻璃瓶，也不是啥好茶叶，比高末强点。宿舍里也没啥细软，门不是总锁，加上三个人同住，出出进进地取个东西啥的，也有忘了锁门的时候，有的人会溜进来抓点茶叶走，照说如果拿的不多是不容易察觉的，Y 大姐有招，她上班前把瓶子慢慢倾斜一下，茶叶就有了个斜面，只要发现茶叶的斜面没了或者角度不对了，那就是有人来蹭茶叶了，因为这排房子有走廊，路过前三个房门很难雁过无痕，所以 Y 大姐破案的速度很快。

　　另一个同宿舍的是小 D，比我早来 8 个月。胖乎乎的，奔儿头眍瞜眼，典型南方人的脸，说话也是南方口音，把东北话里的儿化音都去了，比如东北话：啥玩意儿呀。到她嘴里就成了：洒完一呀。她父亲是本地人，跟着林彪的四野打到广西，就在南宁娶妻生子了。突泉县革委会的一个头头是她父亲的战友，就让女儿回乡插队，很快就分配到卫生院工作，也是护理员，后来调回南宁了。她回广西探亲，返回时经过北京，正巧我也在北京探亲，她给我带了她妈妈做的大粽子，长方形的，像个小枕头，听说要蒸一夜才能熟。这么大的粽子再也没吃过，印象极深。小 D 回南宁的调令来后，临走前 Y 大姐也跟她翻了脸。

　　后来宿舍里陆续有年轻人搬来住，基本保持三个人。

　　卫生院里又陆续分来了卫校毕业的小 X 光，小化验，小药剂，小大夫和几个北京知青，都住进这排房子里。年轻人多了，就热闹了。那时候的业余时间不知

左起，药房小齐、我、小董，小齐背后是 Q 大夫抱着儿子。
身后是门诊和药房

道怎么打发，要是能找本书看，就特高兴了，虽然有电灯，但灯光非常昏暗，只好再点上蜡烛看书。还有就是踅摸吃东西，从干校回京的妈妈给我一个很迷你的煤油炉，琥弄来个小铁锅，不知道谁给了一把小刀。这样我们就可以因陋就简地开个小灶。在北京的鸡蛋都要凭本限量买，从小就没吃够过，这里的鸡蛋五六毛钱一斤，四五个鸡蛋打到小铁锅里，就黄澄澄的半锅，小煤油炉的火苗很温柔地舔着锅底，用勺子一遍遍翻腾着，炒出来的鸡蛋是烂乎乎的黄色块状，可以大口吃炒鸡蛋啦，真过瘾！有时还用它来炒毛磕（葵瓜子），当年的新毛磕炒出来可香了，每当炒时都会有闻声而来的人，笑嘻嘻地等在小煤油炉旁。药剂小朱到菜园子的井里去捉家雀，放到布袋子里，浇开水烫死，褪毛后，也用小铁锅烹出一道美味来。小煤油炉和小铁锅是我们满足口腹之欲的独门利器。

最快乐的时候是大夫家有养猪的，杀猪之时也是我们这些单身的节日。欣然赴宴，坐在炕上暴撮一顿，大柴锅里滚烫的杀猪菜，厚厚的一层油花也盖不住肉香，不小心就被烫一下。

到了冬天，每天下班后的第一件事是烧炕，还有烧壁炉。烧炕用柴草，壁炉就烧煤了，都是公家的，所以烧起来很慷慨，有的房间烧得实在太热了，就打开屋门凉快凉快，直到院书记在会上开损：死乞白赖地烧，热得受不了又开门，又热又冷的也不怕抖搂着！以后就收敛多了。

供应室里的操练

　　工作是要从低端做起，先学着做供应室的工作。每天一上班，就从水房拎两大桶开水，倒在三个大搪瓷盆里，往第一个盆里倒点洗衣粉，开始刷静点器。1970 年代初的静点器是开放式的，就是一个带金属盖的大玻璃杯下面连着长长的胶管，把静脉点滴的生理盐水和针剂从杯口咚咚咚地倒进去。每天用完的静点器先在洗衣粉水里刷一遍，挂在搪瓷盆上方架子上的钩子上，让水顺胶管流下来，再用凉开水涮两遍，挂起来淌水。用洗完静点器的水再洗注射器和针头。洗好的针头在插进纱布垫前要轻轻地刮一下，把有弯钩的针头在砂轮片打磨一下，再插进纱布垫，放进一个小铝盒里。都洗好了，装进一个手提高压灭菌器里，提到砖砌的炉子上，然后生火高压灭菌。现在觉得有些不可思议，可我在卫生院的那几年还真没有听说哪个患者因静点器不干净出事的，老乡的血管够皮实。村里的赤脚医生因为没有 100CC 的大注射器，遇到要从静脉注射大剂量药物时（老乡特别愿意从静脉推注高浓度的葡萄糖，觉得身子有劲，脑子也清亮。而葡萄糖都是25CC 一支），会很利索地把几只葡萄糖的安瓿打碎，统统倒进日常用的小茶缸里，拿 10CC 的注射器从杯中一次次抽满药水，不拔针头连续推入静脉，啥事儿没有。

　　手提高压灭菌器里的容积小，遇到要消毒手术器械包，就要高压上两三锅才行。生火也是技术活，先在院子里四处蹅摸柴禾，再到煤仓里爬到煤堆上扒拉来扒拉去，捡又亮又轻的煤块，这样的煤才好烧。在炉膛里架上柴禾，放几块煤，点燃后一通扇乎。于是白烟四起，时不时要凑到炉口去看看火着了没有，呛得两行热泪滚下脸蛋。没准会猛然从炉口喷出一股火来，眉毛和头发都不能幸免。等到几年后，添置了烧电的大高压灭菌器，就觉得很知足啦。

打针也有技术

　　正儿八经的护士业务学习的第一课是打针——肌肉注射。首先要知道往哪打，别以为只要打在屁股上就行了，要在患者的半拉屁股上虚拟个十字，注射在外上方的地方。打针要两快一慢；进针快、拔针快、推药慢。观摩了几次肌肉注射以后，就开始实践了。实话实说，我所有的护士业务学习都是在患者身上完成的，听说过护士应该先在自己身上练习，我没有。可对医学悟性很低的我，头三脚都踢得很艰难。像打针时，针头没拧紧，注射器拔出来了，针头还在患者屁股上颤悠。或者一推药水，针头与注射器分开了，药水全撒了的事，有过几次。在1972年11月13日的日记里惨兮兮地写道："今天，为了个打针，接二连三地丢脸，真有点挂不住了，对这行，大概没啥发展前途了……上帝保佑，别再出事了。"

　　在1970年代，注射的消炎药以青链霉素为主。青霉素是要先做皮试的，可即使用稀疏了很多倍的青霉素做皮试，也有扛不住的。一次给一位患者做皮试，刚刚推进去一点点药水，患者马上脸色苍白，身子直往下塌，幸亏张大夫在旁边，她手疾眼快地把患者推到治疗床上，让我赶紧去取肾上腺素。我吓得直哆嗦。这才对患者的性命握在医生手里有了直接的体会，医护人员的一个小小的疏忽，可以让患者受到很大伤害，以致成终身憾事。

　　每天的上下午和晚上有三次给住院患者打针，卫生院管这种例行治疗叫时间针。对照医嘱单，从贴着患者名字的小抽屉里取出针剂，灌到注射器里，在注射器上贴上写着名字的胶布。然后到病房叫出患者的名字后，一一注射。我端着针盘走进病房，叫出×××的名字，听见旁边的一个患者哼了一声，当把青霉素徐徐注入患者体内时，就听旁边有位陪床说，他不是×××。顿时汗就下来了，手也哆嗦了。拔出针来厉声喝问×××，叫他的名字为什么不答应？那个老乡说，

在处置室配时间针的药

他寻思着，先给谁打都成。气得我半天说不出话，幸亏那个被打了青霉素的人不过敏。算他命大，也算我捡着了。说起来也是那时候的农民都太可怜了，来到卫生院住院，生怕得罪大夫和护士，怕得不到用心的治疗，有时候甚至得忍气吞声。青霉素注射最疼，所以要很慢地推进药水，有些住院时间长一点的患者，见要打针了，就会央求我们慢一点推药。有个爱开玩笑的男护士，一下就把针栓推到底，患者的腿当时就疼得动不了了，趴在床上不敢吭声。有个老乡是第一次打针，他问大夫：打哪旮旯呀？大夫回答：臀部。老乡说：大夫，俺家不住屯部，住沟边。像这样的因为没有文化和忠厚老实，闹出的笑话太多了，可惜都忘了。

有两类臀部是肌肉注射时不愿意碰到的；一是住院久了的老病号，针打得多了，打针的部位肌肉都硬了，针头拔出来，药水顺着针眼往外冒。

二是太瘦的患者，就像"杨司令"，杨司令是打仗时受伤的复转军人，孤身一人由国家养着，在卫生院里享有单间病房，他的肺不好，整天像拉风箱似地喘气，瘦得皮包骨。给他打针要是按常规打法，一针下去一定扎到骨头上。只能捏起皮肤来把药水注进皮下。

针针见血

后来才知道，肌肉注射只是毛毛雨啦，静脉注射才是硬功夫。

住院的患者都要打点滴的，老乡对打点滴特别欢迎，要是不给"挂水"，就觉得没有得到最好的治疗，很失落。学习扎静脉血管，可让我吃了不少苦头。感觉皮肤下的血管的深浅，全凭经验和悟性。刚学静脉注射谁也不可能一次就扎准，开始时太紧张了，遇到血管细的，或者危重患者的血管，瘪瘪的，一针扎进去没有回血，两针扎进去还没有回血，患者疼得直倒吸凉气，我的汗也下来了。看着患者胳膊上一块块皮下出血的青紫，治疗的药打不进去，急死了，大夫的脸色也很难看。我赶紧去门诊搬救兵，门诊处置室的于姐，是扎兰屯护校毕业，业务特别棒，动作干净利索，脾气还特别好。她来了，难题就解决了，我佩服得五体投地，用今天的话说，我是于姐的粉丝。我特别怵给患者从静脉注射 50% 的葡萄糖，100CC 的大注射器满满一大管黏稠的糖水，用肌肉注射的大针头，缓慢"推进"患者静脉过程中，针头很容易穿透血管。看于姐一脸轻松倚在桌边，不慌不忙地把针头扎进患者的血管，慢慢地推进药液，还唠几句嗑，一副气定神闲的样子，真让人羡慕。

比起给小孩做静脉注射，成年人的又不算什么了。老乡能抱到卫生院住院的小孩都是病得不轻的，主要是肺炎和痢疾，脱水加心衰是普遍的。孩子的静脉针只能在脑袋上找血管，比较容易固定针头。可孩子越小，血管越细，加上脱水，那可真是太难扎了。农村的孩子在头上的囟门没有长合之前，是不敢给孩子洗头的，脑瓜顶上厚厚的一层细泥。我在弯盘里放块肥皂头，泡上水，再拿个剃须刀和纱布来到病床前，用肥皂水润湿孩子的脑门上的头发和泥，用剃须刀轻轻地刮下一小片头发和泥来。可以看到在嫩嫩软软的脑门正中有条 Y 形的血管，胖一点的孩子的血管不清楚，就靠手指的触觉，有血管的地方可以感觉到凹槽。让孩子的父母按住孩子的头和手，我蹲在床边开始扎静脉，常常不能一针见血，孩子哇哇大哭，拼命挣扎，我就更慌了，脑门上的血管扎漏了，只好在侧面再找血管。要是还扎不准，孩子母亲的眼泪也流下来了，那大人孩子一起哭的场面真的很惨。我的儿子出生后，在北医三院抽血化验，护士没有很快扎准静脉，他爷爷在一边就急了，我能体会到那份心疼和不忍。卫生院里的护士一直就不够用，大夫们也会扎静脉针，其中丁大夫的小儿头皮针扎得最好。有一次我们两三个护士轮番给一个重病的孩子扎静脉针都扎不进去，只好去请在家休息的丁大夫。丁大夫沉着脸来到病房，他仔细检查了孩子头上的血管，好扎的都被我们扎漏了，触摸了半天，在耳朵上边找了一根很细的血管，那是我们不敢照量的，丁大夫一边扎静脉针，一边挖苦我们几个的业务水平，一点面子不给。可人家就顺利地扎进孩子的血管，业务不行就挨损没商量，自己也觉得挺臊得慌。丁大夫的话狠狠地刺激了我，下

这是在处置室里模拟静脉注射，治疗床上躺着的是于姐

决心一定要学会扎静脉针，虽然不喜欢，可这是饭碗，再说总在患者的身上来回扎，找不着血管也太不像话了，那是人肉啊。后来，在扎针前静下心认真触摸和感觉血管的位置和粗细，不着急，选择合适的针头，针进入皮下后慢慢地、稳稳地向前探进，功夫不负有心人，摸出了经验，静脉针扎得不错了，居然被称为：周一针。有时候夜里来了危重病人，大夫会来宿舍叫起我去扎静脉针。我也发现自己还不太笨，只要下功夫，即使是不喜欢的工作，也能干得风生水起。

值夜班

在公社卫生院工作的 6 年时间，全都在病房，虽然在手术室、妇科待过，也是属于病房系列，那时候脑子清亮，手下利索，走起路来一阵风似的，加上要强，不怕累，有阵子曾身兼数职，病房、供应室、妇科、手术室，年底评选先进个人，咱回回名列前茅，谁说群众的眼睛不是雪亮的？

到了病房，值夜班是常规工作，护士少，夜班轮得很勤。夜班是从傍晚白班下班开始，到早上白班上班结束，最少 12 个小时。有一段时间，病房只有两个护士轮，上 24 小时班，休息 24 小时，轮换了一个月我就扛不住了，白天昏头涨脑，晚上睡不着。还有一次，下夜班的我正在宿舍睡觉，病房来了个急性阑尾炎的患者要动手术。把我叫起来准备手术。迷迷瞪瞪地爬起来冲到手术室，拎起个手术器械包扔进高压灭菌器里，生起火高压消毒，接着给手术室清洁消毒。下午开始手术，刚刚切开腹部，我就有点不对劲，头晕、无力、反应有些迟钝，大夫看我的脸色不对，马上让我下了手术台，出了手术室，哇地吐了出来，大汗淋漓，是累虚脱了。

一般前半夜的事多，卫生院没有急诊科，晚上来的患者就都到病房看病，黑灯瞎火还来医院的十有八九都是重病人，大夫开出一堆医嘱，我就跟走马灯似的转起来。有一天来了个鼻子出血不止的患者，值班大夫是刚刚从白城卫校毕业时间不长的小大夫，她看到淌下来的鲜血有点慌，马上要往鼻子里点麻黄素，我提醒她先量一下血压，结果高压 180，小大夫不敢用麻黄素了，让患者赶紧转院。葛大夫知道了，称赞我有心。跟着大夫身边转，多少也知道点医学皮毛，丁大夫说过一句话："谁也不能照着书本得病。"这学医，水太深了。

要是后半夜消停了，赶紧躺在治疗床上歇会儿，我有神经衰弱，通常睡不着。

如果病房里有危重病人，打着吊瓶，隔一会儿就过去看看，一夜下来，昏头胀脑的。值夜班的大夫都很紧张危重病人，不愿意患者死在自己的夜班上，尽量维持到白天交班以后。赶上一夜没啥事，会很嘚瑟地在交接班日志上大笔一挥：一夜无事，无出无入。高高兴兴地回家睡觉了。

值夜班时要是没事儿，和值班大夫侃山唠嗑是件很惬意的事，有住在附近已经下班的同事，晚上没事也溜达过来聊天。多的时候值班室里四五个人，再加上有不见外的陪床，满满一屋子人，卷得挺粗的关东烟冒得乌烟瘴气，只要我手头的活干完了，也时常去听听，掺和一下。这些唠嗑多数都很有意思的；有谈古论今的，有散布小道消息的，有背后议论人的，有吹牛撂屁的，有讨论病案的，还有讲笑话的。这沓杳汉人和东北人差不多，说着东北话，吃着东北的饭食。赵本山第一次在电视台露脸演小品就把我乐坏了，太熟悉了，东北人的做派，东北的屁嗑。

有个笑话我笑半天：是说老侯家旁边新搬来一家姓张的邻居。新邻居去老侯家串门。敲门，门开了，侯大嫂见是一陌生的老爷们，那老爷们说我是刚搬来的邻居，今天过来拜访认认门。侯大嫂：贵姓呀？邻居：姓张。侯大嫂：弓长张还是立早章呀？邻居：弓长张。侯大嫂说：对不住，今天当家的不在，用膳了吗？要不然在我家用了膳再走吧。张大哥告辞回家后对媳妇啧啧地夸侯大嫂礼貌周全会说话。张大嫂很不屑，这有啥，我也会。过两天，侯大哥知道张大哥来过就去回访。到了老张家，敲门，门开了，张大嫂见是一陌生的老爷们，那老爷们说我就是旁边的邻居，前两天你家大哥来过我家，我没在，今天过来串个门。张大嫂问：贵姓呀？侯大哥：姓侯。张大嫂：公猴哇还是母猴？侯大哥：……张大嫂：用膳了吗？等我磨磨刀膳了再走……哈哈，我挺喜欢这个笑话，讲给很多人听。

三人行必有我师

在人生的道路上，如果有人肯在岔路拐弯的地方为你指一条正道，那真是莫大的幸运。我有幸，在屯子里，遇到了蔡书记，在卫生院遇到了丁大夫和于姐。

丁大夫"文革"中毕业于内蒙古医学院（现在的内蒙古医大），此兄剑眉星目，仪表堂堂，长臂长腿，中等个子。他主要看内科和儿科的患者，医术很棒，为人正直，嘴也厉害，言辞锋利，是内心很骄傲的人。说来也逗，吊眼梢的丁大夫和眉毛往下搭的于姐是夫妻，他们俩可没有一点夫妻相，相同的就是业务都很棒，为人正直，我就服这样的人。特别感激的是刚到医院不久的一个晚上，我值夜班，丁大夫来到处置室，坐在治疗床上跟我说了一番话，说刚刚参加工作，要培养好的工作作风，手要勤，本职工作一定要努力做好。眼要勤，多看、多学，把常见病的症状和治疗记在小本子上，安排好工作和学习的时间……说实话，我很感动。在离开北京来到突泉后，这是第一次有人这样认真地教导我。"文革"中，受到的都是无政府主义、造反有理、颠倒黑白和知识越多越反动的教育。参加了工作，并不知道应该怎样做，何况还是个自己不喜欢的工作，加上大大咧咧，毛手毛脚的性格，不是打破了静点器，就是把钟摔坏了，灰头土脸地对干这行没有信心。也许丁大夫觉得"孺子可教"，肯来点拨我，他的话对我以后的工作起了很大的指导作用。有时他还给我们布置业务学习内容并且检查学习效果，虽然我不是个好学生。

丁大夫喜欢读"闲书"，记忆力也好，我和他一起值夜班时，空闲时就海阔天空地侃，这个我有兴趣。他喜欢背诵一些古书中的文章诗句。当四大名著又出版了，我从北京带来他最喜欢的《三国演义》时，他可高兴了，眉飞色舞地背诵曹刘青梅煮酒论英雄的那段：操曰：龙能大能小，能升能隐；大则兴云吐雾，小则隐介藏形；升则飞腾于宇宙之间，隐则潜伏于波涛之内。方今春深，龙乘时变化，犹人得志而纵横四海。龙之为物，可比世之英雄……背完以后还意犹未尽地啧啧赞叹。

那时候没有医闹，患者都挺乖，尤其在农村，可偶尔也有横的，酒壮怂人胆，这句话不信不行。一次几个老乡抱着个孩子来到卫生院看病，丁大夫检查完了病情，告诉老乡们，孩子的病情很重，这里的医疗条件差，赶快送到附近的万宝煤矿医院，别耽误了治疗。没想到一个老乡借酒撒疯闹了起来，拍桌子瞪眼，又踢又骂，骂的话别提多磕碜了。我都忍不住要喊起来了，丁大夫却一直心平气和地解释，一个脏字也没有说，几天以后，这个老乡来赔礼道歉了。

只要是丁大夫当班。他总要巡视几遍病房。看到一个小孩子的静点药没有打完，针头却拔了下来，顿时大怒，质问当班护士，孩子的父亲赶紧解释说，瞅着孩子不行了，就让护士拔掉针头。丁大夫脸色铁青厉声吩咐护士马上把针重新扎上，继续静点，一个多小时以后，孩子脸色和呼吸都缓过来了，那孩子现在已是条壮汉。

我可不是到了卫生院才认识于姐的。当初在青年点时来卫生院看病，见一个胖乎乎的护士正蹲在墙壁里的炉子前，守着炉子上的一只钢种锅在消毒注射器。她扎着两个短辫，两条眉梢有点往下，见人不笑不说话，加上个子不高，很可爱的样子，看着她，就想起大熊猫，脱口而出：真好玩。她嘎嘎笑着说：好玩拿家玩儿去吧。我乐得直不起腰。

丁大夫和于姐住在卫生院的家属宿舍里，一排八间房子，共住了四家。位置就在卫生院西北边，很近。那几年丁大夫家的门槛都被我踏破了，几乎天天都要过去点个卯，同学来了，也往他家领，一起包饺子吃。尤其是有了不顺心的事和拿不定主意的事，一定要去和他们说说，于姐会劝导我，安慰我，丁大夫虽然很关心我，可从来不哄我，该咋是咋，他们俩是我的严哥慈姐。我把新买的输血器打破了，看着破碎的玻璃片，知道又闯祸了，心里正懊糟呢。病房负责的李大夫知道了没客气的挖苦我一顿。这时我已经"资深"了，业务能力也不错，经常听到的是表扬，挨了损就委屈得不行，下班后去丁大夫家哭诉。丁大夫没有安慰我一句，说我犯了错误，还不能让人说是不对的，没什么可委屈的。我更垂头丧气了，可不敢顶嘴，知道丁大夫是对的。

冬天的上午，很冷，患者不多。丁大夫隔一会儿就回家一趟，说家里的炉

我和于姐

子上炖着鸡呢，病房里的医护人员不时收到丁大夫家炖鸡进展的播报。忽然听到丁大夫大声地叹着气进了处置室，宣布鸡已经变成碳了。那炉子里烧的是煤块，火很硬，这次回去隔的时间有点长，于是……丁大夫还预言，于姐一定会来兴师问罪的。没多久，听见病房走廊的大门方向传来踏、踏、踏的脚步声——于姐来了。大家都竖起耳朵。于姐冲进处置室，冲着蔫头耷脑的丁大夫喊：你的鸡哪！你咋不回去吃你的鸡！你不是说你看着没问题吗？咋不吱声啦？看你那样，长个大鲶鱼嘴……丁大夫则采取列宁同志"我们不理睬他"的策略，始终垂着眼皮，不说话。这回于姐向下的眉梢立起来了，丁大夫挑上去的眉梢耷拉下来了。哈哈哈哈！乐得肚子都疼了，这个场景今天都还能清晰地浮现在眼前呢。其实丁大夫在家里一把手的位置不容置疑，于姐脾气好，宽厚，天天下班后，乐呵呵地洗衣服做饭，丁大夫有时候会去山坡上拣点牛粪或者背个大耙搂点柴禾，有点男耕女织的意思。但蔫人出豹子也是没错的。

接　生

　　下乡时才 17 岁，生孩子对于我们这些女孩子来说远得一塌糊涂。到了屯里，除了柴米油盐，生老病死也会经常遇到。屯里有赤脚医生，但不管接生。接生归胆大心细的中老年妇女专管，人称"老娘婆"，通常生孩子都能在本屯解决。我们屯的老娘婆是老 J 太太。老 J 太太人缘因此老好了，有点德高望重的意思，在加拉嘎屯妇女界坐头把交椅。从中年往下数，除了外来户，基本都是她给接到这个世界的。接出一个孩子，能收到一些鸡蛋做酬劳。老 J 太太归西时，抬棺材、送殡的人太多了，是屯里很大的白事。这是老 J 家的风光，也是逝者实打实的体面，实打实的人缘。

　　大概是 1969 年的夏天，大队说要选个人到县里培训接生员，这个"美差"落到我头上了，很懊丧，因为我特别不喜欢搞医，接生就更别提了。后来没信儿了，挺让人宽慰。

　　没想到 1972 年，还是分配到杜尔基公社卫生院。

　　卫生院不分内外妇儿科，就像今天社区医院，大夫都是"全科"，卫生院的大夫护士也都"全科"。第一次见识接生是到卫生院没几天，病房来了个初产妇，老公是个吃皇粮的，所以到卫生院来生。院里也特别照顾她，单独安排在一间病房里，由院里张大夫接生，我在一旁观摩，看到了整个分娩过程；随着一阵阵腹痛，产妇满头大汗，疼得嗷嗷叫唤，我也紧张起来，这么疼啊？张大夫是吉林医大毕业的，人聪明有魄力，外科和妇科都很棒，在女大夫里拔得头筹而且不让须眉。她一个劲儿地让产妇使劲，终于，一个小小的、圆圆的头顶露出来了，一次次被张大夫轻轻地推回去，又一次次地露出来，出来的越来越多了，等整个胎头都出来了，只见张大夫几个动作后，婴儿唰地来到了人间，哇塞，就像看惊悚大片，一颗悬着的心咣当落下去了，听到孩子的哭声，产妇脸上的泪水和汗水合成小溪浸湿了枕头，身下流出一摊血，惊得我眼都直了。

以后没少给接生的大夫当助手，再以后，张大夫也让我上手接生。先学摸子宫口开几指，这个不是很难。再学接生，这才是力气活儿了，那时候不兴侧切，要一次次把露出来的胎头推回去，右手用力护住会阴，让胎头把产道一点点撑开，避免撕裂。胎头出来后，先慢慢地拔出一个肩膀，再拨另一个肩膀，胎儿的双肩是身体最宽的地方，也最容易造成会阴撕裂，双肩出来后一下子就都出来了。接生一次下来，胳膊累得都不好使。遇到宫缩无力的，还要上胎头吸引器或者产钳。使上家伙什生下来的婴儿的脑袋都有点怪怪的，不自然，听大夫说慢慢地能恢复原来模样，只不过后来咋样就没看见了。总之真不是好干的活儿。

当地有句俗话：男人车前马后，女人产前产后。是说对于男人，赶大车容易出事，而女人是在生孩子的时候。可老乡没有避孕方法，有了就生，哪儿有产前检查这一说呀，经常是到了大出血，危在旦夕时才来卫生院。需要输血时，赶紧回屯招呼人，满满一大车人呼呼啦啦地拉到医院，病房走廊里站了黑压压的一溜儿。化验员现查血型现配血，化验室没有现成的血清，只好找到两个已知的 A、B 型血的人抽出点血分离出血清。我是 A 型血，贡献过几次。我的任务是抽血，一支 100CC 的大注射器，先灌一支枸橼酸钠，再抽血。抽出来的血直接输给病人。多数老乡的血管都好扎，耪大地的胳膊，血管粗大鼓溜。可晕针的也多数是男人。

有个产妇送到医院后，一直在出血，说在家折腾了很久，孩子就是生不下来。大夫的手刚刚伸进阴道检查，产妇惨叫起来，不让检查。问一同来的人才知道因为子宫口一直不开，屯里胆大包天的老娘婆拿剪子把子宫口两边给剪开了，见还是生不下来，这才送到卫生院。大夫气得直摇头，让赶紧套车往县医院送，不知道这个产妇后来怎么样了。

在农村的产妇中，因为胎位不正造成难产的很多，最怕胎儿横位。有的产妇到了生的时候才知道胎位不对，这时候胎儿很大了，要想改变胎位需要很小心，整不好会子宫破裂大出血，那要不是正好在医院，很可能就没救了。有个产妇送到卫生院，郝院长检查了一下是横位，胎儿已经死了，只能把胎儿肢解后取出。我跟着郝院长来到妇科，看到那个产妇，我认出她是我插队那个屯的。结婚时，我们还都去"观礼"了呢。她原是旁边屯子的大队妇联主任，一位心气很高的姑娘，也许是因为挑剔，结婚晚了点，嫁给我们屯里的一个穷光蛋帅小伙，男生和穷帅哥混得不错，帮助操办婚事。新媳妇到了婆家后要上炕"坐福"，屁股底下垫着的就是男生的被子(穷帅哥家连囫囵被子都没有)，青年点的新碗也都借出去办"婚宴"，等宴席散了，碗少了几只，这旮旯有个风俗，送亲的娘家人回去时要偷婆家的碗带走，说新媳妇以后就不愁吃喝了。这会儿产妇折腾得没样了，只用眼神跟我打了个招呼，我握了一下她冰凉的手。郝院长换上手术衣，戴上手套，把金属节育环剪断拉直成一根金属丝，探进产妇体内，先把小胳膊从肩关节卸下，再把……我第一次目睹在母体里肢解人体，心惊肉跳加难过。十月怀胎一朝分娩是女人人生轨迹中的重点，但十月怀胎之后却没了孩子，是每个母亲无法承受之痛呀。看着产妇痛苦的表情，有点理解有些妇产科医生不肯结婚，不肯要孩子的心理，她们见识了太多女人生产时的痛苦。

医疗队下乡时，我跟着大夫到老乡家接生。进门就是一股怪味儿，呛得慌。这地方特别讲究产妇不能"受风"，门窗都关得严严实实的，炕席卷起，土炕面上铺着从灶坑里扒出来的草木灰，产妇就坐在草木灰上。这是人呀，怎么生孩子就像牲口了？大夫一边数叨着，一边让赶紧把炕席铺上，然后打开器械包，戴上手套给产妇检查。在草木灰上生孩子，让很多婴儿得了四六风（新生儿破伤风）。一个贼冷贼冷的冬天，十几里以外的屯子来电话，说有个刚生下来的婴儿病得很重，我们穿上最厚的大衣，坐上大马车顶着呼啸的北风往那赶，走了一半路，屯里来人把马车截住，说孩子死了。孩子生得多，死得也多，死孩子不能埋，往山坡上一扔，让狼和老母猪吃了，也算天葬吧。

生得多了，产妇生孩子的速度也会越来越快。肚子一疼，没多大工夫，孩子就落地了。卫生院所在的小镇，周围也都是生产队的地和房子，有个老乡家离卫生院就隔着两条街，与大夫们熟，那天孩子跑来说他妈让喊大夫去，大夫去了一看是要生了，赶紧回来拿产包叫上我一起去，等我们到了，孩子已经生了，那叫一个利索。

医疗队到一个屯里，有个60岁左右的老太太蔫叽叽地在旁边站了半天，问她看啥病，也不吱声。等屋里没有屯里的人了，她羞涩地脱下裤子，两胯之间是脱垂下来的整个子宫，子宫颈都被裤子磨破了，大夫都很吃惊，我简直都看傻了。这个老太太生了半辈子孩子，落下了严重的子宫脱垂毛病，非常痛苦，大夫劝她赶紧到医院做手术,只有手术能够解决问题。但老太太始终没有来。

曾经给一位农村的产妇接生,这件事一直让我心里不安。

我到十几里外的一个屯子检查计划生育,晚上就住在老乡家里,半夜有人敲窗户,喊我,爬起来一看,是屯里的妇联主任,她说有个产妇要生孩子,老娘婆不在,让我过去看看,我心里有点怵,还没有过独立接生的经验,也没带着产包。可这时候哪能往后缩呀,看着她焦急的脸,啥也别说了,穿上衣服,走。到了那家,产妇已经折腾了整整一天了,我打开药箱看看,幸亏带着酒精棉球,拿出酒精棉球把他家的剪子擦了擦,把手擦了擦,做了个内诊,宫口已经开了四指,触到了胎头,心里念了一句佛。安慰产妇说:没事,孩子快出来了,接着使劲。然后让喂给产妇吃个鸡蛋,我的到来也让产妇有了信心,随着一阵阵宫缩,看到胎儿的头发时,我的心也提起来。只听产妇用力地一声喊叫,胎头完全出来了,我顺势就把孩子拽出来,剪断脐带,照小屁股轻轻拍了一巴掌,啊的一声,孩子哭出来了,听到哭声,屋里一片笑声。我把婴儿的脐带处理完,继续轻轻地按摩产妇的肚子,等待胎盘娩出。胎盘也顺利地出来了,我长出一口气。这时才看到产妇的会阴6点位置撕裂了,我懵了,知道是操作失误造成的,在胎头出来后,我应该小心的保护孩子双肩娩出来后才能一下子把孩子拽出来,可我紧张得忘了操作程序,结果造成了产妇会阴的二度裂伤,而且我还没有缝合的针线,只能简单清理一下伤口,我懊悔极了,因为业务不熟练,临阵慌张,就连接个顺产都留下了后遗症,对产妇以后的生活一定会有影响。虽然那个产妇家里没有再来找我,母亲和孩子都很平安,只在我的心底,永远压着对她深深的内疚,至今无法卸载。

刀光剪影

我虽然不喜欢搞医，倒不会晕针晕血，也许是心理素质还不错吧。到了医院以后，遇到几件事让我明白大夫们需要多棒的心理素质。老乡后背上长了个茶杯口大小的疖子，鼓得很高，已经流脓淌水的"熟透了"，葛大夫让我拿着个小器械包跟着他来到处置室，他用手术刀沿着疖子边转圈把腐肉切除，刀锋所到之处脓水四溢，一个圆圆的肉坑出现在眼前。才到卫生院不久的我，看着刀在肉里游走，嘴里不由自主嘶嘶地倒吸凉气，葛大夫回身瞪我一眼，吓得闭上了嘴。等患者走了，葛大夫告诉我，作为医护人员，发出那样的动静，会让患者更加紧张害怕的。还有一次也是给葛大夫当助手，他要给一个下巴长了个小鸡蛋大小的脓包手术，脓包也是"熟透了"，触碰感觉里面都是液体。葛大夫消完毒后告诉患者不要动，然后用手术刀去割破脓包的外皮，我捧着白色弯盘接在下面，葛大夫的刀刚割破脓包，患者一低头，一股绿色的脓水直喷到葛大夫的口罩上，天呀！我们全都傻了，幸亏有口罩，那也太恶心了，做大夫可真不容易。

郝院长推行一种先把痔疮结扎起来，再注射一种药水使其坏死的治疗方法。来了一个年轻人要治疗痔疮，正好撞在枪口上，于是被请上一张病床（因为穷，没有合用的手术床），让他头朝着墙跪着，屁股撅起来朝着床边，郝院长坐在床边的椅子上，脸的高度正好对着要进行手术的部位，我站在旁边做助手。把那些曲张的静脉都给结扎了以后，为了防止把整个后门都给堵死，郝院长对患者说：你使劲放个屁试试。谁想那个年轻人以极快的速度放出了两个响亮的大屁，打在还没有来得及躲开的郝院长的脸上，我也吓得往后跟跄了几步。郝院长用手捂住病人的肛门，连声说：真有屁呀。

手术室

在病房这趟房子的尽头，有个小手术室，是个套间，很简陋，外屋放着三个医用泡手桶，两个大搪瓷盆是洗手的，还有一个放手术器械包的柜子。里屋地当间摆着简易手术台，一个小小的无影灯。

进了这行才听说，护士这行里手术室的是最棒的，其中器械护士是头牌，器械护士必须熟悉各种手术过程。手术过程中，术者，就是手术的大夫，一般是不会告诉器械护士需要刀还是拉钩，只手心朝上一伸，器械护士就得把要用的器械递到术者或助手手上，要求快、准、对，要是递过去的不是能用的，赶上脾气大的大夫，回手就扔到地上。递过去的方式也有讲究：递手术刀时，器械护士用手指头捏着刀背，把刀柄递给大夫。递剪子时，器械护士握着剪子尖，用腕力将剪子柄环部拍打在术者掌心上。递有弧度的一定要弯侧向上。哼哼，学问大了。

你想想，突然一根大血管破了，要是动脉，血会直喷出来，这时候你不是递过去止血钳而是把剪子，术者不跟你急跟谁急。要是扔掉的器械只有一件，下回还没得用了，也瞎菜。好的器械护士会与术者配合得得心应手，能缩短手术时间，减少手术风险。资深的外科大夫去别的医院手术时，要带自己熟悉的器械护士。所以器械护士一定是极聪明，反应极快，熟悉手术大夫习惯的高水平的业务精英。听了这些，我心里十分羡慕，可觉得那不是自己的长项，倒也没有非分之想。可手术室还是要进的，因为除了器械护士，还有巡台护士这种差事，不上手术台，只在手术台周围忙乎，也是很要紧的。搁今天，巡台护士从接到手术单开始核对患者姓名开始到手术中一系列准备工作等等，也不轻松。我在卫生院时，程序很简单的，通常是临时抓个护士来巡台。主要工作的顺序是；帮助上手术台的人穿手术衣，把患者两手分开绑在手术台上。开始卫生院只能做下腹部的小手术，阑尾炎、疝气、肠梗阻加剖腹产，都是局麻。有时候手术中麻药劲小或者过了，患者疼了会挣吧。后来加上静脉推注冬眠一号，让患者睡将过去。这活儿归巡台护士，还有随时监测血压与脉搏，给手术大夫擦擦汗什么的。

我的静脉注射的本事就是在手术室巡台时练出来的，刚开始给患者注射冬眠一号，用20CC注射器从手臂静脉缓慢推入，因为紧张，手不稳，半路针头穿破血管鼓包，还得重扎。汗珠顺着下巴颏滴答滴答淌下，大夫看我这副惨样都很奇怪。计划生育开始后，生产队一车一车往卫生院送妇女做结扎，一天要做几个，架不住天天练，铁杵就磨成针了。

原先就是下腹部的小手术也不多，隔几天有一例，除了中医，大夫们大都很踊跃上手术台，后来发现这是个铁律，外科大夫就是吃香，神气，挣得也多。那时候没钱挣，挣的是名声和自我感觉。遇上个急症，说啥时候做手术就得上手术台，下来的赶时间就不一定了，外科大夫在患者心目中有极高的威望，老乡们特崇拜地说：那大夫忒尿性了，哪儿都敢割（音：拉）。虽然是手术不大，但患者时常是阑尾粘连化脓了，肠梗阻穿孔了才来，手术也不轻松。

在1976年，医院里收了一个肠梗阻的病人，是一个60岁左右的老人，情况已经是十分危急了，病人马上被送上手术台，那次手术，我是器械护士。打开腹腔一看，肠管已经变黑坏死、穿孔，腹腔里都是粪便。先切除坏死的肠管，再打开一瓶瓶盐水冲洗腹腔，接着猛踩脚踏吸引器往外抽吸，把大夫和护士累得筋疲力尽，手术室里臭气熏天，脚都踩在血水粪水里。大夫大骂患者的儿子：这么晚才送来，是不是想害死你爹呀！就是这样，费了九牛二虎之力把老人抢救过来，但是危险期没有完全过去，还没等到拆线时，患者的儿子就来办出院手续了，理由就是没钱治了。大夫警告他们，现在把老人接回家，很可能还会出危险的。他们搓着双手，无奈地苦笑着。因为路远，担架是绑在两条毛驴身上，一前一后扛着，还在昏迷中的老人被抬上担架，几乎全院的医护人员都出来送这位老人，目送他踏上死亡之路，几天后噩耗就传来了。

为什么时间记得这么清楚呢，那天本来都必须去公社开悼念毛主席的大会，因为手术，我们没有去，否则借个胆儿也不敢不去开会。

后来护士多了，就有专门管手术室的了，这个人就是器械护士。你想啊，手术室的卫生，消毒归你。手术完了，清洗器械和手术单子也归你。要从水房拎几桶开水到手术室，准备洗手和泡手的水，还要拎水冲洗手术室地面。清洗沾满脓和血的手术单和手术衣无论冬夏只能用冷水洗，泡到大铁盆里用搓板揉。脏活儿累活都干完了，手术时没你什么事儿了，整个一个碎催，那谁干呀，所以按照责权利的原则——你是器械护士，这是后话了。刚到医院时，没有技术，不懂业务，就是一打杂的，卫生院大部分人都是我的领导，指到哪儿就打到哪儿，加上刚刚脱离了大田的农活儿，可知足了，拎几桶水算什么？比春天跟拉水箱的大车后面拎水种苞米轻省多了，洗一大盆手术单子算什么？比起撅着屁股从雪下面扒苞米，那还算活儿吗？再说多干点还能多学点呢。

计划生育手术开始以后，每天都要做几例输卵管结扎术，结扎术是无菌小手术，刀口要小，时间要短，这样患者的痛苦也就小了。可刚开始大夫们对找到输卵管不太在行，男大夫的两个粗壮的手指头伸进腹腔里搅和着，不能很快就找到输卵管，找到后，有时夹不出来，患者也挺受罪。后来从万宝煤矿医院请来一位妇科专家女大夫来示范，她还带来一个器械护士。女大夫姓姚，三四十岁，气质高雅，人和气精干。听说她是省医院走"六·二六"道路下放到万宝煤矿医院的，怪不得气质这么好。伟大领袖在40多年前的6月26号发出了"把医疗卫生工作的重点放到农村去"的最高指示；很多大城市大医院的医生沿着"六·二六"道路来到农村，很大程度提升了当时农村的医疗水平，可以说"文革"时期，基层的农民享受了有史以来最好的医疗服务，改革开放以后，有点本事的医护人员又都回流到城市医院。

器械护士是个年轻姑娘，苗条秀气，到底是大医院的，都显得那么斯文体面，我特崇拜地看着她们，心甘情愿地跟在屁股后转悠。姚大夫切开的刀口很小，伸进去一根食指和一根细长的金属弯钩，极快地找到输卵管，轻柔地钩住提出来结扎，然后教给卫生院的大夫这样操作的方法。也是这时，我看到了正儿八经的器械护士是怎样工作的，那个姑娘的动作敏捷准确规范，我佩服极了。每天要做好几例结扎术，清洗手术器械和手术单、手术衣的工作量很大。受党教育多年的我挺有眼力见儿的在手术室巡台，下了手术就去洗单子和手术衣，干点力所能及的。没想到姚大夫她们回去后不久，我收到了那个器械护士的一封信，娟秀的钢笔字写满两张信纸，她代表姚大夫和她感谢在卫生院时我给她们工作上的协助，狠狠地夸奖了我一番，鼓励我努力工作，努力学习。这封信让我心里暖洋洋的，读了一遍又一遍，不敢太嘚瑟，好好地收起来，收得忒严实了，写到这里时想找出来重温，翻遍家里也没有找到，沮丧之极。她们在临走前还向卫生院领导推荐培养我做器械护士，就这样，我捞着接触器械护士工作的机会了。

第一次站在手术台器械护士的位置上，让巡台护士打开器械包的外层，我接着掀开里层单子，把亮闪闪的大大小小各种钳子一字排开靠在器械台前边栏杆上，"咔"地把刀片上在刀柄上，"啪"地把弯针夹在持针器上，数数器械件数，把手术单递给大夫。感觉除了紧张还有点神圣。

听说现代的外科已经是场硝烟四起的战争；各种高频电刀、激光刀、超声刀、水刀、打钉枪等等五花八门的新式武器，听着都让人肃然起敬。40年前的农村医院的手术器械全都是冷兵器，大夫每切开一层组织，血就涌了出来，器械护士赶紧噼里啪啦地往大夫手上拍止血钳，大夫咔、咔、咔地夹住血管，切口周围躺着一溜亮闪闪的止血钳。现在的手术大夫切开皮肤后就改用切割速度飞快地高频电刀，一层层势如破竹地切开皮下脂肪的同时，还能将一路经过的细小血管一一凝固止血。多酷！

因为都是下腹部的小手术，不复杂，很快就会了递手术器械的顺序。可遇到打开腹腔发现有"出乎意料"的情况也是经常的，于是"说时迟那时快"，要看大夫的决断和器械护士的反应，患者生命如游丝一般，就看医务人员是不是能一把抓住了。

剖腹产手术有时会让人更紧张，相比起阑尾炎、疝气来，刀口大出血多，还关系两条生命。准备剖腹产手术的缝合线要多一种羊肠线，用来缝合子宫。羊肠线是黑色的，泡在福尔马林中，密封在玻璃管里。当腹腔一层层地打开露出圆鼓鼓的子宫时，拿手术刀的大夫会先巡视一遍在场的所有大夫护士，看是不是都准备好了，大家也都紧张地盯着红色的子宫。当子宫被剖开的一瞬间，羊水噗地喷出挺高，术者身子后仰躲开羊水，继续扩大切口，把手探进子宫取出胎儿，我先递过去止血钳，然后是剪子，剪断脐带的孩子递到巡台护士手上，听到那入世的美妙哭声后，我们的注意力又都回到血淋淋的子宫，胎盘被剥离后，缝合子宫。我把粗硬的羊肠线卡进大号手术缝合弯针里递给大夫，子宫上留下一排黑色的针脚。

任何一个初次主刀的大夫，当手里拿的不是大拉钩而是小小的手术刀时，一定会是激动＋紧张＝发懵。王大夫是中专毕业的，以前上手术台都是助手，到乌兰浩特盟医院进修外科一段时间，回来后也就有了独立做下腹部小手术的资格。他第一次主刀做的是阑尾炎手术，我是器械护士。阑尾炎手术是卫生院最早就能做的手术之一，王大夫也做过很多次的助手，不一定手到擒来，驾轻就熟还是没问题的。我按部就班地打开器械包，摆好器械，回头看王大夫一眼，只见他正认真地由里到外用碘酒棉球画圈消毒呢，然后铺手术单、打麻药，我按照手术程序递过去刀、止血钳、拉钩、剪子……手术室很安静，阑尾顺利地切除了。我清点了器械和纱布敷料，示意王大夫可以关腹缝合了。下了手术台，王大夫一边脱手套一边笑嘻嘻地说，上台后太紧张了，大脑一片空白，忘了手术的步骤，就靠我递给他的器械一步步地做完这台手术，要好好地谢谢我。难怪手术台上是感觉他有点迟钝，但没想到我能起这么大的作用，难得的是他能承认我的作用，挺爽的，眉开眼笑地领受了王大夫的感谢。

二齿钩挠痒痒

　　小小卫生院的大夫们也想方设法去大医院充充电，士别三日当刮目相看，回来后自然就不能还是小打小闹了。来了个女患者说肚子里长了个大肿块，大夫一摸肚皮，可不是嘛，挺大的，还挺硬。赶紧——剖腹探查。由从沈阳医学院进修回来的主任麻醉，北京协和医院进修回来的大夫执刀，从乌兰浩特盟医院进修回来的大夫上助手，我上器械。卫生院的外科精英都上手术台了。因为没做这么大的肿瘤手术，还都有点摩拳擦掌，准备露一手。特别是给患者扣上乙醚进行了全麻，这在卫生院也是头一例。当腹腔打开后，只听大夫低声说"妊娠"。顿时大家都傻了。这个患者做过绝育手术，所以大夫们根本没往怀孕上想，连基本的内诊也没做，就让患者上了手术台。要是妊娠，做个中期引产就行了，哪用把肚子给剖开了呀，还整个全麻。既然已经这样了，没辙，只能接着把子宫剖开，取出 5 个月的胎儿，然后再跟患者家属解释。谁知道患者突然心跳血压都下来了，估计不适应乙醚？大家都慌了。经过一大通地抢救，终于从鬼门关把人拽回来了。这台手术做下来，不光患者，所有参加手术的人的脸色都不好看，绝对是医疗事故呀，还是特低级的。头几年刚开始做的绝育术，仅是把输卵管用缝合线系上，后来发现容易复通，改为把输卵管剪掉一小截后系上。这个患者赶上绝育术失败，又赶上大夫误诊，整个是黄鼠狼咬着了病鸭子。

　　那天，下了手术台的大夫都听见 Y 大姐拉着长不咧的声说：嘿嘿，二齿钩挠痒痒——都是硬手呀。

最长的手术

　　要说外科大夫是真辛苦，什么时候上手术台，什么时候下手术台，全凭上帝安排。所以他们的职业病不外胃病，关节炎。卫生院的手术室冬凉夏热，手术衣可不分冬夏，裤子还可以多穿点，上衣就没门了。夏天在无影灯下，大夫们的汗呀，哗哗的。巡台的一个任务就是给大夫擦汗，但有时来不及等着巡台护士来擦，转身低头就蹭在器械护士的肩膀上了，我瘦削的肩膀被男大夫的额头很多次蹭抹过，开始还有点心跳，后来知道多想无益。

　　郝院长收进一个胃溃疡的患者，决定切除 2/3 的胃。这在卫生院开启了上腹部手术的先例，当然是件大事。正赶上我在手术室当班，根据院长指示，包了一个很大的手术器械包，狠狠地在高压灭菌器里蒸了老半天。手术那天的早上，先拎两大桶水，咚咚咚，半瓶来苏水倒进去，把手术室地面冲刷地干干净净，满屋呛人的来苏水味儿。又拎了两大桶开水，把泡手桶里的消毒水也换新的，从药房领了一些急救药，不一会儿郝院长率领大夫们就如一阵东风刮进手术室，各就各位，麻醉、消毒……这个手术做了七八个小时，记得大夫们还轮流出去吃点东西。缝合胃的时候，特别小心细致。手术做完后，我还要把手术器械清洗出来，手术单也得洗出来，还有清理手术室，等都利索了，回到宿舍，炕都爬不上去了。整整工作了 12 个小时——大手术啊！

郝院长

郝院长是第二任院长，大约 40 岁左右。老婆是普通的农村妇女，他虽然大学毕业，经济并不宽裕，比卫生院那些"文革"中毕业的双职工大夫的生活水平要差一大块儿，家庭负担比较重，那年头双职工和单职工的生活水平差一大截子呢。郝院长带个眼镜，说话和气，穿得很普通，典型农村知识分子的模样。也许是学医的关系，他特别注意防备"病从口入"，绝不直接用手拿吃的，遇到有洗好的沙果之类的，就用嘴去叼，平时笑呵呵的，没什么架子，可以和他开点小玩笑。

公社要大办水利挖水渠；所有的壮劳力都要到水渠工地会战 3 天，卫生院奉命抽出 10 个人，每天挖出 200 方土。我刚到一个屯子做计划生育工作，马上被叫回来劳动，这次是郝院长带队。到工地一看，那人乌泱乌泱的。一派热火朝天，人欢马叫的景象，一辆接一辆的大马车像条长龙在水渠边上游动。干点活儿也不错，换换脑子，舒舒筋骨，大家抡起板锹挖了起来。中间休息时，围坐在一起，郝院长实在太疲劳了，居然倚在土堆上睡着了。忽然有人"诶"了一声，指着郝院长，只见从他裤腿里慢悠悠地爬出来一只肥硕的虱子，坐在旁边的我们有些吃惊，不敢去捉，忍着笑眼睁睁地看着虱子继续前进钻进郝院长的袜子里。谁不知道郝院长特别讲卫生呀。

忘了郝院长是在沈阳医学院学的五官科，还是后来去进修了五官科，反正谁有这方面的毛病都去找他。王大夫牙疼找到郝院长，刚张开嘴，郝院长就把手指头伸进去触摸病牙，这让王大夫很不爽：你平时那么讲究入口东西的卫生，怎么直接就把手指头杵进我嘴里了？

郝院长来了以后开展了一些眼科手术，眼科手术的器械特别袖珍小巧，搁我现在的眼神，那线绝对纫不进针鼻里，手术刀是从刮脸刀片掰下一小块。我跟着他做过很多次白内障手术和眼球摘除术，负责递器械，他一边做手术，嘴里还念念叨叨的。因为眼睛是人体上很金贵的器官，连粒沙子都不容，在上面动刀剪，绝对是精细活，虽然那时我已经对"刀光剪影"习以为常，可看到郝院长把两寸多长的针头一下就从患者眼球下方扎进去注射麻醉药时，心顿时抽了一下。郝院长小心翼翼地沿着黑眼球的边缘切开一个口子，轻轻地取出小小的白色的晶体时，我的心也一直在嗓子眼待着，上帝！千万别出岔子。最瘆人的是眼球摘除后，郝院长用纱布按进空空的眼眶里止血，妈呀！我马上把脸转开，太受刺激了。多少年后那情形却无法忘记，每次想起心和胃都不舒服。

农村里得沙眼的人很多，一般就忍着了，实在忍不了，就来找郝院长。治疗沙眼在郝院长那是小菜一碟，方法简单，就是用一种鱼骨头（墨鱼骨头？）把睑结膜表面上的"沙粒"磨破，然后敷上四环素药面。郝院长和卫生院的其他医生有种特别让我们这些没有医学方面任何学历，被命运抛到卫生院的北京知青极为感激和印象深刻的就是：手把手教给我们很多治疗方面的实际操作，鼓励我们放手去做，他们绝不是偷懒，当我们操作时，他们都在旁边把关。磨沙眼看似很简

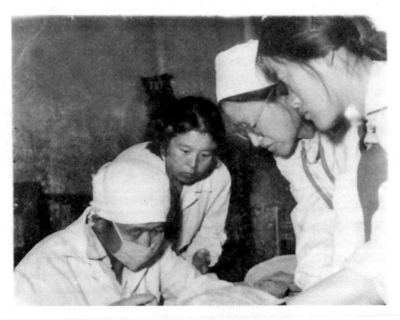

郝院长在做治疗

单，但对于没有受过正规训练的人来说需要很好的心理素质。菁担任手术室护士时，郝院长就教她给患者磨沙眼，几十年后菁回忆起，依然有些心惊。消完毒后，先要把眼皮翻起来，就这翻眼皮也是有技术的，遇到眼皮"紧"的，可能几次才翻过来。关键是老翻不过来，医患双方都很难受呀。翻过来的眼睑上有很多的小颗粒，这便是"沙"了，然后用墨鱼骨头蹭破这些小颗粒，蹭完后已是"血刺呼啦"的了，但这还不是最残忍的。菁心有余悸地说：最残忍的是磨完后撒四环素粉时，躺在治疗床上的患者疼得直打挺。方法虽然残忍，可十分管用，一次就好。

凡外科大夫遇到难度大的手术都跟打鸡血似地精神焕发，知难而进。

郝院长收了个患者，胰腺或者胆囊出了问题，经诊断和检查后，决定手术治疗。对于郝院长来说也是第一次独立操刀这类手术，他认真地做准备，这时病房里的一个孩子死了，按当地风俗小孩子不能土葬，郝院长说服家属把孩子放到太平间。

卫生院原本是没有太平间的，死者会很快就被家属运回家埋葬。后来在围墙外用石块垒起了一间极其简陋的小房子做太平间，意思一下，基本空置。郝院长来找我跟他去太平间给死孩子做防腐处理，之前他已经问了几个人，没人愿意去，我痛快地答应了，特有种彻底的唯物主义者是无所畏惧的劲儿。郝院长摆弄半天太平间破木门上的锁才打开。我是第一次进入太平间，看见地当间摆着块大石板，墙上开了个一尺多见方的方形窟窿大约是为了采光，孩子就放在石板上。我俩刚刚蹲下来，破木门就被风刮开了，门外的大路是贯通东西的交通要道。我赶紧把门关上，马上又被刮开，折腾了三四次还是不行，太平间的门怎么可能从里边锁？这大敞四开的让路人看到我们在里面摆弄死尸，再传到死者家属耳朵里，那是性命交关的事。郝院长想了想，毅然走出去从外面用石头把破木门顶上，正纳闷他怎么讲来，方形窟窿上露出一个农村医生的脑袋，他从那个窄窄的窟窿里费劲地往里挤，我赶紧上前助一臂之力，把浑身是土的郝院长扶下来。取出注射器灌满福尔马林推进孩子的血管里，因为尸体已经硬了，推起来很费劲。郝院长什么忙也帮不上，只是在旁边絮絮叨叨地拿嘴找齐，夸我胆子如何如何大，业务如何如何好，指示推进多少毫升的福尔马林为止。

这才是第一步。

过了两天的深夜，两个黑影悄悄地潜入手术室，那是郝院长和我。换上手术

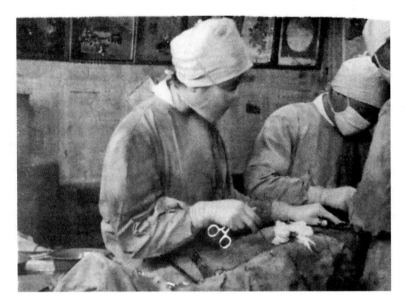

在屯子里做绝育术，我递器械，器械就放在患者两腿之间

衣，戴上手套，从一口农村腌菜的水缸里捞出那个孩子的尸体放到手术台上，郝院长是为了做胰腺胆囊手术要进行尸体解剖，熟悉手术的解剖位置。要说郝院长真是十分敬业的，为了做好手术费了多大劲儿呀，卿本佳人奈何做贼？不知道他是不是把自家的缸搬来了。郝院长为了奖励我鞍前马后地跟着他，让我来第一刀。我很笃定地一刀切进去，谁知用力大发了，因为尸体已经没有弹性，一刀下去就到腹腔，郝院长一看，连连说：你太有劲了，太有劲了。觉得不像是夸我，赶紧把手术刀还给郝院长，做好我的助手。后来那个患者的胰腺胆囊手术成功了。

　　要说在卫生院的那几年得到过很多机会练手，正规医护人员少，赶鸭子上架的事时有发生。搁今天，只有初二文化，没受过一天正规专业训练的我，想穿着白大褂在医院混饭，一边凉快吧！

　　下乡开展计划生育，利用小学校放假的时候在教室里做绝育术，把课桌拼成手术台，器械就放在患者腿上。有一次医疗队只有郝院长和我两个人，约好来做绝育术的妇女们都来了，郝院长果断地把我提升为助手兼器械护士。好在我对输卵管结扎术的程序已经烂熟于心，到打开腹腔提取输卵管时，郝院长居然让我下手去提取对侧的输卵管，这不比用止血钳止血，用拉钩拉开刀口，纯粹是大夫的活儿呀，绝对有技术含量。我用右手食指和中指探进腹腔，触到子宫，沿子宫底顺势滑过去就摸到输卵管了，细长的双指在第一时间夹出来切断结扎，郝院长没想到我能这么快找到输卵管，这么利索地夹出来，我也没想到能这么露脸。接着的几例绝育术，我都漂亮地完成了取输卵管的动作，和郝院长配合得行云流水，那叫一个顺。郝院长啧啧地感慨："周晖呀，你就是没有文凭，你就缺个文凭。"嗯哪，英雄所见略同，没敢露在脸上。

　　郝院长大约对我印象不错，特地看了我的档案，当他翻完厚厚的关于我家父母的外调材料后，惋惜地对我说：周晖呀，你入不了党。

剷　人

在中国，孩子一直是敞开生的，一个家庭里有三四个孩子是很普通的事，五六个也没什么大惊小怪，孩子少的家庭，生活质量相对还是要好一点。

我们到了农村是 1960 年代末，当时的老乡家里，五六个孩子是很普通的。农村没有任何避孕的药品和工具，基本上是每个育龄妇女一直生到生不出来为止。因为生活和医疗条件太差了，总有一部分孩子会夭折的。蔡书记家就在青年点的隔壁，那时蔡书记大概有 40 岁左右，已经有 5 个孩子，我们在村里的几年，大嫂又生出了 2 个孩子。因为他家的经济条件比较好，孩子全部成活。四个男孩：大祥子、二小子、三牤子、四虎子。三个女孩：大丫、二丫、三丫。我最喜欢四虎子，到村里时，他刚刚出生。胖乎乎的脸上有两个大大圆圆的眼睛，只要看见我们到他家，就会拎着他的小花被站在炕上向我们露出可爱的笑脸，他最愿意让我们抱他到青年点去玩，惦记青年点里的糖球。

当年老乡多生孩子，除了不懂避孕，也没有啥法子避孕以外（我曾听到有些嫂子们议论的避孕或者流产的药物就是麝香，好像把麝香贴身带着可以避孕。但是麝香很稀贵，不容易找到），还有一点很重要，就是口粮和自留地都是按人头来分配的，有脑袋算一个，这对于被卡断资本主义小农经济的农民来说，是至关重要的。于是人口迅猛地增长着，如同茂盛的庄稼覆盖祖国大地。

到了上世纪 70 年代中期，风向变了，生孩子得计划了，以 3 个孩子为限；有两三个孩子的妇女要安放节育环，有 3 个以上孩子的妇女要做绝育手术。中国是运动大国，不让随便生孩子的政策冠名为"计划生育"运动，一推广必然轰轰烈烈。

在那个推崇无产阶级专政的年代，一个新的政策的执行是不会温良恭俭让的，每天都有大马车拉着一车要上环和做手术的农村妇女来卫生院。有的村子就像装猪来卖一样，村干部赶着马车，从村东头敛到村西头，把符合要求的妇女装满一车就送到卫生院来。对做了手术的，生产队里会给一点补助。后来，因为病床不够，院里组织了计划生育医疗队下乡到各个村里做手术。开始时来做绝育术和放环的妇女都是已经生了一大堆孩子的，也乐意就此打住。头茬手术做完了，随着包围圈一点点地缩小，轮到孩子不太多的年轻妇女搞计划生育，就不那么顺利了。本来医疗队下乡是最受老乡欢迎的，可是搞计划生育的医疗队一下乡，就像鬼子进村了，好多妇女从后窗户爬出去，躲了起来。

和老乡打游击我们哪是个儿，我端着一个搪瓷盆，盆边搭着医用橡胶手套，盆里半盆消毒液，泡着几个上环的器具，由村里的妇联主任带着，按村干部提供的名单在村里找符合上环的人，如果让我们堵在家里了，就在她家的炕沿上把环放了。有些妇女哭哭啼啼的，找各种借口想躲过去，得逞的不多。上环时，为了哀求我手下留情，一家的媳妇叫我大姐，婆婆叫我大妹子。叫啥都没用，环一定要放的。很多时候，从前院进了屋，只见后墙的窗户洞开，人早没影了，我们只有相视苦笑。有的妇女怀了孕就躲到外县的亲戚家里，到要生了再回来。遇到智力或精神有问题的妇女，是不应该再没完没了的生育，但跟她们摆事实讲道理是白扯，连哄带骗地给一个痴傻的媳妇放了环，结果那家的人闹得不可开交，怕出人命，只好答应给她取出来。队长对我使个眼色，明白。趁准备鸭嘴窥器、取环钩的一通忙乎中，手心攥着一个节育环，悄悄放进鸭嘴窥器里，再用取环钩勾出，拿给傻媳妇和她的家人看，这才平息了一场风波。类似这种瞒天过海的事咱干过几次。

村干部在动员妇女去带节育环时，在喇叭里喊："让你们去，你们就去，整啥呀，磨磨唧唧的，说啥都白扯，要是再还（音四声）不去，就都剐了你们！"

其实老乡对于计划生育并不是完全不理解，但是对于采用做绝育术这样极端的方法还是有顾虑的，有三个主要的原因，一是怕孩子，尤其是男孩子有个三长两短，没法补救了。二是一个没有生育能力的妇女如果碰到丧偶，离婚这类事情，想要再嫁，身价大跌。三是绝育手术虽然是小手术，但刀口药再好也不如不开口，老乡认为要是在肚子上拉开个口子，元气就跑了。其实给男人做绝育手术要比给女人做简单得多，但是在老乡的思想意识里是件耻辱的事。

老乡的不满没地儿发泄，就给大夫们起外号，背地里管计划生育医疗队的队长叫管 B 大队长。有个村干部不经意地把这个外号说出来了，我们几个女孩子红着脸吃吃地笑着，医疗队的队长的脸顿时成了茄子皮色儿了，这个内蒙古医学院的高材生气得五官都错位了。

吃喝拉撒

　　卫生院住有宿舍，吃饭有食堂，喝水洗衣服有水房，上厕所有公厕，算是极方便的了。宿舍我已经说过了，再说就啰唆了。说说食堂吧：食堂大师傅姓齐，大约40多岁，五官端正，性格耿直，倔脾气。踏踏实实地做饭，不能说有多高的厨艺，食谱多半是大馇子、小米或高粱米饭配熬菜，早晚比较简单，中午饭菜丰盛，晚饭就是大葱或者白菜蘸酱。这不能怪齐师傅，巧妇难为无米之炊嘛，就这几样粮食。萝卜、白菜、土豆、豆腐和粉条、酸菜是基本食材。饭量菜量给得也足。隔段时间也有大米饭和馒头吃，逢那时大伙的饭量都见长，即使身患感冒，我也能一气儿吃下五个包子，撑得直难受。有人会多买几个馒头带回去"细水长流"，这种"多吃多占"细粮的行为受到齐师傅的控制，他不能让饭量大的少买馒头，只是要求必须在食堂全部吃完，不能带走。巨力卫校来卫生院实习的学生里有两个北京女知青，我见过她们在食堂里玩命往下咽第四个馒头的努力，明摆着与齐师傅死磕了。遇到齐师傅做了炖肉或猪肉酸菜炖粉条一类的硬菜，来用餐的人明显多了，食堂里的气氛也热烈许多。逢年过节齐师傅都会给大家改善生活，齐师傅还有个拿手菜就是蒸鸡蛋羹，不知道是什么手法，那鸡蛋羹特好吃，几十年以后，菁回忆起来还齿间留香呢。齐师傅和我的关系不错，我从不挑食堂饭菜的毛病，给啥吃啥，有礼貌。在宿舍开小灶时，有时去食堂要点葱姜蒜啥的，他都很痛快地答应。

　　平日里嘴馋的时候，就四处踅摸零食，发现药房里的大山楂丸和龙眼肉都能吃也好吃，如果让大夫给开在药方里，还能报销，岂不快哉。但Y大姐的眼里可不揉沙子，只能乘她心情十分愉快时才能下手，见好就收。

　　水房是在病房东山墙接出一间小房子，里面有个烧开水的锅炉，有个手压的机井，有部手摇电话机，有铺炕。在水房坐镇的是一个有点背景的孤老头，大约是某县领导的亲戚，不然捞不到这美差。他的工作就是烧锅炉，捎带散布各种流短飞长。水房是医院各类人员都要去的地方；打开水、打电话、洗衣服、闲扯唠嗑。老头很和气，一副老江湖的派头，时不时地对我们这帮年轻人说点"语重心长"的话，他带着别人我还不告诉的表情点拨我多靠近党员，少接近"成分"不好的人，整得我头晕。有时话说出来像是逗闷子，得细琢磨话里的瓤。他时常对我们几个姑娘说：臭到家了咋整？那是督促早点找对象。老说他自己是罗锅上山——前（钱）紧。

　　发给医护人员的白大褂都是没漂白过的生白布做的，微微有点发黄，款式就别提了。回北京探亲时到协和医院看病，协和的大夫护士的白大褂雪白笔挺，质地款式都漂亮，特别羡慕嫉妒。下班以后洗白大褂是例行公事，几乎每两天就到水房去洗一次，生生把白大布洗成漂白布。老头总不明白我们这些姑娘干嘛要使那么多水洗衣服，说衣服不是穿破的都是洗破的。

　　卫生院只有一座公厕，突兀地坐落在东边的空地上，是石块垒起来的特简易的房子，中间垒道墙，男左女右。窗户也是在墙上垒出个方洞，醒目而通风。下面挖个大坑，一半在墙里一半在墙外。地面上铺几块石板，蹲在石板上，风从大坑里窜出窜进，到了寒冬腊月，那才是风溜凉快呢。粪便有老乡来掏，不用进来，只站在墙外的坑旁就行，倒是很方便。可粪坑也是卫生院手术室处理人体器官的地方，上厕所时，会看到一片女人的乳房赫然在下面，吓一跳后百感交集。死婴见到的要多一些，触目惊心啊，不知道来掏粪的老乡怎么处理这些东西？公厕离宿舍不近，冬天上厕所是件苦事，赶上跑肚拉稀就惨了，幸亏年轻，这样的事不多。前几年再回屯子时，老乡家已经用上了煤气罐，摩托车，可茅房还是在猪圈旁边垒起半堵墙，下面埋口缸，没啥进步。而我已经无法适应了——虽然上过10年这样的厕所。

农民卑微的身体

那时的老乡真没钱，挣的那点工分有时还不够一家人全年的口粮钱，我插队的那个屯子干一天活，年景好的时候挣四毛多钱，不好时只有两毛多，越学大寨越穷，本来土地不少但并不肥沃，老乡讲话：稀不楞，稀不楞，一棵打半升。可上面发话要求合理密植，一埯里让留俩棵苞米苗，到了秋天都长得营养不良，老乡背后发牢骚：一埯双株，一个喂马，一个喂猪。被当成反动口号追查。突泉县曾是内蒙古的产粮县，刚去那两年的冬天，附近屯子送公粮、购粮的大马车络绎不绝地从我们屯子中路过，直奔公社粮站，赶车的老板子大鞭甩得啪啪响。过了几年，依然有装满粮食的大马车路过，不过方向反了，是粮食不够吃，从粮站拉回的返销粮，车老板子也蔫头耷脑的。这地界的农民都不能喂饱自己的肚子，哪里还有富余钱看病！还不许搞副业，家里养只老母猪就是小银行了，可养得起老母猪的户并不多。每天早上老娘们都先奔鸡窝把所有母鸡屁股全摸一遍，鸡蛋就是老乡家日常花销的本钱。

老乡有了病，不到严重了是不会到医院的，很多小孩子送来时，已是脱水严重，非常虚弱。

每年的春秋两季是小儿肺炎的高发期，还没来得及送或者没钱不能送医院就夭折的孩子是可以用批量来形容。按照当地的风俗，孩子死了是不能埋到土里，只能扔在荒郊野外，让野狗、狼或者猪吃了。在春天或者秋天时，我们坐着马车下乡去巡回医疗，在路上曾经看到过遗弃在山坡上的死孩子。看着那些来去匆匆的孩子，眼眶都湿了。那时想要卖房子凑钱治病都是不可能的，因为在农村，手里存有一定数量现金的人太少了，而且也不可能随意买卖自家的东西，更别提房子。没有钱就只能任疾病在身体里肆虐。

　　我讲过一个60多岁的老乡的故事；肠子都坏死了，才送到卫生院，好不容易抢救过来了，没等拆线就出院，没几天就死了……还有个老乡，岁数也很大了，一直有脱肛的毛病，很痛苦，舍不得花钱治，可实在是太难受了，老爷子倔脾气上来了，找个木头往肛门里杵，结果把肠子捅漏了，家属赶紧送他到卫生院来，看着躺在手术台上一脸苦相的倔老头，大夫们又气又笑。

　　贫贱夫妻百事哀。农村里夫妻之间叽咯，婆媳之间拌嘴那是小菜一碟。有的女人觉得受了委屈，生了气没地儿撒，想不开就喝敌敌畏或吃耗子药。第一次见到这样的事还是在插队的屯子里，前街（音：该）的一个媳妇吃了耗子药，死在家里。我们闻讯来到那家，房门敞开着，女人直挺挺地躺在炕上，一张脸黄黄的，听说要等公安局的人来查案，所以不能入殓。没想到昨天还一起下地干活的嫂子，今天就没了？到了卫生院以后，见到好几位服毒自杀未遂的人被送到医院，多数是妇女，全是因为吵架后一激动就不想活了。患者脸色发青，口吐白沫，瞳孔缩小，神志不清，脚踏阴阳两界上。看到这样作践自己的人，医护人员也很生气，这不就是作吗。也许是因为一喝药，激愤劲儿就没了，加上敌敌畏发作起来特别难受，脑子也想明白了，到了卫生院的人没一个只求速死的，都想赶紧回到阳间。每次遇到这样的患者，大夫先问明白喝的是什么？多长时间了？一听是敌敌畏，我赶紧回身去找个脸盆，往里撒几粒高锰酸钾，也不管什么剂量比例，冲大半盆水，拿个杯子舀一杯紫红色的水，让患者喝，一杯杯的灌下去再吐出来，吐得天昏地暗，有吐得不猛的还得打一针催吐吗啡，为了让她吐得痛快，到了这会儿能感到患者强烈的求生愿望，拼命地喝高锰酸钾水，玩命地吐。大部分患者都能救过来，也有送来得太晚，没救过来的，弥留之际，眼神里流露出对生命的眷恋，亲人扑上去痛哭，嘶喊着：你怎么这么糊涂啊，留下俺们可怎么活！大夫护士黯然地回到值班室，经常起因就是因为块八毛的纠纷，一条生命就这样，消失得如此轻率，如此不值。

妇 科

在要离开杜尔基公社卫生院返回北京的前夕，郝院长给我写了个极好的业务鉴定，猛夸一顿，说我内、外、妇、儿的护士操作样样精通。我美滋滋地把鉴定收好，回到北京以后，才知道在北京是要有学医的文凭才能穿上白大褂，虽然我干了 6 年护士的活儿，虽然曾代理过护士长，手里有份很好的鉴定，但不好使。国家承认我的最高学历是初中毕业。

在公社卫生院做护士时，的确内、外、妇、儿都练过，没有金刚钻也不敢揽瓷器活儿呀，那地界不拿学历说事，只要能捉耗子就是好猫。再说卫生院的大夫也不拿我们当外人，手把手地教，放手让我们操作，回到北京以后才悟出来，这些大夫都是贵人。

书归正传说妇科，我已经聊过接生，就说说人流吧，卫生院的妇科也就是这几项：接生、人流、中期引产、取放节育环。除了中期引产，都独立操作过，最怵的是人流术。为啥呢，忒不直观了。要通过长长的金属吸管感觉子宫里面的动静，对我这个赶上架的鸭子来说，难度有点大。想是因为生理解剖不熟，就凭手感总有些不踏实，而且确实有风险。附近的公社卫生院里，有个女知青护士，在给一个多次做过人流，子宫壁很薄的患者再次做人流时，吸管穿透子宫壁进入腹腔，把肠子都吸出来了，造成大出血，只能马上打开腹腔缝合子宫，修补肠管止血，多吓人呀！那时候没有药物流产或者无痛流产什么的，怀孕不超过 3 个月的孕妇要想流产就只有一个选择。

直到今天，这人流还是靠吸管。协和医院妇产科医生张羽写了一本畅销书《只有医生知道》，说到人流，书里是这么说的："子宫腔里一片黑暗，铁管子前头既没眼睛又没探照灯，我们妇科大夫做人流做刮宫都是盲刮，相当于一个睁眼瞎子，全凭手感。子宫穿孔的发病率是千分之二，你做一个人流没事儿，做一百个也没事儿，等做到一千个就有两个会出事儿而且是大事。"顺便说句题外话，强烈推荐这本书给广大的妇女同胞，越早读到这本书越早受益。

卫生院妇科首席张大夫教过我做人流术，我也做过几例，貌似轻车熟路了，通常都有张大夫在一旁压阵。一个晴朗的上午，病房的事不多，我正在给患者打点滴，来了个孕妇要做人流，张大夫正忙着，就让我带着孕妇到妇科做人流。孕妇是个中年妇女，怯怯地爬上妇科检查床。我打开流产手术包，拽过脚踏吸引器，戴上口罩和胶皮手套，一副成竹在胸的样子。先消了毒，再摸了摸子宫位置，还行，不是那种特前倾或者特后倾的。探针探进去12厘米，好，开始操作。右手握着吸管慢慢地进入子宫，右脚踩着吸引器，一边转动吸管沿着子宫壁前后吸，一边猛踏吸引器，听到呼噜呼噜的声响，说明有东西流出来了，小心翼翼地吸了一圈后换了个小一点的吸管，还得找补一下犄角旮旯的。孕妇紧闭双眼，两只手抓着扶手，我安慰道：快完了，再忍一下，一定要刮干净了。她轻轻哼了一声。最后要用刮匙扫一遍，会有些疼，一定要感觉到子宫内壁不是光滑的而是有些粗糙的肌层才是刮干净了。走完全套程序，用纱布擦拭宫颈外的血，发现有小股的血从宫口流出来，再擦干净，还是有小股血流出来，以前做过的人流，血没有这样多呀，顿时我就傻了：是不是子宫穿孔了？怎么会这么多血？再看孕妇的脸色苍白，好像昏过去了。我吓坏了，冲出妇科去找张大夫。张大夫用刮匙在子宫里轻轻地扫了一圈，我战战兢兢地站在旁边等待判决，汗也下来了，手冰凉。"没事，"张大夫小声说："有的地方刮得重了点。"天哪！腿都软了。我感激地抱着张大夫的胳膊摇晃：吓死我啦！这时，孕妇睁开眼睛问：做完啦？我：嗯，完了，叫家属进来吧。我一边收拾器械一边面无表情地对正在被扶下妇科检查床的患者说：一个月内不能同房啊。患者先一愣，然后连连答应着。每次有上环的和人流的患者下了妇科检查床，我都要嘱咐这件事，那时候我可还是黄花大姑娘呀，所以就都是绷着脸说这句话。老乡对这么文明的词不熟悉，总是先怔一下，然后才羞答答的反应过来。

来卫生院做人流的不都是已婚妇女，偶尔也有大姑娘托了人，偷偷地来做人流。那时未婚先孕是很丢人的，要是正在搞对象，能赶紧洞房花烛了倒是最好的结局，奉子成婚嘛。男方要是已婚的，那对女方来说就是天塌下来了，虽然不会被绑上大石头沉塘，传出去这辈子就毁了，全家都丢不起这人，将来顶多嫁个歪瓜烂枣或者给人家填房，甭想嫁个好小伙子。其实屯子里偷鸡摸狗的事多了，但大部分是婚后行为。把大姑娘的肚子搞大了是挺缺德的事。那时候最难听的评价莫过于男女作风不好，起码对老百姓是这样。大姑娘如果被人背后指指点点说是"破鞋"，那忒磕碜了。别说老乡，我也是这么想的，特看重贞操，以为那是一次性使用的珍宝，因此很鄙视来做人流的姑娘。

一天郝院长把我叫出处置室，小声说东边农场的一个姑娘要做人流，让我去做。我又好奇又不乐意，翻着白眼说：我忙着呢。郝院长悄悄推了我一下：快去。他闪开身子，走廊不远处，站着两个妇女，低着头。我取出人流手术器械包，头也不回地说：来吧！到了妇科，我才正眼看她们，一位年轻的姑娘，面容秀丽，衣着整洁，像是有文化的人。另一位是中年妇女，讨好地看着我。我让姑娘跟我进了屋，指着妇科检查床冷冷地说：脱了裤子上去。姑娘很平静地听我指挥，回答我的问题。要是在往常我会和孕妇唠几句嗑，缓解她的紧张情绪。这会儿我拉着脸，不多说一句话，屋里只听见摆放器械的声音。做妇科检查时，我也不像平时那样轻柔，动作有点硬。姑娘躺在那里，眼睛睁得大大地直直地望着天花板，一副听天由命的样子。我心想：干了不要脸的事还挺镇定。没有生过孩子的子宫口很小，在用扩宫器扩大子宫口时会有点疼，很多孕妇都会哼出几声，可姑娘一声不吭。吸管在子宫里一下一下地吸，我的动作比较快，手法有点重，我觉得让姑娘多受点罪是应该的，谁让她作风不好，我把自己当成贞节牌坊了，代表社会对姑娘进行道德惩罚。直到做完人流，这个姑娘没有哼出一声来，她一直望着天花板，冷冷地。不知道该怎么形容她的样子，悲戚？悲壮？今天，我还能记起那个姑娘的表情，她太能忍了。不光是她，来做人流的姑娘多数都不会喊疼的，有个别喊疼的，立马收到一顿讥讽：现在知道疼啦，高兴的时候呢，早干嘛去了？姑娘下了检查床，看了一眼吸引器瓶子里的血水，艰难地走到门口，转过身对我说：谢谢大夫。声音不大，不卑不亢。我愣在那里，忘了说那句：一个月内不要同房。

很多年后，我才明白自己当年是多么可恶和愚昧，虽然帮助了那些姑娘，但有意加重了她们的痛苦。我有什么权利那样对待她们？这些女人为了感情已经付出了那么多的痛苦，而同样身为女人的我没有同情，还给她们脸子看。这份愧疚，一直无法清零。

走村串户

　　既然是公社卫生院，就要经常下乡为贫下中农服务啦。一般有两种形式，一种是医疗队，几个大夫护士坐着大马车来到一个屯子里，开展计划生育或者地方病防治。虽然老乡们不是很得意计划生育医疗队，但大夫来到家门口总归是好事，捎带着把病就瞧了，医疗队看到的笑脸还是多，老乡们知道到了共产主义也会得病。那会儿有三种职业最吃香：医生、司机、营业员。老百姓都是实实在在地考虑居家过日子的事儿，知道啥有用啥没用。大队、小队的干部们也不肯怠慢我们，好吃好喝款待，接风、送别吃顿好的是少不了的。

　　虽然生产队也没余粮，可遇到上级领导和医疗队下乡来，还是要吃"席"的，至于饭菜的质量就看队干部的本事了，唯独酒是一定要有的，无酒不成席嘛。县里有个酒厂，酿出来的酒永远不够卖的，供销社来了酒，四周的老乡闻着味就来了，很快酒缸就空空如也。在屯子里吃"席"，除了大口吃猪肉炖粉条、炖豆腐、炒土豆丝，还要大碗喝高粱酒，一桌的人轮流跟你喝。在青年点的时候就见识过喝高了是啥样，还听说女的喝高了会尿裤子，所以在这样的饭桌上滴酒不沾，可那些队干部还要来跟我喝，我一个劲地说，喝不了，酒精过敏。我知道只要跟一个人喝了，哪怕是一口，就要跟一桌人喝，我哪是个儿呀，所以坚决不喝。有时候弄得挺尴尬，大夫只好出来打圆场说周晖从来不喝酒，就是毛主席让她喝，她也不喝。

　　下乡就住老乡家，在队部或者小学校工作。要是夏天，学校放假，就都住在学校，为了图凉快，就睡在凉炕上。老乡说：傻小子睡凉炕全凭火力壮。结果凉快大劲儿了，尿频，老往厕所跑。后来就收敛了潇洒，每天乖乖地往炕洞里填几把柴禾。

　　吃饭就是到各家派饭，老乡都会端出好饭好菜，实实诚诚地让我们吃饱吃好。

　　冬天，医疗队来到一个屯子，安排我在一家住宿，放下行李就去找同事们开始工作。晚上，队干部领着我们去他家吃饭，围坐在炕桌边上，边吃边唠。那个队干部挺能唠的，听了半天，看他们没有起身的意思，我可挺累的了，就告辞出来。天，已经大黑了，摸着黑走了一会儿，发现找不到住宿的那排房子，黑灯瞎火的根本分不出来是哪排房子，这下慌了，糟了，怎么找哇？四周没有一个人。寒冬腊月的，谁不在热炕头猫着，没事出来喝西北风？问题是返回去的路也认不得了。我慌慌张张地穿梭在一排排的房子前，大部分人家的窗户都是黑咕隆咚的，经过院门前时，就听到狗叫，狗可千万别扑出来，那就惨了。后来小跑起来，惊恐地辨认每座房子，终于看到一座房子还透出昏黄的灯光，哎哟妈呀，就是这家。趺趺撞撞地扑进屋里，那家大嫂还在灯下等我，看我瞪着眼睛喘着粗气，吓一跳。以后再也不敢提前一人走了。农村的夜晚要是没有星星月亮，整个伸手不见五指，我还有点夜盲，到了晚上就抓瞎，看到有亮光的地方就踩，净踩进水坑里。那次的经历把我吓坏了。

　　内蒙古的夜空，不知道看过多少次。在生产队的场院干活的夜晚，仰起头看见黑色的天幕上群星闪烁，宽宽的银河隔开了牛郎和织女，北斗七星亘古不变地高悬在北方，我们盼着三星慢慢地升起，越来越高，知道三星到了哪儿就该收工，可以躺在热热的炕上，美美地睡一觉，梦里依然是广袤无垠的夜空。

　　上学时课本里有郭沫若先生的《天上的街市》，都能背下来，这是课本里少有的抒情诗句：

远远的／街灯／明了，

好像／闪着／无数的／明星。

天上的／明星／现了，

好像／点着／无数的／街灯。

我想那／缥缈的／空中，

定然有／美丽的／街市。

街市上／陈列的／一些／物品，

定然是／世上／没有的／珍奇。

你看，／那浅浅的／天河，

定然是 / 不甚 / 宽广。

那 / 隔着河的 / 牛郎 / 织女，

定能够 / 骑着牛儿 / 来往。

我想 / 他们 / 此刻，

定然 / 在 / 天街 / 闲游。

不信，/ 请看 / 那朵流星，

是他们 / 提着 / 灯笼 / 在走。

在那些月明星朗的夜晚，走在乡村的小路上，断断续续地背诵着。

没有星星的农村，夜晚是另一副面孔，一片瘆人的、无边无际的漆黑，一片瘆人的、无边无际的寂静，就像被黑暗包裹着，没有了方向，没有了色彩，只剩下恐惧。这样的感觉在 20 年后又有过一次，那是在海轮上，也是没有星星的夜晚，在甲板上拼命睁大眼睛，除了黑色，什么也看不到。

我不是很喜欢农村的夜晚，但忘不了农村夜晚的漆黑和静谧。

下乡医疗的第二种形式是单挑，就是一个人下到屯子里去搞合作医疗和地方病普查。本来这种事轮不到我这样的，可架不住要强呀，不服呀，向领导要求也去一个大队搞合作医疗。也不是哪儿都敢去，不知道刮风下雨，还不知道自己半斤八两？我只能去自己插过队的加拉嘎大队，加拉嘎有蔡书记罩着，加拉嘎咱有人脉。说实话也是壮着胆子去的。

合作医疗不知道算不算"文革"中的新生事物，反正是"文革"中开始轰轰烈烈起来的，而且一定要山河一片红，所有的大队都必须办起合作医疗站，公社卫生院责无旁贷地成了业务指导。是不是成立了合作医疗是要有量化指标的，指标是每户社员要交点钱，也就是块八毛的，多了就交不起。大队拿大头，公有制嘛。合作医疗站的领导是大队革委会的主要成员担任，赤脚医生是操盘手。每个大队都有赤脚医生，一般的小病都能看。当地管医术不高的大夫叫"蒙古大夫"，反正这旮沓也是内蒙古地界，这个称呼也就有了双重含义。筹集到的钱要拿出大部分买药，主要是中药材，中药材便宜。然后把中药材做成中药水丸，必须凑够多少种，加上赤脚医生，医药两全才算合作医疗站成立。

来到加拉嘎，就住在蔡书记家了。跟蔡书记学说一遍成立合作医疗站的必须和重要，蔡书记一边听一边笑：好事，整呗。万事开头难，筹钱是最难的。让老乡掏钱基本不可能，这个屯子几年的工分都不值钱，社员干了一年活领回了口粮，见不着钱。只能让生产队先垫上，年底分红时再扣。蔡书记领着我去大队革委会，我口干舌燥地向革委会委员们宣传合作医疗的好处，给他们描绘一幅看病不花钱，小病不出村的美丽远景。可他们跟我打哈哈，愁眉苦脸地说这是毛主席为俺们办的好事，可眼下没钱，连买种子的钱都没有。我知道想从穷大队抠出钱来不是件容易的事，耐着性子听他们诉苦，接着再说我的道理，结果是委员们说一通，我说一通，谁和谁说的都不搭界，整个一个鸡同鸭讲。蔡书记看我没

走在乡间的小路上

辙了，就说今天先唠到这儿，队里再寻思寻思。回去的路上蔡书记安慰我：哪儿能你说要钱就有钱的，容个空，我跟他们说说，能拿点。我高兴地看着蔡书记，就像看着财神爷。后来的几天，天天在大队革委会坐着等钱，表面上一副安之若素，安营扎寨的样子，心里可是火烧火燎的，按卫生院的要求在20天里必须成立合作医疗站。在蔡书记的说服下，大队终于拿出了钱，给我乐得嘴咧得像瓢，马上和赤脚医生一块去买中药材，回来后，按照中成药的方子配出药来，用药碾子把中药材碾成粉末。大队给找了两个妇女加上我，天天坐在椅子上，两只脚蹬着像车轮的碾盘在铁制的碾槽里滚动，碾了一会儿再用萝筛，一天下来，全身都是药粉。接下来的就是做水丸了，下乡前特地跟卫生院的药剂小朱学过，就是在房梁上拴根绳子，吊着个大笸箩，放一些有点潮乎的小米在里面，再把碾好的中药粉放一些，接着就摇晃大笸箩，就像北京的摇元宵，当然没那么大。中药粉裹在小米上，一遍遍的摇，摇到黄豆粒大小就成了。做好的中药水丸放在一个个纸袋里，外面贴上红红绿绿的纸，写上药名，看着像是那么回事了，经卫生院的小药剂的验收合格，加拉嘎大队的合作医疗站成立啦！大功告成，我乐颠颠地回去复命，至于这些药丸是不是给老乡治了病？合作医疗站存在了多久？我都没打听过。

　　这里的地方病主要是因为缺碘引起的甲状腺肿大，老乡吃不着海盐，听说盐是从草原的一个叫乌伦门沁的地方拉来的，那里有盐池。很多老乡尤其是妇女得

当年的药碾子

甲状腺肿大的不少，脖子鼓出个大包，衣领都扣不上，看着挺揪心。

我来到一座农村小学普查甲状腺肿，这里小学的条件要多简陋有多简陋。破旧的房子，漏风的门窗，残损的桌椅，最差的黑板就是在墙上刷上黑漆。有个知青描述他教过书的农村中学："中学前身是一座庙。正殿成了食堂，偏殿做了办公室。又盖了一些平房做教室和老师宿舍。教室的玻璃没有一块是完整的。复课时每间教室可以分到两三套缺腿的桌椅。因为太冷，这两三套桌椅也都当劈柴烧了。裹着黑棉袄的学生（我也裹着一件黑棉袄）坐在土坯，枯树干或窗台上，像一群落下的小鸟，围着一只乌鸦，听他讲万有引力"。

妇女队长带着我走进教室，一屋子的孩子都扭过头来看我，显然很高兴进来个人打断老师的照本宣科。天气已经很冷了，多数孩子的衣服都脏得发亮，够得上"褴褛"二字。脸上是皴和鼻涕嘎巴，唯有眼睛是纯净明亮的。课桌就是旧条案，每个条案后面坐着两三个学生，至于屁股底下的凳子就五花八门了，都是各家的家私。我从第一排开始，把手放到孩子稚嫩的脖子上轻轻地摸，口里报出甲状腺的情况，妇女队长做记录。孩子们都很乖，当我走到面前，他（她）马上挺直后背，伸长脖子。我心里酸酸的，这些孩子们上的什么学呀，三个年级挤在一间四面透风的教室里，作业本很少有完整的，家长经常从孩子的作业本上撕下一张纸卷烟抽，铅笔短得都快捏不住了。我衣服光鲜地站在他们中间，没觉得神气，反而有点难堪。孩子们中有些已经有轻度的甲状腺肿，后来国家免费发放了碘片，希望他们不会再像前辈那样饱受甲状腺肿大的折磨。

这些小学生，除了学习以外也要参加劳动，老师支使学生给自己家干点零碎活是家常便饭。有时候也要给生产队干点轻活，比如给菜园子薅个草啥的。给生产队干活时，老师是不会跟着的，由队里派人带着。我们屯的会计爱说笑话，他领着一帮小学生在公路旁的一块田里薅草，公路上有卡车驶过，他问学生们：汽车轱辘为什么能转起来？学生们七嘴八舌地说是因为有油。会计接着问：那我家的荤油坛子咋不转呢？孩子们张口结舌。

农村的孩子就是受着这样的教育长大的，改革开放以后，很多孩子走出了农村，来到京城，他们说是当年的北京知青带来了新的知识，新的做派，新的穿戴，才让他们有了出去闯世界的念头。

制剂室

虽然公社卫生院是国有，可国家都是一穷二白的，小小的农村卫生院也一定是捉襟见肘的。那时候的医护人员的工资很低，没有加班费，严格执行国家的药价，药虽便宜，但农民更穷，看不起病。可医院几十口子人得吃饭（那时候的工资刨了吃饭所剩不多），水电煤都要钱，医疗设备得添置、更新，还有每天都要用的纱布、药棉、碘酒、酒精……这么说吧，当卫生院的领导也不易。

我到卫生院以后没几年，领导班子换了，西医郝院长替下了中医魏院长，县医院来的彭书记替下了在抓"内人党"运动里被打坏腰的吕书记，领导班子年轻化了，意识也现代化了，卫生院的医疗水平提高了，可还是"差钱"。咋整？

彭书记不光抓上层建筑，也抓经济基础。左思右想掂量了半天，制剂出身的他决定搞个制剂室，做静点用的氯化钠和葡萄糖，降低成本。他手里的大牌是刚刚分来了一个学药剂的小朱，小伙子单纯，肯干，也不想就一直在药房发发药。另一个就是手脚利索，干净的北京知青丽华。

制剂室就搁在水房旁边，近水楼台嘛，收拾出一间房子，用透明的塑料布把墙、房顶都罩上，安上蒸馏器，弯弯曲曲的玻璃管子和各种大小形状不同的玻璃滤球贴在墙上。我好奇地站在门口看着在玻璃管子里流动的液体，觉得可真神圣呀！小朱和丽华穿着雨鞋带着胶皮手套在屋里忙乎着，他们先做出蒸馏水，再往里对一定比例的氯化钠和葡萄糖。做出来的是不是合格？只能用肉眼检测，这活儿我干过，左手拿一张黑纸，右手拎起一瓶氯化钠，迅速倒过来，把黑纸放在瓶子后面，仔细看里面的液体里有没有渣滓飘动。搁今天这也太不靠谱了，貌似对患者不负责任呀，可当时就这条件。开始时，用肉眼检测出来的不合格的产品就有30%之多，小朱和丽华非常努力、负责地做好无菌操作的每个步骤，合格率逐步上升，到了后来不合格的只有不到 10% 了。

当第一批氯化钠做出来后，小朱让丽华给他往静脉里注射了第一瓶，用自己的身体检验自己的工作，搁今天是不是也找不到肯这么做的人吧？为了制剂，丽华差点送了命，她来到制剂室，走到电机前去更换做针剂的管，没想到电机漏电，手刚触到电机就被吸住了，手里的瓶子掉在地上，她动不了了，幸亏小朱进来了，赶快把电源拔下来，啪地丽华被打倒在地上，不省人事。抢救了四五个小时才苏醒过来，真是命大呀！

产品做出来了，合格的就给患者用上了，经患者静脉检验，绝大部分静点液体确实都是合格的。于是，制剂室的二位大将，不但做出了静点用的葡萄糖和氯化钠，还做出了必须现用现做的甘露醇和几种肌肉注射用的针剂。卫生院的经济状况随着制剂室源源不断的产出，大大地改善了，缓解了。也给患者减轻了经济负担，这件双赢的好事是杜尔基卫生院彭书记与年轻职工完美配合的杰作。

参加兵检

公社每年一次的征兵体检都是由卫生院做。我参加过几次，负责查视力、听力、色盲。兵检地点都是在公社，伙食不错，乐呵呵的就去了。

"文革"时最神气的就是解放军了。插队前，部队到学校招兵，能当兵那是抽到上上签了，中学生们都渴望"一颗红星头上戴，革命的红旗挂两边"。我自知出身不好，没往前凑合，可心里还是无比羡慕能当兵的同学，尤其是能当女兵的同学。女兵的名额少，竞争非常激烈，九族之内不能有一点"渣儿"，身体也要倍儿棒。"文革"时，女性的服装都是直筒的，不能有曲线，身材像男人才算革命。唯独女式军装有掐腰，女军人穿着有曲线的军服，军帽扣在后脑勺上，英姿飒爽，太让女孩子们羡慕啦。何况当兵就意味政治可靠，连工人阶级也要买账的。再说部队是个"大熔炉"，进去就镀了金，退伍后就能分配工作，前途锃亮。而去插队当农民，生存都困难，农民，是中国社会的最底层，前途黑咕隆咚的。

愿不愿意当兵是衡量农村生存条件的一个标杆，生活得好了，家里有余粮，兜里有人民币，银行有存款，还是乐意守着孩子老婆热炕头。听屯子里的老人说，抗美援朝那会儿，动员参军就挺困难的。农民刚刚分到了土地，还成立了互助组，眼瞅着小日子一天天地火爆起来，绝大部分都不乐意当兵，当兵走了，地谁种啊？再说那是去打美国鬼子，能不能囫囵个儿回来可两说着了。征兵任务完不成，急坏了村干部，想出了高招；把青壮年都叫来，坐在炕上听他们动员，讲得嘴上直起白沫，还是没人报名，说是志愿军嘛，也不能来硬的，就使劲往炕洞里填柴禾，炕烧得滚烫，有屁股扛不住烙，挪动一下身子的，马上就被"志愿"了，只能雄赳赳气昂昂跨过鸭绿江去保家卫国。

"文革"时农村的年轻人愿意当兵，尤其是穷山恶水的地方，当兵一个月有

8块钱津贴，还发衣服发被褥，干得好了兴许能提干，穿上四个兜的军服，那就是鸟枪换炮了，当了兵，媳妇都好找。这是改变命运的一次机会。

县武装部的人和来领兵的军官都在公社等着我们，见面后热烈握手，一片军民鱼水情的场景。时间紧任务重，我们马上分成几摊，摆好桌椅，放上体检的家伙事，各就各位开练。来兵检的小伙子可真不少，这些没出过方圆50里地，没见过火车的庄稼汉，规规矩矩地站在外屋等着叫名，他们的眼中满是期待和希望。很多壮小伙子从来没进过医院，看到亮闪闪的医疗器械和穿白大褂的大夫，血压立马就上去了，大夫只好让他先在一边镇定镇定，待会儿再量。量了几次血压还是高就只能淘汰了，有的小伙子眼泪巴叉地恳求大夫高抬贵手，说他从来没得过病，扛200斤粮食玩儿似的。

我把视力表挂在墙上，指着一行行的E，让他们说出"E"的方向，有些人大约只读了小学，没见过视力表，愣磕磕地看着我，不知道怎么做。还有直接就说：山！视力关比较好过，视力差的不多。我插队的那个屯子里有个老实巴交的小伙子高度近视，那是先天的，配不起眼镜，总是眯缝着眼睛瞅东瞅西。生产队夜里打场，管顿饭，赶上队长高兴就杀只羊犒劳大伙。这个近视的小伙子和另一个人合吃一大碗炖羊肉，那人把自己啃完的骨头都放在小伙子这边，末了，小伙子很惭愧地对那个人说：你看，这碗里的肉都让我一人吃了。

查色盲比较有意思，几乎所有来参加兵检的小伙子都是第一次看到色盲检查图。他们不知道这些色彩缤纷的图片想要干嘛？盯着图片看了又看，我解释了用途后，他们才迟疑地说出看到的图形，连猜带蒙地说什么的都有，有个小伙子指着图片上的茶壶说：王八。我"噗"地笑出声。色盲色弱在这旮旯不是稀缺物种。

通过了体检的人高兴得不知道怎么表达自己的心情，看着我们的眼神都是爱。体检没过去的人，有门路的就赶紧四下撒网，托人走后门说合。没门路的只能蹲在墙根叹气，怪可怜的。

征兵年年有，都是男兵。有一年有了女兵的名额，只要一个，这回就热闹了。

全公社有背景的女孩子都来了，通过严格的体检和更严格的政审，刷下了大部分。进入前五的女孩子个个都是明眸皓齿，顾盼生辉的美女，每个美女后面还有硬邦邦的亲友团。大家背后嘀嘀咕咕地说，又不是"选妃"，干嘛非得漂亮？"选妃"一词来自批判林彪"五七一工程纪要"的材料，说林立果选妃云云。到了最后关头，还得是中国传统打法——拼爹，眼瞅着战鼓擂擂，硝烟四起，每天都有新的战况，最后还是公社某领导的千金胜出。

来领兵的年轻军官非常帅，看到他，我的心跳也加速，很久见不到这么养眼的男人。每天吃饭时坐在一起，眼睛和嘴巴都享受。他谈笑风生：部队也不是以练兵为主，也要种地，而且不少种。有的农村兵天天种地，烦了发牢骚说：要早知道种地让俺爹来呗，俺爹比俺种得好（用山东或者河南口音说）。哈哈哈，全桌都笑得东倒西歪的。

团支部书记

上初中那会儿，就有些同学加入共青团了，那绝对是一种荣誉，只有各方面都很优秀的同学，向团组织提出入团申请，还必须通过团组织严格的审核，然后才能入团。像我这样很"水"的学生，知道入团的门槛很高，加上大部分同学都不是团员，除了向往之就没别的想法了。"文革"开始后，党员和团员成了高端政治面貌，这就让我更向往之了，成为追求的目标。和我一个青年点的同学琥就是在学校入的团，她比我能吃苦，比我艰苦朴素，要求自己很严格，是青年点女生的户长。必须承认"文革"前入团的同学是很优秀的，我心服口服。自从"血统论"出台以后，眼瞅着团组织的大门吮当就关上了，我以为今生今世的"政治面貌"只能"群众"到底了。没想到在到杜尔基公社卫生院之前，团组织的大门对我打开了。欣喜之余，诚惶诚恐地向团组织表示一定与剥削阶级的祖辈决裂，一定听党的话，出身不由己道路可选择。说到痛处，一把鼻涕一把泪的。本姑娘 21 岁时，入团了。

没想到入团没两个月，我就成了杜尔基公社卫生院的团支部书记，当时我都懵了，"文革"后就成了狗崽子的我，能入团就美出鼻涕泡了。当书记，搞错了吧？没错，我当了六年的团支部书记。至于这个书记是任命的还是民选的我记不清了，记得清的是，因为我来了，卫生院才凑够成立团支部的人数。当书记是要组织团员开会的，是要发言的，愁死我了。

当了团支部书记，特自觉地严格要求自己，工作上也越发勤勤恳恳，除此之外，还认真带头做好团的

刚刚当完驴歇一会儿

工作，团支部负责给菜园子的几块菜地浇水除草，天旱，菜有点蔫头耷脑的，得赶紧去找驴来机井拉水，谁知道驴不在家，只好自己当驴了，抱着机井上的木杆，转呀转，可重了，没转几圈就转不动了。

县里要开团代会了，公社团委书记告诉我，让我以"可教育好子女"的身份去参加，看我脸色不对，又语重心长地教导我说这也是荣耀，我明白那意思是"别给脸不要脸"。虽然我应该感谢组织对我的厚爱，这贱民的身份背在身上也有五六年了，就是不甘心。壮着胆子争辩说：我的父母是国家干部，在北京的妹妹不是"可教育好子女"，我怎么就成了"可教育好子女"？我不去。估计公社团委书记对伟大祖国的首都心存敬畏，悻悻地走了。几天后通知我，还是要去开这个团代会，改成代表优秀团支部。于是就挺着胸脯去开会了。

随着又分配来了菁、丽华等北京知青和几个中专毕业生，基本都是团员，团组织很有点兵强马壮的意思，节目也多了，菁能歌善舞是文艺骨干，在她的组织下，我们参加了公社的文艺会演，菁教我们跳一个舞蹈，没有舞蹈服装就把绣花枕套围在腰上，脚蹬高腰雨靴，把公社"舞台"踩得冒烟咕咚的。

有件事，一直忘不了。

春天的早晨，一场罕见的沙尘暴怒吼着横扫大地，呼啸的狂风卷着沙砾打在窗户上的声音就像碎石子砸在玻璃上令人吃惊，天地同色一片土黄，就连医院里耸立的大烟囱好像都微微地在晃动。所有的门窗都被风猛烈地推搡着，即使把门窗紧闭，依然可以清晰地看到一股股黄沙拼命地从窗缝、门缝中挤进来，一层层落在桌上，椅上、药品柜上、针盘上，所有的治疗都被迫停止了。人们躲在屋里，惊恐地看着大自然的暴怒。

可是昨天我接到通知，今早要到公社团委去开会。我犹豫地把自己包裹严实了，下定决心，不怕牺牲冲出房门，刚刚走到院子里，迎面抢过来的风沙，打得我当时就喘不上气了，瞬间眼里、嘴里、鼻子里满是沙子，几米以外什么都看不见。每走一步都会是一次搏斗，而要顶着狂风走一里多地才能到开会的地方。我拼命稳住身子，背过身来，吐了口嘴里的沙子，准备退回屋里去了，心里骂着老天爷；这哪儿是刮风，纯粹是甩小刀呢。仿佛鬼使神差，我回过头去看了一眼，发现在前方四、五米的地方隐隐约约有个小小的身形在蠕动。定下神，眯起眼睛再看看，咦，是住在卫生院旁边老乡家的孩子，"老常家小四儿？"我怔住了。就在昨天，我和当小学老师的琥在来卫生院的路上，远远地看到他，这个一年级小学生，看到琥老师竟然吓得躲到碾子后面了。走过去看到顾头不顾腚的孩子，觉得特别可笑，我还当着琥的面，嘲笑他的腼腆，孩子窘得快要哭出来了，身子越发往磨盘后缩去。当时我大发恨铁不成钢的感慨，觉得自己像巨人一样俯视这个孩子。

风刮得更猛了，就像一只有力的手把我往回推。可是那个男孩仍顽强地往前走着，准确地说，他不是在走，而是连跌带爬，幼小的身躯弯曲着，浑身上下都是土，但还是一点一点地向前移动，没有犹豫，没有停顿，他是去上学呵，学校就在我要去开会地方的对面。我知道这样恶劣的天气，他不去上学，老师也不会责备的，何况那是"知识越多越反动"的年代。在那一瞬间我竟然无地自容了：平时心高气傲的我连个孩子都不如？面对一样的风沙和路程，我退缩了，而这个外表肮脏、弱小的孩子却没有。我转过身羞愧而坚决地跟在孩子的身后向前走。空旷的路上只有两个挣扎前行的身影，狂风卷着黄沙疯狂地抽打着我们，只好打着转往前走，紧闭嘴唇捂着鼻子不让沙子钻进来。终于"转"到了开会的地点，他也到了学校的大门，我进了门后转过身来抹掉眼角的沙子，隔着门上的脏玻璃和漫天的黄沙，满怀感激地目送这个土黄色的孩子消失在学校的门口。

在那天之前，一个贫困的农村孩子，从来没有在我的心里停留过，父母把他们一个一个生出来，能喂饱了就不错了，他们没有玩具，家里的猪、鸡、鹅是他们的玩伴，父母没有文化也不重视教育，作业本常常被撕掉很多页去卷烟抽。散养得脏了吧唧的，不会说话先会骂人，祖祖辈辈脸朝黄土背朝天，我以为他们注定是陷在愚昧的沼泽里。那天以后，这个孩子在风沙中的背影没有离开过我的记忆。若干年以后当我看到许多从农村走出来的青年来到了城市，他们勤奋、坚强、勇往直前，淘汰城市的青年，进入高端的领域。我没有惊讶。

时隔几十年，我再没有遇到过那种沙尘暴，我却常常带着敬意想念那个跟头把式的一路"摔"到学校的孩子。

"退" 回北京

日月真的如梭，从大田里来到公社卫生院，放下锄头拿起注射器，一晃也 6 年了，内、外、妇、儿科，每个科的活儿都干过，年年都是先进工作者，我还代理过护士长，1977 年白城地区卫生口召开先进集体和个人代表会议，突泉县的护士有两个名额，卫生局指派县医院内科护士长和我代表全县的护士去开会。院领导还决定送我去乌兰浩特医院进修妇科，郝院长说，学习回来就有处方权了。在完全没有专业学历的护士里，我是第一个被送出去学当大夫的人。

但是，我做梦都想回北京，而且从不隐瞒这个愿望。前思后想了半天，进修回来就能当大夫了，当然是好事。但要是能办回北京时，领导说不能白培养你呀，不放行，咋整？寻死觅活的非要走也许能走，可对不起卫生院，对不起领导，白瞎个进修指标了，也觉得不够意思。关键是从 1975 年起，县里的很多知青都用各种理由回到北京了，在县医院的好友平也走了。剩下的也都人心惶惶的。后来老老实实地把要回北京的想法跟领导招了，进修告吹。

1977 年，邓大人再次出山。下半年，北京对知青返城封闭的口子再次被撕开，接受知青返城的条件一下子宽松了很多。而突泉县的领导做出了很人性的决定：当时来突泉县的北京知青有 1300 人，有门路的都走了，现在剩下的不到 300 人，都是没有门路的。如果北京能够接收他们，县里支持他们办理返城手续。哇！终于看到希望啦！我们这些留在县里的知青基本都离开插队的屯子参加工作了，按照返城文件要求身份已经不算知青了，知青们闻讯从各自的单位奔回插队的公社，公社一路绿灯开出了知青身份的证明，县医院开出了五花八门的疾病证明，县里知青办公室发函到北京。让我特别感动的是，我的病退材料是我的两个好朋友应云和翠芬在办她们的病退手续时就帮我一块解决了，那时候我正在北京养病，得

我、应云、翠芬和菁都是插队 10 年的知青

到消息后，病就好了三分，马上回到杜尔基公社卫生院等候消息，还督促"候补"老公赶紧去办理病退手续，好夫妻双双把家还。

在我人生的几个关键时刻，是这些好朋友助我一臂之力；没有琥和平，就我这墨黑墨黑的出身，不可能在 1972 年底就能参加工作。没有应云和翠芬在我生病不在突泉县的时候，主动帮助我办理好病退手续，我就赶不上大批返城高峰，而当时的政策瞬息万变，下班车就说不定什么时候开了。在离家几千里的穷乡僻壤，我们几个好朋友一直相互关心，相互照顾一同磕磕绊绊地经历了 10 年的风风雨雨。没有这些朋友，真不知道能不能挺过来。

1978 年 3 月，北京寄来了回京的户口准迁证，我拿着那张纸的手在微微发抖，真的要回北京了，要回家啦！盼这张纸，盼了 10 年。10 年中想了多少办法要回北京，都失败了。眼瞅着就要认命了，准备在这旮旯扎根安家了，没想到突然拨开乌云见太阳了，什么叫峰回路转，什么叫柳暗花明？哈哈，就是这张"北京户口准迁证"呀。

我都乐疯了，马上到县里的卫生局、劳动局办理退职手续。县劳动局里人头攒动，挤满了知青，都是到这里来拿档案的。我的档案可真厚，里面装满了父母单位发来的外调材料，都是祖父辈的事，捕风捉影，上纲上线，怪不得郝院长看了我的档案后，就死了发展我这个团支部书记入党的企图。这些东西压得我喘不上气来，几次想上个中专都被毙掉，给的说法是：社会关系太复杂。劳动局把知青档案里参加工作的档案都抽出来了，要不然，回到北京，这些档案会带来麻烦。

太感谢突泉县的领导了，在这个关口，没有整那些革命大道理刁难知青，在其他很多地方的知青为了返城付出了沉重的代价，我这辈子都感恩那时候突泉县的领导和父老乡亲。

我拿着劳动局重新封好的档案袋兴冲冲地回到卫生院，四下采购农副产品，打点行装准备启程了。那时候除了高兴，还是高兴。"候补"老公从单位要了辆卡车来拉我们的行李。该上车了，卫生院的同事们都来送我和菁，郝院长给我写了《关于周晖同志医疗技术评定》，肯定了我是个合格的护士。告别生活了10年的杜尔基公社，告别工作了6年的卫生院，那时候好像没有留恋的感觉，但我看到向我挥手告别的于姐眼里的泪花，手碰到装在书包里的Y大姐送给我当地很难弄到的名酒洮南香（她居然没有跟要走的我吵架，真奇怪）。心里想的是，总算离开这个鬼地方了，猛跺三脚，永不回头。

我是第一个到杜尔基卫生院工作的北京知青，过了几年陆续又分来了几个，都是女的，最多时有5个。只有雪平是念过医科大学的，是大夫，其余的都和我

在公社卫生院的北京知青：左起菁、小杨、雪平、我。

我们的身后是等到待转正的男朋友

一样。来了这么多北京人，最开心的是我，老乡见老乡，两眼泪汪汪。雪平1975年从白求恩医科大学毕业，她是那种一眼看去就是个知识分子的样子，鼻梁上架副眼镜，说话轻声慢语，她妈妈就是个大夫。菁和小杨，静茹只是在县里卫生口培训班学习过，来了以后也是从基础工作练起。我们几个都很要好，雪平是大姐，有啥事也愿意跟她讲。她们很快就熟悉了工作，也都干得很棒。

我们在一起就琢磨吃，琢磨穿，切磋交男朋友的经历。雪平已经结婚了，没多久肚子就大了，后来调到县医院，家也安在县里，我们到了县里，理所当然住在她家。小杨的老公是和我一个中学的，他们结婚后，就在卫生院生下了女儿，是大家的宝宝。静茹嫁给当地的干部，出嫁时，我们还都去送亲了。我是最后一个结婚的。在离开杜尔基公社卫生院之前，我们都把自己嫁出去了。我们也都回到了北京。

回到北京后，一切从头开始。就像刘欢唱的："昨天所有的荣誉，已变成遥远的回忆。勤勤苦苦已度过半生，今夜重又走入风雨"。日月还是如梭，一晃几十年过去了，原来在杜尔基公社卫生院穿着白大褂的生活，总是在脑海里浮浮沉沉，就像水缸里的瓢，以为时间的手能把它按下去，可总能见它浮起来。

2011年回突泉县，来到杜尔基公社卫生院，现在叫杜尔基镇中心卫生院，卫生院已经搬家了，从镇东头搬到西头，蓝色的两层楼房，明亮的大玻璃窗，我走进去，看到墙是雪白的，地上铺着浅色的地砖，

我在卫生院的窗台上

2011年重回故地，在原卫生院楼前。

真漂亮。看我举着照相机四处咔嚓，一个中年男人喝问我是干什么的？我理直气壮地说，我原来就是这个卫生院的，听到我说话，几个人出来相认，分别是做饭齐师傅的儿子，赶车张师傅的女儿和王会计的女儿，我一个都不认识，当年还都

我站在当年宿舍房前

是小嘎子，三十多年恍如隔日。

离开新的卫生院，穿过肮脏、破旧的杜尔基镇来到了卫生院旧址，前几年这里是养老院，现在是私人粮食收购加工的场地。门诊那排房子已经是重新盖的了，其他还在，宿舍那排房已经破烂不堪，土埋半截。我贪婪地看着一排排房子，心潮汹涌。二十出头的我在这里度过青春岁月，花甲之年旧地重游，一切都盛装重现。

人生中最美的珍藏
正是那些往日时光
虽然穷得只剩下快乐
身上穿着旧衣裳

如今我们变了模样
生命依然充满渴望
假如能够回到往日时光
哪怕只有一个晚上……

后　记

　　1968 年 9 月我们 14 个初中生被分配到内蒙古呼伦贝尔盟突泉县杜尔基公社加拉嘎大队插队，1972 年底分配我到杜尔基公社卫生院工作，1978 年 4 月病退回到北京。我在加拉嘎后屯生活了 4 年，在杜尔基公社卫生院生活了 6 年。10 年在我的人生里不算长，却是让我脱胎换骨，从北京的中学生到内蒙古的农民，这个转身，不扒层皮是不可能完成的。此前 17 年给我们灌输的三观，被农村的现实，被身边农民的言行一点点地碾得粉碎，为了活着，和农民一样儿的一年年汗珠子掉地上摔八瓣，农民教给我们春种、夏锄、秋收的农活，教给我们推碾子、做大酱、搂柴禾、种自留地，有了这些本事，我们活下来了。农村生活的日子里为了坚持信念和保护自己的利益时不时与农民斗智斗勇的较量中明白生存也不是请客吃饭……不能那样雅致，那样从容不迫，"文质彬彬"，那样"温良恭俭让"。明白在贫困中只有互相帮助，彼此依靠，才能活下云。明白革命填不饱肚子，明白做人要精明还要善良。深刻地体会到农民蕴含着最深存的真诚和宽厚。

　　到了公社卫生院，依然生活在农村。看到太多农民因为贫困看不起病而生命垂危，看着抱着奄奄一息幼儿来到卫生院的母亲哀求的眼神，看到农民看到医疗队欣喜的笑容。在农民听天由命、生老病死的轮回里，作为护士的我更多看到 1970 年代农村无比落后的医疗条件和农民卑微的生命，当我离开了加拉嘎后屯，背着药箱走到杜尔基河两岸的屯落时，醒悟知青无法改变中国农村的现状，而我们却被经历和现实彻底改变了。10 年农村插队——我被重新塑造。

　　有个知青准确地说出了我对插队的认识："是的，它（插队生活）教会了我怎样生活，使我深刻地懂得了该怎样在这个世界上立足，但不管我的思想发生了怎样的变化，我都憎恨它，对它毫无感情可言，因为它埋葬了我最美好的青春岁月。今天，无论我怎样坚强，我都害怕那些情景重演。"

在回到北京的最初几年，最不愿意去的就是北京站，10 年来多少次从这里离开北京，每一次都是眼泪汪汪的。多少次从梦中惊醒，只为又梦见回到了插队的地方，被告知返城作废了……

几十年过去了，才知道根本无法忘记插队的经历和那片土地，对于收留我们的父老乡亲们怀有深深的眷恋，我们不能否认和嘲弄这段历史，就像我们不能否认我们自己一样。虽然不是所有的事实都可以名垂千史，我们有责任写出真实的历史。我们经历的插队生活，没有激情燃烧的岁月，没有风起云涌的大潮，有的就是琐碎的场景和触动心灵的感受，保留原汁原味的真实就是给我们那段空前绝后的经历一个交代。

2005 年，我开始陆续写一些回忆插队生活的文章，这已是返城二十多年以后了，我和青年点曾经同甘共苦，相依为命的同学赵建军、林延辉、周琥共同回忆，互相纠正，互相补充，完成了在加拉嘎后屯青年点生活的篇章，在此向他们表示感谢！

2018 年是北京老三届大批中学生上山下乡 50 周年之际，谨以此书献给 1968 年 9 月 20 日同乘一列专车到突泉县插队的知青！

谨以此书感谢收留我们的突泉县人民！

2018 年 1 月 20 日